Duke of Desire
by Elizabeth Hoyt

黄泉《よみ》の王は愛をささやく

エリザベス・ホイト
緒川久美子[訳]

ライムブックス

DUKE OF DESIRE
by Elizabeth Hoyt

This edition published by arrangement with
Grand Central Publishing, New York, USA
through Tuttle-Mori Agency, Inc., Tokyo

黄泉《よみ》の王は愛をささやく

主要登場人物

アイリス・ダニエルズ……………………レディ・ジョーダン
ラファエル・ド・シャルトル……………ダイモア公爵
ドンナ・パウリナ・ピエリ………………ラファエルの伯母
ニコレッタ…………………………………メイド
ウベルティーノ……………………………ラファエルの部下
ヴァレンテ…………………………………ラファエルの部下
バルド………………………………………ラファエルの部下
イヴォ………………………………………ラファエルの部下
ルイジ………………………………………ラファエルの部下
ヒュー・フィッツロイ……………………カイル公爵
ヘクター・リーランド……………………貴族
ジェラルド・グラント……………………ロイス子爵
アンドルー・グラント……………………ロイス子爵の弟

1

昔々、貧しい石工がいました……。

『石の王』

一七四二年四月

これまでどれほど退屈な人生を歩んできたかを考えるとずいぶん華々しい死に方をすることになりそうだと、レディ・ジョーダンことアイリス・ダニエルズは考えた。

月のない闇夜、地面に打ちこまれた長い杭《くい》の上で松明《たいまつ》の火が赤々と燃え、彼女を囲んで輪になっている不気味な被《かぶ》り物《もの》をした男たちに、ちらちらと影を投げかけている。男たちはみな裸だ。

彼らのつけている被り物は目の部分だけを覆う小さな黒い仮面などではなく、動物や鳥をかたどった奇怪なものばかり。ざっと見渡すとカラス、アナグマ、ネズミ、クマなどがいて、彼らは一様に毛だらけの腹部と禍々《まがまが》しい赤い性器をさらしていた。

アイリスはいま大きな石舞台の横に膝をついていた。何世紀も昔に名もなき人々が運んできた大きな一枚岩のかたわらで、体の前で縛られた彼女の両手はぶるぶる震え、髪は顔の周りにだらりと垂れさがっている。誘拐されて以来四日間着たきりのドレスはひどい状態で、おそらく確実に悪臭を放っているだろう。

彼女の前には三人の男が立っていた。このぞっとする舞台劇の中で、ひときわ目立つ男たちだ。

キツネの被り物の男は細身で色白。髪の色は体毛から見て赤で、前腕の内側に小さなイルカの刺青《いれずみ》がある。

髪にブドウの房を絡ませた若者――アイリスの推測が正しければ酒と豊穣《ほうじょう》の神ディオニソス――の被り物をつけた男は、なぜか動物の男たちより恐ろしい。この男のイルカの刺青は、右の上腕だ。

オオカミになっている男は、ほかのふたりより頭ひとつ分背が高い。体毛は黒で、彼からは秘めた力を感じる。やはりイルカの刺青があって、場所は左の腰骨の突きでた部分だ。そんなところにあると、すぐ近くにある彼の……男性の部分に思わず目が行ってしまう。

だがこの男の場合、見られて恥ずかしく思うべき部分はなかった。

アイリスはぞっとして身を震わせ、目をそらした。するとなぜか目が合ったオオカミが、からかうように笑った。

アイリスはつんと顎を上げた。男たちの正体はわかっている。〈混沌《こんとん》の王〉、すなわち女性と子どもを餌食にするとともに、権力を追い求める貴族たちが作る秘密組織のメンバーだ。アイリスはつばをのみ、レディらしく毅然《きぜん》とするよう自分に言い聞かせた。彼女は征服王の時代までさかのぼれる家の出なのだ。その名に恥じぬ名誉あるふるまいをしなければならない。

目の前に並ぶこの……下衆《げす》どもは、彼女を殺すかもしれない。あるいは殺すよりももっとひどいことをするかもしれない。だが彼女の尊厳まで奪うことはできないのだ。

「わが同志たちよ！」ディオニソスが両手を頭の上に掲げ、被り物をつけた裸の男たちに呼びかけた。ばかばかしいほど芝居がかった仕草だ。「今夜は春の宴にようこそ集まってくれた。みなのために特別な生贄《いけにえ》を用意してある――花嫁となったばかりのカイル公爵夫人だ！」

涎《よだれ》を垂らす獣たちのような咆哮《ほうこう》が、いっせいに大気を震わせる。

アイリスは瞬《まばた》きをした。ディオニソスはいま、公爵夫人と言わなかっただろうか……。

彼女はすばやくあたりを見回した。

松明の不気味な光が照らしだしている中に見えるそれらしき女は、自分だけだ。アイリスは、明らかにカイル公爵夫人ではないというのに。

徐々に声が静まる。

アイリスは咳払《せきばら》いをした。「わたしは公爵夫人ではないわ」

「静まれ」ふたたび広がったざわめきを、キツネが制した。

アイリスは目をすがめて彼を見た。四日前、彼女は本物のカイル公爵夫人の結婚式に出席した帰り道で、突然拉致された。頭に袋をかぶせられ、手足を縛られて馬車の床に転がされ、轍《わだち》の残る道を走る衝撃をまともに受けながらここまで連れてこられたのだ。以来、いっさい火の気がない小さな石造りの小屋で、水を二、三回与えられただけで空腹に耐えてきた。何よりも屈辱的だったのは、用を足すのにバケツを使うしかなかったことだ。自分を待っている死と、その前に耐えなければならない恐ろしい辱めばかりが頭に浮かんだ四日間。

それでも、彼女の心は折れていなかった。怖くてたまらないし誰も助けてはくれないが、戦わずに屈するつもりはない。抵抗したからといって失うものはないし、わずかとはいえそれで生き延びられる可能性もある。

そこでアイリスは懸命に声を張り上げた。「あなたたちは間違えたのよ。わたしはカイル公爵夫人ではないわ」

オオカミがディオニソスに向かって、はじめて口を開いた。かすれた感じの低い声だ。「どうやら、違う女をさらってきたようだな」

「ばかを言うな」ディオニソスが鋭い声を出す。「結婚式の三日後にとらえてきたんだぞ」

「そのとおりよ。わたしは式に出席したあと、ロンドンに戻る途中でつかまったの。カイル公爵の結婚相手は、わたしではなくアルフという名の若い女性よ。そうでなければ、なぜ結婚式の直後に夫を残してロンドンに行くの？」

「この女がカイルと結婚するところを見たと、お前は言ったな」ディオニソスにかみつかれて、キツネは縮み上がった。

オオカミが嘲るように笑う。

「女が嘘《うそ》をついているんだ！」キツネは叫び、腕を振り上げて彼女に飛びかかろうとした。するとオオカミがすばやく割って入り、キツネの右腕を背中にねじり上げてひざまずかせた。

アイリスは目を見開き、体を震わせた。これほど動きの速い男ははじめてだ。しかも、やり方に容赦がない。

オオカミは膝をついた男にのしかかるように、身をかがめていた。どちらの男も息が荒く、体には汗が浮いている。オオカミはキツネの無防備な首筋に鼻先をつけ、警告した。「おれのものに触るな」

「そいつを放してやれ」ディオニソスが大声で命令する。

オオカミは動かない。

ディオニソスが両手を拳にした。「言うことを聞けないのか！」

ようやくオオカミが振り向いて、ディオニソスを見た。「どうやら間違った女をつかまえたようだな。宴の生贄にふさわしくない女を。だからこの女はわたしがもらい受けたい」

「ふるまいには気をつけたほうがいい」ディオニソスがささやく。「お前は新参者だ」

オオカミが首を傾《かし》げた。「新参とは言えないと思うが」

「では、入会し直して間もないと言うべきかな。お前はいまのわれわれのやり方に、まだなじんでいない」

「今回は宴の場所を提供したのだから、女をもらい受ける権利がある。当然の要求だ」オオカミは譲らなかった。

ディオニソスは考えこむように首を傾げた。「わたしが許せばの話だ」

オオカミはキツネを放して優雅な身のこなしで立ち上がると、両腕を広げてからかうように言った。「ではきみの許しを得て、もらい受けよう」

松明の光を受けて、オオカミの筋肉質の胸や力強い両腕が輝いている。一見無頓着そうなのに、伝わってくるのは鋼のような意志だ。

立っているだけで場を支配する存在感を放つ男が、どうして身の毛もよだつ秘密組織などに入っているのだろう。

〈混沌の王〉のほかのメンバーたちは、宴の一番の目玉を鼻先でさらわれそうになっているのが面白くない様子だ。男たちがざわめき、不穏な空気が流れだす。

ほんのわずかなきっかけでもあれば、不満を爆発させるだろう。

「それで、許しはもらえるのか？」オオカミが返事をうながした。

「女をそいつにやるなんて、だめだ」キツネが立ち上がって、ディオニソスに言った。彼の白い肌にはつかまれた痕が残り、赤い痣《あざ》になりかけている。「どうしてやつの言うことを聞く必要がある？　女はわれわれのものだ。われわれみんなに楽しむ権利がある――」

オオカミに側頭部を殴りつけられ、キツネが吹っ飛んだ。

「女はわたしのものだ」オオカミがうなるように言い、ディオニソスに目を戻した。「きみはこいつらの上に君臨しているのではないのか？」

「わたしがそうなのは明らかだろう」周りのささやきが高くなっても、ディオニソスはゆったりとした口調を崩さない。「だからその女を与えることで、わざわざ証明してみせる必要はない」

アイリスは息をのんだ。ふたりはひと切れの肉を奪いあう二匹の野良犬のように、彼女を取りあっている。オオカミが勝ったほうがいいのかどうかは、不明だ。

ディオニソスと彼女のあいだに立つオオカミの脚や臀部《でんぶ》の筋肉が緊張している。ディオニソスは、目の前にいる男がいつでも戦える状態にあると気づいているのだろうか。

「だがわたしの……寛容さを示すしるしとして、その女はお前にくれてやろう。好きに楽しむがいい。とはいえ、ひとつだけ条件がある。明日の夜明けまでに女は殺せ」

アイリスは突然の死刑宣告に、息をのんだ。ディオニソスはまるでカブトムシでも踏みつぶすような無頓着さで、彼女を殺せと命じた。

「約束しよう」オオカミが苦々しげに返したので、アイリスは恐怖に駆られて彼を見た。

ここにいる男たちは、みんな怪物だ。

ディオニソスが首を傾け、念を押す。「お前の約束は、ここにいるみんなが聞いたぞ」

オオカミは被り物の下から低くうなるような声を返すと、身をかがめてアイリスの縛られた手首をつかみ、引っ張り上げた。もはや彼女はオオカミのあとに従い、怒りに満ちた男たちのあいだをよろよろとついていくしかなくなった。男たちがあらゆる方向から彼女に迫り、むき出しの腕や肘で押してくる。だがオオカミはなんとか彼女を通り抜けさせた。

周りが開けてはじめて、アイリスはここが教会か聖堂の廃墟《はいきょ》だと知った。連れてこられたときは袋をかぶせられていたので、何も見えなかったのだ。暗闇の中に、石造りの壁や崩れかけたアーチがそびえている。彼女は草に覆われたがれきに何度もつまずき、転びそうになった。春の夜は火から離れるとまだまだ肌寒かったが、裸のオオカミは寒さなど感じないかのように平気で歩いていく。

やがて馬車が数台止まっている道に出るとオオカミはようやく足をゆるめ、何も言わずにそのうちの一台に歩み寄り、扉を開けてアイリスを中に押しこんだ。「ここで待っていろ。大声を出したり、逃げようとしたりするな。そんなまねをすれば、あとで悔やむはめになるぞ」

脅しの言葉とともに扉が閉まり、アイリスは恐ろしさに動悸《どうき》が鎮まらないまま暗い馬車の中に残された。

すぐに扉に手をかけたが、外から鍵をかけられているのか、びくともしない。

遠くから男たちが騒いでいる声が聞こえてくる。大声で怒鳴りあっていて、狂犬病の犬の群れのようだ。オオカミは彼女をどうするつもりなのだろう。

武器がいる。なんでもいい、身を守るものが必要だ。

扉を探ると取っ手に触れたが、もぎ取るのは無理だった。小さな窓にカーテンはなく、あとは壁だけで何もない。座席はふかふかのベルベット張り。高価な生地だ。こういう贅沢《ぜいたく》な造りの馬車は、座席の下が物入れになっていることがあるけれど……。

アイリスが座面に手をかけると、すっと持ち上がった。

小さな空間が現れる。

中を探ると、毛皮の膝掛けがあった。ほかには何もない。

彼女はがっかりした。

馬車のすぐ外で、オオカミがしゃべっている声がする。

アイリスは焦って、向かい側の席の座面を持ち上げた。

今度は、突っこんだ手に拳銃が触れる。

彼女は弾が装塡《そうてん》されているように祈りながら、取りだした拳銃の撃鉄を起こした。

そして銃口を持ち上げた瞬間、扉が開いた。

裸のままのオオカミが片手にランタンをさげ、入り口をふさぐように立っている。被り物の奥の目が動いて、アイリスが縛られている両手で構えた拳銃をとらえた。彼がうしろを向き、彼女の知らない言葉で外の者に何か言った。

アイリスは息をするのも苦しかった。

オオカミは彼女も、彼女の持っている拳銃も無視して馬車に乗りこみ、扉を閉めた。ランタンをフックにかけ、向かい側の座席に座る。

それから、ようやくアイリスに目を向けた。「そいつをおろせ」

静かで落ちついた声だ。かすかに脅しが込められてはいるが。

アイリスは拳銃を握ったまま、オオカミから一番遠い隅まで下がった。銃口を彼の胸に向けつつも、心臓は耳を聾《ろう》するほどの音で打っている。「いやよ」

馬車ががくんと揺れて動きだしたので、アイリスは体を支えきれずにぐらついた。

「馬車を止めるように言って。そしてわたしを解放してちょうだい」抵抗するという決意に変わりはないのに、恐怖で舌がもつれてしまう。

「やつらに暴行され、殺されるだけだぞ。だめだ」オオカミが頭を傾け、〈混沌の王〉が集っている方角を示す。「じゃあ、次の村に着いたら」

「それもいい考えじゃない」

彼が手を伸ばしてきたので、アイリスはほかに選択肢はないと悟った。指に力を込め、引き金を引いた。

彼が座席に叩《たた》きつけられた。アイリスの両手は発砲の衝撃で跳ね上がり、拳銃が危うく鼻にぶつかりそうになる。

彼女は拳銃を持ったまま、よろよろと立ち上がった。弾はなくなってしまったが、拳銃はまだ鈍器として使える。

オオカミは四肢を広げて、座席の上に伸びていた。右肩に大きな傷が口を開け、血が流れだしている。被り物は曲がってしまっていた。

ずれた被り物をすばやくはずして、アイリスは息をのんだ。

天使のように美しい顔が現れたのだ。だがその半分は、醜い傷痕で損なわれていた。赤い傷痕は右側の髪の生え際のすぐ下からはじまって、眉を横切り、目を飛び越えて肉の薄い頬に深い溝を刻み、上唇の端をかすめ、厳しい線を描く顎の肉を削り取って終わっていた。唇は傷のせいでわずかに引きつれており、髪は漆黒。瞼《まぶた》は閉じているが、開けば感情のかけらもうかがえない透き通った灰色の目が現れるとアイリスは知っていた。

彼とは前に一度会っている。

ダイモア公爵ラファエル・ド・シャルトル。三カ月前に舞踏会で彼と踊ったとき、まるでハデスみたいだと彼女は思った。

黄泉《よみ》の国を統べる神。

死者の王であるハデスのようだと。

いま見ても、そのときの印象は変わらない。

彼があえぐように息を吸い、瞼を開いた。凍りついたごとく透き通った瞳が、彼女をにらむ。「ばかなことを。わたしはきみを助けようとしているのに」

痛みに顔をゆがめたラファエルは、上唇が顔の右側に走る傷痕に引っ張られてねじれるのを感じた。きっと不気味な薄笑いを浮かべているように見えるだろう。

彼を撃った彼女の目は、嵐のあとの荒野の上に広がる空の色をしている。黒い雲が去って現れる青灰色の空は、彼の母親がイングランドに来て美しいと感じた数少ないもののひとつだ。

ラファエルもそう思う。

いまは恐れをありありと浮かべているが、レディ・ジョーダンの青灰色の目は美しい。

「わたしを助けようとしているって、どういう意味なの?」少しでも動いたら頭を殴りつけるつもりなのか、彼女はまだ拳銃を構えている。まったく、血に飢えた女だ。

「きみを無理やり犯すつもりも、殺すつもりもないという意味さ」苦悩のうちに生きて復《ふく》讐《しゅう》を夢見てきた年月と、〈混沌の王〉に入りこむために何カ月もかけて進めてきた計画が、こちらを見つめる青灰色の目の女のために無に帰そうとしている。自分はなんという間抜けなのだろう。「わたしはただ、きみを〈混沌の王〉の胸くそ悪い宴から救いだそうとしただけだ。おかしいかもしれないが、きみには感謝してもらえると思っていた」

彼の言葉を疑うように、レディ・ジョーダンは美しい目の上で形のいい眉をひそめた。

「あなたはわたしを殺すとディオニソスに約束していたわ」

「嘘をついたのさ。そうでなければ、きみをクリスマス用のガチョウみたいに縛り上げていたはずだ。だがそんなまねはしなかっただろう?」

「まあ、どうしましょう。わたしったら、なんてことをしてしまったのかしら」彼女は愕然《がくぜん》とした表情になって拳銃を投げ捨てると、彼の血だらけの肩を見つめた。

「まったくだ」ラファエルは痛みに歯を食いしばりながら、返した。肩を見おろすと、大きく開いた傷口から規則正しい間隔で血が噴きだしている。これはまずい。彼女に護衛をつけて今夜じゅうにロンドンへ向かわせるつもりだったが、これでは無理だ。彼が弱った状態にあるとディオニソスに知られたら……。

ラファエルはなんとか声をあげないようにしながら、揺れ動く車内で体を起こそうとした。前に一度しかちゃんと顔を合わせたことのない女に目を向ける。

はじめてレディ・ジョーダンを見たのは、〈混沌の王〉のメンバーに会うために舞踏会に行ったときだった。彼の敵である堕落した者たちが集っていたその場所で、彼女はただひとり穢《けが》れのなさと純粋さで際立っていた。だからラファエルはあの危険な場所から早く去るよう警告し、しばらくして彼女が馬車に向かったときには、安全にたどり着けるよう陰から見守ったのだ。

だがそんな守護天使の役は、そのときだけで終わるはずだった。彼女がカイル公爵の婚約者だという事実が発覚しなければ。カイル公爵は国王の命を受け、〈混沌の王〉を壊滅させるという危険な任務を負っている。だからカイル公爵が任務をまっとうしようとするかぎり、レディ・ジョーダンが危険にさらされつづけるのは明らかだ。だからラファエルは彼女が心配で、カイル公爵の領地まで追っていった。

そして、彼女がカイル公爵と結婚するのを見た――少なくともラファエルはそう思った。だから、彼の果たす役割は終わったのだと自分を納得させざるを得なかった。これからは自分ではなくレディ・ジョーダンの夫が、彼女の安全を気にかけるべきなのだと。しかも認めたくはないが、妻を守る能力にかけて、カイル公爵はラファエルにまったく引けを取らない。それでもレディ・ジョーダンに対する思いは断ち切りがたかったものの、彼はきっぱりと心の奥に押しこめた。そのうち干からびて消えてしまうであろう、光の届かない場所に。

それなのに……。

彼は一度止まった心臓が、息を吹き返して動きだしたような気がした。「本当に、カイル公爵と結婚していないのか？」

「ええ」彼女が伸ばしてきた手のやさしさに、ラファエルは驚いた。彼女にはやさしくする理由などない。今夜あんな目に遭ったのだから。それなのに、小さな両手を傷を負っていない左腕に添えて彼を助け起こしてくれる仕草は、かぎりなくやさしい。彼は馬車の揺れによろめいて、倒れこむように反対側の座席に移った。

「きみがカイルと結婚するのを、わたしも見たんだ」ラファエルは感情をまじえずに告げた。するとレディ・ジョーダンの表情が険しくなった。「どうやって？　ヒューとアルフは領地内の屋敷で式を挙げたのよ。国王陛下が出席なさったから、警備も厳重だったわ」

「式のあとの祝宴の最中に、カイルが庭できみにキスをするのを見た。警備は厳重だったかもしれないが、庭を見渡せる森の中までは調べていなかった」

「のぞき見をするような人は、そんなふうに状況を誤解したとしても自業自得だわ」彼女は辛辣に言った。「ヒューにキスされたかどうかは覚えていないけれど、もしされたのだとしたら兄のようなキスだったはずよ。わたしたちは友人なの。関係のないことだけれど。とにかくあなたが何を見たと思ったにせよ、わたしはヒューと結婚していないわ」

ラファエルは目をつぶり、彼女はどうして自分をこちら側の座席に移動させたのだろうとぼんやり考えた。裸の体にずっしりと重い毛皮の膝掛けがのせられるのを感じてはじめて、自分が震えていたことに気づく。

ああ、そうか。彼がいたほうの座席の下に、膝掛けが入っていたのだった。「だがロンドンでは、きみがカイル公爵と結婚すると誰もが思っていた」

「わたしが花嫁だという噂《うわさ》を、わたしたちはあえて訂正しなかったのよ。本当の花嫁は名もない家の出で、身寄りもないから」彼女は頭を振って続けた。「本当のことが広まったら、大騒ぎになるでしょうね。あなたがわたしを助けたのは、公爵夫人だと思ったから？」

「違う」ラファエルが目を開けると、彼女が胸元に巻いていたスカーフを取って、深い襟ぐりから盛り上がる美しい胸をあらわにしたところだった。彼は視線をそらした。自分のように汚れた男が目にしてはならないものだ。「公爵夫人じゃないとわかっていても、きみを助けた」

「どうして？」レディ・ジョーダンは彼にかけた毛皮を肩の部分だけ折り返して、薄いスカーフを傷口にきつく押し当てた。

ラファエルは彼を悪魔とみなしているがごとき失礼な質問は無視して、鋭く息を吸った。

だが彼女からすれば、悪魔の集会も同然の恐ろしい祝宴に彼も参加していたのだ。

「馬車を止めて。わたしでは出血を止められない。お医者さまに診てもらわなければ――」

「わたしの屋敷はすぐ近くだ」ラファエルは彼女をさえぎった。「じきに着くから、このまま傷口を押さえていてほしい。きみはよくやってくれているよ、レディ・ジョーダン。ダンスと同じくらい怪我《けが》の手当ても上手だ」

彼女が青灰色の目を見開いて、こちらを見た。「舞踏会で会ったことを、覚えているとは思わなかったわ」

ふたりはいま、このうえなく親密な状態で顔を寄せあっていた。ラファエルは裸だし、レディ・ジョーダンは胸のふくらみをなかばあらわにしている。彼は狂おしいまでの誘惑に、頭がくらくらした。これほど血のにおいが立ちこめているのに、彼女のにおいがする。かすかな花の香りが。

さいわい、シーダーウッドの香りではない。

「きみは簡単に忘れられるような女性じゃない」彼はつぶやいた。

褒められたのか侮辱されたのか考えこむように、彼女が顔をしかめた。「わたしを助けたのは、それが理由？　あのとき一緒に踊った女だとわかったから？」

「そうじゃない」まったく違う。そもそも、ディオニソスが今夜、誰を生贄にするつもりなのか、ラファエルは知らなかった。生贄が用意されることさえ知らなかったのだ。だがもちろん、やつらの宴ではそういう可能性もじゅうぶんにあった。では彼は、ほかの女が連れてこられたとしても、助けただろうか。

おそらく。

だが生贄が彼女だとわかったとき、彼は正義感とかそういう問題ではなく、突き動かされるように行動していた。「銃創の手当てに、ずいぶん慣れているようだな」

「亡くなった夫のジェームズは軍の将校で、彼が任務で大陸へ行ったときにわたしもついていったの。あちらではわたしが傷の手当てをしなくてはならない状況が、何度かあったから」

ラファエルはつばをのみ、重い瞼の下から彼女を見つめ、懸命に頭を働かせようとした。敵に囲まれたこのイングランドで、弱みをさらすわけにはいかない。だからこそ使用人だってコルシカから連れてきたのだ。しかもこの地域は、〈混沌の王〉の影響が強い。重傷を負ったとディオニソスに知られれば、彼の身も彼女の身もとたんに危なくなる。しかも彼は、女を殺せというディオニソスの命令に逆らうつもりなのだ。

そのとき、ラファエルの心によこしまな考えが忍び寄った。

レディ・ジョーダンという誘惑はあまりにも大きく——ラファエルのたったひとつの弱点に訴えかけてくる。彼はこれまでずっと、孤独に生きてきた。ともに歩んでくれる人間を探そうなんて思いもせずに。彼のいる暗闇に、光を導き入れることはかなわないのだとあきらめていた。

だが、彼女が目の前にいる。手の届くところに。これでは誘惑にあらがうのは無理だ。こんなふうに弱り、頭がぼうっとしてまともに理性も働かない状態では。いまはただ、彼女にそばにいてほしい。

しかも、彼女を言いくるめるおあつらえ向きの言い訳もある。

「血がスカーフにしみとおってしまったわ」レディ・ジョーダンは動揺しているが、感情的になってはいない。強い女性だ。あの堕落した宴から助けだしたときに考えていたよりも、ずっと。

ラファエルは心を決めた。「きみはわたしと結婚しなければならない」

彼女が美しい目を警戒するように見開いた。「なんですって？　いやよ。結婚なんて絶対に――」

ラファエルは左手を伸ばして、傷口を圧迫している彼女の手首をつかんだ。あたたかくてやわらかい肌を。「ディオニソスはきみを殺せとわたしに命じた。だから――」

レディ・ジョーダンは彼から離れようとした。「無理強いはできないはずよ」

ラファエルは彼女の華奢《きゃしゃ》な手首を握りしめた。こんなときなのに、肌を通して伝わってくる彼女の脈動を喜びとともに味わう。

まるで甘露のようだ。

「いいから聞くんだ。さっきまで、きみを今夜のうちにロンドンへ出発させるつもりだった。わたしと部下で護衛して。だが負傷したので、それができなくなった。こうなったら、きみを守るには結婚するしかない。きみが妻になれば、やつらが追ってきてもわたしの名前と富が盾になる。いいか、ディオニソスは必ず追っ手をよこす。〈混沌の王〉について知りすぎてしまった、きみの口をふさぐために」

レディ・ジョーダンは取りあわなかった。「あの人たちは、わたしをカイル公爵夫人だと思っていたときも殺そうとしたのよ」

「同じ公爵でも、わたしとカイルでは違う」ラファエルは動じずに返し、あいている手で彼女の手首を縛っているひもをほどいた。「それに、わたしには部下たちもいる」

レディ・ジョーダンは自由になった手を難しい顔で見つめたあと、彼と目を合わせた。

「その人たちは、どうやってやつらからわたしを守ってくれるの？」

「わたしの部下はみなコルシカ人だ。あり得ないほど忠実で勇敢な男ばかり二ダース以上もいる」ラファエルはこれまで怒りと悲しみにとらわれ、復讐だけを目指して生きてきた。結婚など一度も考えたことがない。結婚は彼の目標と相容《あいい》れない非現実的なもので、道からはずれたところにあるとしか思えなかったのだ。それなのに彼はいま、レディ・ジョーダンとの結婚という誘惑に抵抗できなくなっている。「彼らはわたしの命令しか聞かない。もしきみがわたしの妻となり彼らの女主人になれば、命を賭けてきみを守るだろう。だが結婚しないままこの傷がもとでわたしが死ねば、彼らはきみを敵とみなす」

怒りのあまり、レディ・ジョーダンはふっくらとした唇を開いた。「あなたはわたしを脅して結婚させるつもり？　銃で撃たれて頭までどうかなったのね」

彼女の言うとおり、自分はどうかしてしまっている。しかし、それを認めるわけにはいかない。「頭に問題はない。肩には傷を負っているが」ラファエルは眉を上げた。「そしてわたしは、きみの命を助けようとしている。感謝されてもいいくらいだろう」

「感謝ですって？　そんなこと――」

さいわい、彼女が先を続ける前に馬車が止まった。

ラファエルがレディ・ジョーダンの手首をしっかりつかんで待っていると、扉が開いて彼がもっとも信頼する部下のひとりであるウベルティーノが顔をのぞかせた。彼は四〇歳手前の樽《たる》みたいな胸をした背の低い男で、白髪まじりの髪をうしろで縛り、きっちり一本に編んでいる。彼の日焼けした顔に輝くコルシカ人特有の水色の目が、主人の血を見て大きく見開かれた。

「撃たれたんだ」ラファエルは説明した。「ヴァレンテとバルドを呼んでくれ。それから、ニコレッタも」

ウベルティーノはうしろを向いてコルシカ語で命令を伝えると、馬車に乗りこんできた。

レディ・ジョーダンが警戒するように身を縮める。

「イヴォにご婦人を屋敷まで案内させてくれ」彼女をひとりで外に出したら逃げだしそうな気がして、ラファエルは部下に指示した。

「彼女に撃たれたのですか？」ウベルティーノはコルシカ語で質問しながら、ラファエルの怪我をした肩のほうに回り、体を支えた。

ラファエルは歯を食いしばり、痛みにうなりつつ立ち上がった。ここで気を失うわけにはいかない。「ちょっとした誤解のせいだ。忘れろ」

「そう簡単には忘れられないと思います」ウベルティーノが返す。

ふたりは踏み段を慎重に二段おりて、地面に立った。

寒い。ラファエルは寒くてたまらなかった。

「それでも忘れるんだ。いいか、これは命令だぞ」ラファエルは足を止めて、部下をじっと見つめた。身分の差のない世界でなら、親友と呼んでいたであろう男を。

「どんなことがあっても、彼女を守れ」

コルシカ人の従僕はこうべを垂れた。「仰せのままに」

ヴァレンテとバルドが駆け寄ってくる。

ふたりのうち年下のほうのヴァレンテがコルシカ語で矢継ぎ早に質問を繰りだしてくるのを、ウベルティーノはさえぎった。「だんなさまの指示を聞け」

ラファエルは両手をきつく握った。部下たちの前で倒れるわけにはいかない。「教区牧師のところへ行ってくれ。住んでいるのは町の教会の隣だ。わかるな？」

ふたりがうなずいた。

「起こして、ここまで連れてこい。牧師がどんな言い訳をしても、耳を貸すな。よし、急げ」ラファエルの体の脇を血が伝う。その血が冷たい体に妙に熱かった。

ヴァレンテとバルドはすぐに馬屋に向かって走りだした。

ふたりとも、英語がほとんどしゃべれない。おそらく牧師は、彼らを強盗か何かだと思いこむだろう。本当なら、用件を説明する手紙を持たせるべきなのはわかっている。

だが、時間がなかった。

彼のうしろで、レディ・ジョーダンが叫び声をあげた。「わたしから手を離しなさい！」

ラファエルは懸命に声を張り上げた。「イヴォは屋敷に案内しようとしているだけだ」

「案内なんかいらないわ！」

ラファエルが振り向くと、彼女がこちらをにらみつけていた。馬車に吊《つ》るされたランタンの光をうしろから受けて、金色の髪が光輪のように輝いている。ラファエルは唇の両端が自然と持ち上がるのを感じた。彼女は本当に美しい。

結婚の契りを真の意味では結べないのが残念だ。

彼の背後に視線を移したレディ・ジョーダンが、恐怖に襲われたように目を見開いた。

「ここがあなたの家なの？」

ラファエルは振り返った。目の前に古い修道院がそびえていた。最初に建てられた部分を中心に、最初は修道僧によって、のちには何代にもわたる彼の祖先たちによって、増築と改築が繰り返されてきた建物だ。彼が幼い頃暮らし、母親が息を引き取った場所。この場所を、彼は二度と見たくないと思っていた。

ラファエルは唇をゆがめた。「家なんて呼べるようなすばらしい場所ではない」

2

石工は荒涼とした石ころだらけの野の端に立つ小さな小屋に、ふたりの娘と暮らしていました。ほかに人も生き物もいない寂しい場所でしたが、石だけはたくさんありました、石工はほかの仕事をしたことがなかったので、そこに住みつづけていました……。

『石の王』

ちらちらするランタンの光に浮かび上がったその建物はうずくまった巨人のようで、人を寄せつけない陰鬱な雰囲気を漂わせていた。

「すごい場所ね」アイリスはささやいた。

「ダイモア館といって、もともとは修道院だったんだ」公爵が返す。

かすかにしゃがれた声は官能的で、こんな状況なのにアイリスはぞくぞくした。彼の肌は血の気がなく汗が浮いていて、顔の右側を走る恐ろしい傷痕が赤いヘビのように浮き上がっていた。

「さあ、行こう」公爵が向きを変えて、入り口に向かった。

アイリスはこんな不気味な建物に、彼と一緒に入りたくなかった。たとえ負傷していようとも、安心できるほど公爵を完全には信用できない。男たちに犯され殺されるところだったのを救ってくれたのはたしかだが、そもそも彼だってあの集会に参加していた。それはつまり、彼も〈混沌の王〉のメンバーだということだ。

そしてディオニソスは、彼女を殺せと彼に命じた。自分たちの秘密を守るために。

けれども右横にしかめっ面の彼の部下――たしかイヴォという名前だった――がいるので、ついていかざるを得ない。アイリスは肘に添えられた手に引かれて、砂利道を横切った。

明かりのともった窓はひとつだけで、ぼんやりとした光がもれている。まるで陰気なダイモア館を形作る何トンもの濃茶の石に負けないよう、必死で抵抗しているかのようだ。前面に長方形の窓がいくつも穿《うが》たれた建物は、おそらく四階か五階建てだろう。中央の巨大な塔の向こうには、ほかの翼棟や崩れかけた部分が連なる山々のようなごつごつとしたシルエットを作っていた。

公爵はコルシカ人の従僕に支えられて、階段を上がった。アーチ型の扉の上部には悪魔かガーゴイルの大きな顔があり、その上の窓の横木を支えている。

唇を引き結んだ渋面で訪れる者を見おろしているガーゴイルを見て、アイリスは思わず体を震わせた。

明らかにダイモアには、自らの館を訪ねる者たちを歓迎する気がないのだ。

扉が開き、出てきた恰幅《かっぷく》のいい女がコルシカ語でまくしたてはじめた。

彼女がニコレッタに違いない。ほかのコルシカ人たちより年上で、おそらく五〇代に入っているだろう。黒い引っ詰め髪を簡素な白いキャップで包み、片手に蠟燭《ろうそく》を掲げた彼女は険しい表情で、どうやら公爵を支えている使用人を叱りつけているようだ。すると従僕が何か言い返して、コルシカ人たちの目がいっせいにアイリスのほうを向いた。

コルシカ語がまったく理解できなくても、彼らの主人を撃ったのは彼女だと従僕が告げたのだと、アイリスにはわかった。ニコレッタは、黒い目の上の眉をぎゅっと寄せている。

その視線は、おだやかとは言いがたかった。

アイリスは公爵の言葉を思い出して、体が震えた。彼の使用人が主人に怪我を負わせた相手を責めるのは、当然だろう。そしてそんなことをした理由を説明したくても、彼女には無理だった。彼らのほとんどは英語がしゃべれないようだし、彼女はコルシカ語がわからない。

それに、ダイモアの怪我が彼女のせいなのは本当だ。公爵が〈混沌の王〉のメンバーであろうとなかろうと、彼女を恐ろしい運命から救ってくれたという事実に変わりはない。それなのにアイリスは、恩人である彼を撃ってしまったのだ。

なぜこんなことになったのだろう。アイリスは目をしばたたいて、涙を押し戻した。不安と恐怖にさらされながら何日も過ごしたうえ、身を守るためとはいえ人にひどい怪我を負わせてしまい、彼女の神経は擦り切れる寸前だった。

けれどもアイリスは、息を吸って背中を伸ばした。いまは取り乱してはだめだ。目の前にいる人々が何者なのか、そして彼らが自分をどうするつもりなのかわからないうちは、弱みを見せてはならない。

そのときダイモアが、鋭い口調のコルシカ語で彼らに何か言った。すると使用人たちはいっせいに彼女から目をそらして、ふたたび動きだした。

アイリスは彼らに連れられて館に入った。使用人が彼女には理解できない言葉を使っていることや、イヴォにしっかりと腕をつかまれていることでわき上がる不安を、彼女は懸命に抑えた。玄関を抜けると広い空間が広がっていて、大理石の床や彫刻が施された木製の壁、高い天井が目に入った。天井には絵が描かれているのだろうが、日が落ちて冷え冷えとした闇に包まれているにもかかわらず、建物の中を照らしているのはメイドが持っている蠟燭だけで、何も見えなかった。

ダイモア館はまるで……死んでいるようだ。

一瞬浮かんだぞっとする考えを振り払って、アイリスは一行とともに奥へ向かった。幅の広い階段を上がると、踊り場の左右からさらに上へと階段が続いていた。アイリスは壁に飾られたいくつもの肖像画に見おろされながら、右側の階段をのぼっていった。二階に着いてニコレッタのあとから広い居間に入り、ようやくあたたかい空気に包まれた。洞窟みたいな暗い部屋の中で、暖炉の炎だけが光を放っていた。ダイモアはそのすぐそばに置いてあるウイングチェアに、崩れるように腰をおろした。

従僕がクリスタルのデカンタからワインを注いで、彼に渡す。

「ちゃんとしたもてなしができず、申し訳ない」公爵がワインを口に運びながら言った。

「コルシカ人の使用人のほとんどは、屋外の警備にあたらせているんだ。それから、きみには館の中をうろつき回らないでもらいたい。鍵がかかっている部屋は理由があってそうしているのだから、入らないでくれ。これは命令だ」

彼の口調は尊大で、玉座にでも座っているようだ。しかしその顔は土色で血の気がない。

アイリスは目をそらした。自分のせいなのだと思うと、見ていられなかった。「横になったほうがいいわ」

「いや」低く響く声は、ボンドストリートでリボンの値段について論じあってでもいるかのように、淡々としていた。「もうすぐ牧師が来るから、起きていなければ。〈混沌の王〉に怪我をしたことをできるだけ隠す必要がある」

アイリスは思わず顔を上げて、反論した。「毛皮の下には何も着ていないし、出血だってしているのよ。牧師さまからどうやって怪我を隠すつもり？　ばかげているわ」

アイリスがいらだって彼に近づこうとすると、イヴォが止めた。

「放して！」

コルシカ人は頑固な表情で彼女を見つめ返すだけだ。

アイリスは押さえられていないほうの手を公爵に向かって伸ばし、要求した。「わたしの言葉を伝えて」

彼の灰色の目が一瞬うつろに見えて、意識が混濁しかけているのではないかとアイリスはひやりとした。いまここで意識を失われたら、まずい。使用人はみな、彼女に敵意を向けるだろう。

ダイモアがコルシカ語でイヴォに何か言い、従僕は彼女を放した。

アイリスはすぐに公爵に駆け寄って、彼の上にかがみこんだ。

ニコレッタが警告するような音をたてる。

アイリスは彼女を無視した。「出血を止めるのに包帯が必要だわ。あるかどうかメイドにきいてちょうだい。それから従僕に、医者を呼びに行かせて」

ニコレッタがすぐに部屋を出ていくのが、アイリスの視界の端に映った。あのメイドは英語がわかるのだろうか。

「それはできない」彼女を見つめるダイモアの目には、感じているはずの苦痛の気配はまったくなかった。感情のかけらも見せず、冷静でおだやかだ。「医者はだめだ。村の人間は信用できない。必要なら、きみが包帯を巻いてくれ」

「もちろん必要よ」アイリスはぴしゃりと言った。「それに弾が体に入ったままだから、取りださなくてはならないわ」

彼がゆっくりと瞬きをした。「いまはそんなことをしている時間はない。部下たちがすぐに牧師を連れて戻ってくる。出血が止まるように、包帯だけ巻くんだ。そのあとウベルティーノに手伝ってもらって、服を着る」

「正気とは思えないわ」アイリスはつぶやいたが、言われたとおりにするためすばやく動いた。もしかしたら、彼に魔法でもかけられたのかもしれない。あるいは、あの小さな小屋に閉じこめられているあいだに、頭がどうにかなってしまったのかも。

それともこれはすべて夢で、そのうち兄のロンドンの屋敷にある退屈な部屋で目覚めるのだろうか。

けれども彼女は魔法など信じない現実的な人間だし、これが夢ではないこともわかっている。彼女の手の下で血を流しているのは本物の人間で、押し返してくる肌の感触はふつうより冷たすぎるとはいえ生々しい。

こんなふうに男性に触れるのは、ジェームズが死んで以来だから五年ぶりだ。

アイリスは瞬きをして、自分の手を見おろした。指がダイモアの血で赤く汚れている。右の鎖骨のすぐ下の引き裂かれた肉のあいだから、血が流れだしているのだ。けれども骨は折れていないらしく、それだけは幸運と言ってもいい。

ニコレッタが従僕をふたり連れて戻ってきた。彼らは服と包帯と水差しを持っている。

アイリスが包帯を取ろうとすると、メイドが横から奪った。

「レディにまかせろ」ダイモアが大声で命じる。「兵士の怪我を手当てした経験があるそうだ」

コルシカ人のメイドは口を引き結びながらも、アイリスに包帯を渡した。

「ありがとう」アイリスはささやいた。

正直言って、アイリスはニコレッタを責められないと思っていた。明らかに公爵に忠実なニコレッタが、公爵を撃った当人に手当てをさせたくないと思うのは当然だ。

アイリスは折りたたんだ布を従僕の持っている水差しの水で濡《ぬ》らすと、体についた血を拭きとりはじめた。彼女よりも色の濃いダイモアの肌は、なめらかでひんやりとしている。血をぬぐい終えると清潔な布を新たに取り、小さくたたんで分厚い当て布を作って傷口の上に置いた。

「これを押さえていてもらえるかしら」アイリスはメイドに頼んだ。

ニコレッタは今度も口をぐっと引き結んだが、言われたとおりにした。

アイリスはその布を押さえるように、ダイモアの胸と肩にきつく包帯を巻いていった。

ようやく手当てを終え、彼から離れる。

ダイモアは座った姿勢を保ってはいたものの、歯を食いしばり、額には汗の玉が浮いていた。

彼はアイリスと目を合わせると、静かに言った。「さあ、手を洗って。そのあとニコレッタに手伝わせるから、髪を直すといい」

アイリスは目をしばたたいた。目の前にいるメイドに髪を触らせていいものか、確信が持てなかったのだ。けれども黙ってメイドに従い、部屋の隅に行った。従僕がふたりついてきたのは、彼女が逃げださないように見張るためだろう。なんておかしな状況なのか。彼女はこれから、よく知りもせず信用もできない男性と結婚する支度をするのだ。

そもそも自分がいまイングランドのどのあたりにいるのかもわからないことに、アイリスは遅ればせながら気づいた。拉致されたのはノッティンガムシャーだが、〈混沌の王〉はそのあと数日かけて彼女を移動させた。だからこの館を飛びだしたとしても、どちらの方角へ逃げればいいのかさえわからない。

誰のもとへ逃げこめばいいのかも。

教区牧師に助けを求めるのはどうだろう。無理やり結婚させられそうになっていると、合図を送るとか。けれど、ダイモアはコルシカ人の部下が二ダース以上いると言っていた。牧師ひとりで立ち向かえるとは思えない。どんなに勇猛果敢な男でも、無理だ。

それにダイモアの言うとおりだった。彼女が生きていると知ったら、〈混沌の王〉は必ず追ってくる。そうなれば結局は居場所を突き止められ、あの忌まわしい集会に連れ戻されるか、あるいはただ単に殺されるだけだ。

ダイモアに頼るしかない。

彼だけが、わたしが生き延びるための希望だ。

ニコレッタはアイリスのもつれた髪をシンプルに小さくまとめた。手際がよく、無駄のない動きだ。しかも、アイリスの髪を無駄に引っ張って怒りをぶつけようとはしなかった。

「ありがとう」アイリスは小声でメイドに礼を言った。

ニコレッタが目を合わせて、うなずいた。やわらかそうな唇を不満か、あるいはいらだちのためにまだきつく結んでいるものの、目元の険しさが少し薄れたような気がする。

アイリスの願望にすぎないかもしれないが。

従僕がひとり部屋に駆けこんできて、コルシカ語で何かを伝えた。

ダイモアが指示を返す。「牧師を二階まで案内してくれ」それからアイリスのほうを向いて言った。「こっちに来てくれないか」

アイリスはつばをのんだ。こんなばかげた計画に、本当に従っていいのだろうか。未亡人の中にはひそかに愛人を作る者もいるが、彼女はそうしなかった。理想主義と言われようが、彼女を尊重し妻として迎えてくれるちゃんとした男性を待ちたかったからだ。それに、今度男性とベッドをともにするときは、大切に扱ってもらいたかった。

それだけ次の結婚に期待していたのだ。

愛のない冷たい結婚は二度としたくなかったから。

こんなふうに結婚するつもりは、まるでなかった。

ダイモアが彼女のためらいを見て取る。彼はアイリスがニコレッタに髪を直してもらっているあいだに、黒いシルクの部屋着を着ていた。喉元までボタンをきっちり留めているので陰鬱で厳格な印象だが、これなら家でくつろいで——少し酔っている紳士に見えなくもない。

彼は怪我をしていないほうの手を、うながすように差し伸べた。「さあ、早く。牧師はもう来ている。時間がない」

暖炉の前に座っているダイモアは、弱々しく見えていいはずだった。顔は病的に青白く、肩までの黒髪はこめかみの部分が汗に濡れて張りついているのだから。陰鬱な館のただなかでそんな姿をしている彼からは、死の気配が色濃く立ちのぼっている。

けれども氷のような灰色の目は澄んでいて、まだ冷静に意思を保っているのがわかった。

彼が何を考えているのか、アイリスは知りたくてたまらなかった。

ダイモアは彼女の命を救ってくれたのだ。その人と結婚する以外の選択肢が、自分にはあるのだろうか。

アイリスは部屋を横切って、ハデスの手のひらに手を預けた。


ラファエルはレディ・ジョーダンの手を握った。いま手を放したら、胸の悪くなるこの館から彼女は逃げてしまうのだろうかと、ぼんやりとした頭で考える。死と絶望で彩られた館に、彼をひとり残して。

彼女という光を失えば、彼の世界はふたたび暗闇に閉ざされる。

ラファエルは瞬きをして、背筋を伸ばした。肩がずきずき痛む。まるでそこに小さな動物が潜りこんでいて、心臓に到達しようと肉をかきむしっているようだ。

くだらない妄想にふけっている場合ではない。

集中しなければ。彼女を自分のもとにとどめ、守るのだ。青灰色の目と甘やかなピンク色の唇を持つ彼女を。

ヴァレンテが居間に入ってきた。そのうしろにいる黒い本を抱えた小柄で痩せた男は、剃《そ》り上げた頭にのせた断髪のかつらが傾いていることからもわかるとおり、見るからに当惑し、おびえている。

その背後について歩いているバルドは、牧師と比べてそびえるように大きい。「だんなさま、こいつはおれたちに殺されると思っていますよ」

ラファエルはうなずいた。「牧師どの、あなたの名前は？」

ぞっとしたようにラファエルの顔の傷痕に見入っていた牧師が、びくりとする。「ジョナソン……ウェバリーといいますが、抗議させていただかなくてはなりませんな。あなたはいったい何者で、なんのために──」

「わたしはダイモア公爵ラファエル・ド・シャルトル」彼には儀礼的なやり取りをしている時間などなかった。「あなたを呼んだのは、わたしと婚約者の結婚式を執り行ってもらうためだ」

ラファエルはレディ・ジョーダンが身を固くするのを無視して、彼女を引き寄せた。

牧師がすばやく彼女に目を向ける。「閣下……こんな……このようなやり方はふつうではないと言わざるを得ません。わたしは──」

「あなたがいまここで結婚式を執り行うことに、何か法律上の問題があるのか？」ラファエルはしゃがれた声で尋ねた。

「いえ……もちろんありません。わたしの行う式は当然、法的に有効です。英国国教会から正式に任命された牧師ですので。でも、こんなやり方は非常にまれです。とくにあなたさまのように身分のある方の場合は」牧師は落ちつかない様子で唇を舐《な》め、レディ・ジョーダンをちらりと見た。「ご婚約者さまは、結婚予告のうえ村の教会で式を挙げられたいとお望みなのではありませんか？」

レディ・ジョーダンは牧師のほうに向きを変えかけて、途中で止まった。

ラファエルが彼女の手を握っている手に力を込め、動けないようにしたのだ。「結婚予告を行い教会で式を挙げなければ、正式な夫婦とは認められないのか？」

「いいえ、閣下」牧師が動揺した様子で答える。「一般に教会は、性急に式を執り行うことをあまりよしとはしません。ですが法的には、必ずしも予告を行う必要はないのです。それは――」

「では、結婚を遅らせたくない。いますぐ式を挙げてもらおう」ラファエルは自分の容貌が相手に与える効果を意識しながら、牧師をじっと見た。

ウェバリー牧師がぎこちなくうなずき、本を開く。

ラファエルは気を張って、集中を保った。彼女の手を強く握り、式を進める牧師の言葉の抑揚に、耳を傾ける。

レディ・ジョーダンはどこがどうとは言えないが……ほかの女たちとは違う。なんというか、より純粋で光り輝いているのだ。金色に。彼女は彼の心の深い部分に、直接訴えてくる。彼女の声は肺や血管や内臓からラファエルの内側に入りこみ、いまや骨の髄までしみとおって彼の一部となってしまった。

もう、彼女なしでは生きていけない。

そしていま、自分は結婚しようとしている。レディ・ジョーダンことアイリス・ダニエルズと。

春にさえずるコマドリと死肉を食らうカラスのように、釣りあわない組みあわせだ。

だが、どんなにあり得ない組みあわせであろうと、思いとどまるつもりはない。それどころか、結婚に反対する者がいたら殺してでも前に進むだろう。

彼女が欲しい。

もはや理性は吹き飛んでしまった。名誉を重んじる心も良識も、死ぬまでに必ず実現させると誓った使命も。おそらくこれは、狂気なのだろう。

あるいは邪悪な父親の気質を受け継いでしまったのか。

もしそうなら、結局、自分も血筋に負けたのだ。

牧師が式を続け、やがて誓いの言葉を述べるときが来た。ラファエルは横を向いて、レディ・ジョーダンの様子をうかがった。引き返せなくなる前に、抗議しようとするのではないだろうか。結婚を無理強いされているのだと、涙ながらに訴えるかもしれない。醜い傷のある男なんかと一緒になりたくない、この恐ろしい場所から連れだしてほしいと、ウェバリー牧師にすがりつくことだってあり得る。

だが考えてみれば、彼女は拳銃を構えて彼に抵抗した。ほんの一時間ほど前に、彼を撃ったのだ。

そんな女性が、臆病なまねをするはずがない。

レディ・ジョーダンは冷静な声で淡々と誓いを述べた。

続いて彼も誓う。感情の揺らぎのない、しっかりとした声で。

牧師はふたりが夫婦になったことを宣言すると、黒い本を閉じて顔を上げた。しかし、その視線がラファエルの負傷した肩に落ち、目が丸くなった。

ラファエルは、部屋着の布地に血がしみているのだと悟った。

ウベルティーノにうなずいて、指示をする。「謝礼をたっぷり渡してくれ」

コルシカ人の従僕はお辞儀をすると、ポケットからずっしり重い財布を取りだして牧師に渡した。

英国人牧師の目がふたたび丸くなる。「このような簡単な式を執り行った報酬としてふだん受け取っている額より、これはとんでもなく多い」

「わざわざここまで足を運んでもらって、わたしも妻も心から感謝している」ラファエルは鷹揚《おうよう》にねぎらった。「それからウェバリー牧師、当然のことだがこの件に関しては絶対に口外しないでもらいたい」

牧師が真っ青になったので、秘密がもれるかもしれないというラファエルの恐れは消えた。

「ええ……ええ、もちろんですとも、閣下」

「よろしく頼む。わたしはプライバシーを重んじるたちなのだ。噂話の種にされたくない」

牧師が大きく息をのみ、聖書と財布を胸に抱えてあとずさりする。

ラファエルは彼に向かってうなずいた。「従僕たちに、家まで送らせよう」

「ありがとうございます、閣下」急いで出ていく牧師の背後に、ヴァレンテとバルドがぴたりとついた。

ラファエルはため息をつくと、椅子の背に頭をぐったりと預けた。

彼の横で、妻となったレディ・ジョーダンがたしなめるように言った。「牧師さまはおびえきっていたわ。あんなふうに脅す必要があったの？」

「わたしが弱っていると万が一にも〈混沌の王〉に知られたら、ふたりとも命が危ない。だから、そうだ。ああする必要があった」ラファエルは重い瞼をようやく押し上げて、彼女を見た。目の下にくまができ、淡いピンク色の唇は両端が下がっている。左の頬骨の上に泥がはねているのを見て、彼はぬぐってやりたい衝動に駆られた。「では妻よ、かまわなければわたしは休ませてもらう」

レディ・ジョーダンは繊細な眉をぎゅっと寄せた。「その前に、弾を取りださなければ」

彼はもう、瞼を上げているのがつらくてたまらなかった。「そんなふうに逆らってばかりいるのは、妻としてどうかと思うぞ」

「もっと早く、そのことを考えればよかったわね」彼女は言い返してきたが、その口調はやさしかった。

「そうだな」

「従僕たちにお医者さまを呼びに行かせて」

ラファエルはぱっと目を開け、彼女をにらんだ。「きみは銃創を手当てした経験があると言ったじゃないか」

「ええ、それは本当よ。でも、実際に弾を取りだしたことはないわ」彼女の顔は恐怖にゆがみ、疲れは見えるものの目にはまだ生気がある。

そこでラファエルは手を振って、彼女の抵抗を退けた。「わたしはきみを信じているし、ほかに選択肢はない。わたしが負傷していると知れば、〈混沌の王〉は脚の悪い子羊を見つけたオオカミの群れのように襲いかかってくるだろう。そうなったらひと晩だって持ちこたえられない――わたしも、きみも」

鋭く息を吸う音がしたが、レディ・ジョーダンは黙って彼の肩の下に手を差し入れ、立つようにうながした。すぐに従僕たちが寄ってきて、彼女より力強い手で彼を支える。大丈夫、歩ける。運ばれていくつもりはない。絶対に。父親の館だったこの場所では。

階段を上がるのは大変で、彼は一段ごとにつまずきそうになったものの、なんとか二階まで上がった。足を引きずりながら進んで公爵用の続き部屋を過ぎ、ようやく公爵夫人用の部屋に着いた。かつて彼の母親が使っていた場所だ。

ラファエルはようやくベッドに倒れこむと、ほっとして体じゅうから力が抜けた。

「ナイフが必要よ。それから、できればピンセットも」彼の妻が上品な口調で、申し訳なさそうに告げる。

「この女性にナイフを持たせて、あなたの体を切り刻ませても大丈夫なんですか？」ウベルティーノがコルシカ語でうなるようにきくあいだに、ニコレッタは言われたものを取りに、急いで部屋から出ていった。

ラファエルはなんとか目を開けると、周りに集まった使用人たちひとりひとりと目を合わせ、英語で告げた。「彼女はもう公爵夫人であり、お前たちの女主人だ。それにふさわしい敬意を払え。わかったか？」

妻が横で息をのむ音が聞こえる。

使用人たちは早口で次々に、同意の言葉をつぶやいた。

「わたしに言うのではなく、直接妻に忠誠を誓え」ラファエルは大声でうながした。

ウベルティーノが頭を動かして仲間たちに合図し、驚きに目を見開いている公爵夫人のほうを向いて、深々とお辞儀をした。「誠心誠意お仕えいたします、奥さま」

レディ・ジョーダンがつばをのんだ。「ありがとう」

ラファエルのほうに向き直った彼女は、顔をしかめていた。青灰色の目の間際まで眉を引きさげたさまは、詩的な表現をすればヨークシャーの荒野の上に雷雲が重く垂れこめているようだ。

詩的な表現なんて、いつもの彼には縁のないものだが。

誰かが彼の部屋着のボタンをはずしている。

ラファエルが目を開けると、レディ・ジョーダンがニコレッタを横に従え、心配そうな顔で立っていた。いや、彼女はもうレディ・ジョーダンではない。ダイモア公爵夫人だ。

「母の宝石箱を持ってきてくれ」彼はメイドに命じた。

ニコレッタが急いで部屋から出ていった。

胸からはずされていく包帯に引っ張られて鋭い痛みが走り、彼はあえいだ。

「ごめんなさい」妻がささやく。

「だんなさま」呼ばれて目を開けると、ニコレッタが宝石箱を差しだしていた。彼女の頭の周りが光輪のように明るくて、ラファエルは思わず吹きだしそうになった。ニコレッタは、聖人にしては口が悪すぎる。

「開けてくれ」

ニコレッタが腰につけた鍵束から鍵を探しだして、鍵穴に差しこんだ。蓋を開け、中が見えるように彼に箱を近づける。

ラファエルは大丈夫なほうの手を持ち上げて――それでもいつもよりずいぶん重かったが――指先で中を探り、目当ての指輪を見つけた。指輪を取り上げた手が、ぶるぶる震えてしまう。「蓋を閉めて鍵をかけ、鍵束を妻に渡してほしい」

ニコレッタは唇をぐっと結んだものの、彼の言葉に従った。

高価な装身具の入った箱の鍵を渡されても、彼の妻はただ当惑した様子だった。

「きみのものだ」少ししゃべっただけで、なぜか息が切れる。ラファエルは懸命に息を吸った。「きみはもうわたしの妻であり公爵夫人だから。それから、これもきみのものだよ」

彼女の手を取って、冷たい自分の手にぬくもりがしみわたるのを感じながら、ずっしりと重い浮彫細工の指輪をはめる。華奢で指が人並はずれて細かった母の指輪が妻の薬指に合うと思えなかったので、右手の小指にした。長いあいだ母親の一族を守ってきた丸いルビーがきらめく金の指輪が彼女の指におさまったのを見て、ラファエルの胸に満足感が広がった。

大仕事を終えて、彼の両手は鉛でできているかのようにベッドの上に落ちた。「彼女を守ってほしい」暗くなっていく部屋の中で、ラファエルはウベルティーノにささやいた。誰かがすすり泣いている。ニコレッタだろうか。「約束してくれ、彼女を守ると」

アイリスの目は込み上げる涙でひりひりと痛んだ。だが、そんなのはばかげている。夫になったとはいえ、目の前の男のことはほとんど知らない。彼が生きようが死のうが、彼女に関係があるだろうか。尊大で、押しつけがましくて無愛想。一番夫にしたくない種類の男性だ。

それなのに、彼女はいま彼のために泣いている。

アイリスは涙を払おうと瞬きをした。傷に触れたので、指が血だらけだ。ダイモアにはめられた金の指輪も、すっかり血で汚れてしまった。

彼に目を向けると、顔から力が抜けていた。黒い睫毛《まつげ》が青白い頬に落ち、やわらかい唇はうっすら開いている。顔の右側はねじれたままだけれど。

ダイモアは気を失ったのだ。

アイリスは彼を見つめた。

向こう見ずで暴力的で力にあふれたこの男を、いまなら好きにできる。彼女の命を救い、結婚するように迫った男を。彼は躊躇《ちゅうちょ》なく身を横たえ、彼女にナイフを渡した。恐れている気配すら見せずに。

彼女を信用しているのだ——命を預けられるほどに。

誰かの命を預かる立場になったのは、はじめてだ。

アイリスは息を吸うと、ピンセットを持った。おそらく洗面用具の中にあったものだろう。使用人たちはそのほかに布をひと山、水や洗面器、よく研いであるナイフなどを運びこみ、ベッド脇のテーブルにきちんと並べてくれていた。そこには蠟燭も二本ともされていて、薄暗い部屋を照らしている。

アイリスは傷口にナイフを差し入れ、刃に沿ってピンセットを滑らせながら慎重に弾を探った。彼が意識を失っていてよかった。おかげで、これ以上痛みを味わわせないですむ。彼女は傷の内部に差し入れた金属製の道具を、少しずつ動かした。傷口から止まることなく血がしみだし、ダイモアの部屋着とシーツを汚していく。アイリスの背中の真ん中を、脂汗が伝った。

そしてついに、ピンセットが何かに触れた。ところが先を開いて弾をつかもうにも、開くだけの隙間がない。

「まったく、いまいましいったら」彼女はつぶやいた。こんなふうに悪態をつくなんて、レディらしくない。だがそれを言うなら、こんなふうに男性の血だらけの肩に触れていること自体が、レディらしくないのだ。

アイリスはどうにかして弾をとらえられないかと、ピンセットの向きを変えてみた。一瞬ピンセットの先が金属の弾をつかみかけたが、滑り落ちてしまう。

アイリスはつばをのんだ。疲れきっている。いまはただ、自分がダイモアに対して犯してしまった過ちを正したいだけだ。

彼の体を元に戻したい。

ニコレッタが何かつぶやきながら傷口の周りをそっと布で叩き、にじんだ血を吸い取る。

「ありがとう」

アイリスは息を吸って、目を閉じた。もう一度ゆっくりピンセットを動かして、弾を探る。そして金属を感じると、今度はうまくはさんで慎重にピンセットを引き、ナイフも抜いていった。ようやく息を吐いて、目を開く。そして恐ろしい威力を秘めた小さな弾を見つめながらテーブルの上の布を取り、ぬぐって調べた。

どこも欠けていない。

よかった。

アイリスはテーブルに弾を置いて、ダイモアに目を向けた。傷口からは、まだ血が出ている。彼女は唇を舐め、息を吸った。今度は傷口を縫って、閉じなければならない。

テーブルの上に針と糸がなかったので、ニコレッタにきいた。「裁縫道具はある?」

メイドがうなずき、部屋から出ていった。

あとにはアイリスと従僕三人が残った。ウベルティーノは暖炉の前でひざまずき、火を掻《か》き立てて石炭を足している。

アイリスは新しい布を取ると、折りたたんで傷口に押し当てた。今夜、彼はどれくらいの血を失ったのだろう。ダイモアの体は隅々まで見たが、彼は大柄でたくましい男性だ。しかしどんなにたくましい男性でも、血を大量に失ったら生きていられない。

ドアが開く音がして目を上げると、ニコレッタがバスケットを持って入ってきた。

メイドが小走りに近づき、バスケットの蓋を開けて裁縫道具を見せる。そして丈夫そうな針を選んで、シルクとおぼしき糸を通した。

「ありがとう」アイリスは準備のできた針を受け取った。

血のしみとおった布を傷口から持ち上げて、一瞬ためらう。前に銃創を縫いあわせる場面に立ち会ったことはあるが、それほどよく見ていたわけではない。

しかし、自分がやる以外に選択肢はないのだ。

アイリスは傷の端を合わせてつまむと、針の先を皮膚に当てた。すると人間の肉に針を通すのは、彼女が考えていたよりも大変な作業だとわかった。針は滑りやすく、つかんでいる指先から危うく逃がしてしまいそうになる。

ニコレッタが横から手を伸ばし、傷口を合わせて押さえておく役を代わってくれた。

「ありがとう」アイリスはほっとした。

彼女はなんとか傷を縫い終えた。なるべく丁寧にやったつもりだが、きちんと閉じられたかどうかは自信がない。

だが少なくとも、出血はおさまりつつある。

アイリスはニコレッタと協力して、ダイモアの肩に包帯を巻いた。背中側に巻くときは、従僕たちに公爵の体を持ち上げてもらう。

それでも、彼は目を覚まさなかった。

処置をすべて終えたときには、アイリスの手は震えていた。

彼女は目をしばたたいた。疲れすぎて、次に何をしたらいいのか頭が回らない。

ニコレッタが舌打ちをして、きれいな水を張った洗面器を差しだした。アイリスはゆっくりと手を洗いながら、水がピンク色に変わるのを見つめた。

手を拭くと、メイドから今度はワインの入ったグラスとパンを渡された。

アイリスが機械的に口と手を動かして食事を終えると、ニコレッタは部屋の隅の衝立《ついたて》のうしろに置かれた室内便器のところへ彼女を連れていった。

ふだんだったら恥ずかしさが先に立っただろうが、いまはそんなものを感じる元気もなく、彼女はしゃがんで用を足した。

衝立のうしろから戻ると、公爵は上掛けをかけられ静かに眠っていた。大きな上掛けは、奥のほうの端が折り返してある。

彼女のためだ。

アイリスは凍りついたように足が動かなくなった。

彼と一緒のベッドで眠るのだと、いままでまったく頭に浮かばなかったのだ。

結婚したのはわかっているが……。

どうすればいいのだろう。ニコレッタや従僕たちは、期待するような目で見つめている。

ダイモアは怪我をしているのだから、アイリスは別の場所で寝るべきではないだろうか。

しかしほかのベッドが用意されていなければ、どうしようもない。

それにいまは、騒ぎたてる気になれないほど疲れきっている。

アイリスは心を決めた。ベッドは大人ふたりが寝てもじゅうぶんすぎるくらい大きくて、ダイモアのように大きな体の男性が寝ても、まだまだ余裕がある。それに、なんでもいいから早く休みたい。彼の邪魔になるとわかったら、床で寝ればいいのだ。

それでもかまわないと思えるほど、彼女は消耗していた。

それに夜のあいだに彼の容態に変化がないか、誰かが気をつけていなくてはならない。

アイリスは部屋を横切ると、ぼろぼろになった靴を蹴り飛ばしてベッドに入った。

ああ、なんて気持ちがいいのだろう。

明かりが消え、ドアの閉まる音が聞こえた。

隣に寝ている男とふたりきりになる。

彼女の夫と。

石工の上の娘はアンといい、背が高く色白で丈夫でしたが、下の娘のエルは小さくて色黒で病弱でした。一二歳の誕生日のすぐあとエルは寝ついてしまい、土気色の顔をしてベッドの中で震えていました……。

『石の王』

3

同じ日の夜、ディオニソスは玉座に座って、臣下の者たちが浮かれ騒いでいる様子を眺めていた。大聖堂の廃墟のアーチ天井の下で松明の光が瞬き、うごめく人々の体の上にぞっとするような形を描きだしている。夜のしじまに、うめき声や肉と肉がぶつかる静かな音だけが響く。

悲鳴は何時間も前にやんでいた。

そんな光景を前にしても、ディオニソスはまるで興奮しなかった。こういうものは彼の欲望を刺激しないのだ。じつを言えば、肉体に関わる要素で彼を刺激するものはほとんどない。だがこれは肉の享楽を目的とする集まりであり、この場に立ち会うのは彼の義務だ。

それにここにいるみなによって、彼はディオニソス、すなわち彼らの王となったのだ。今夜は臣下たちを思う存分楽しませてやるのが、筋というものだろう。

ディオニソスはなめらかな木製の被り物の下でうっすらと微笑《ほほえ》みながら、みなを見つめた。彼は動物の被り物で隠された男たちの顔を知っている。自らの妹の胸をもてあそんでいるのは尊敬すべき治安判事だし、ハンサムな若者にうしろから突かれているのは伯爵だ。すすり泣いている女に何やらささやいている男は、大司教。

彼が男たちの素性を把握している一方、男たちは彼の正体を知らない。なぜならこれまでディオニソスだったばかどもと違って、彼は素性を明かさないまま権力を掌握したからだ。彼は女子どもを犯したり、背徳的な行為にふけったりすることには興味がなかった。過去のディオニソスたちは肉欲だけにとらわれていたが、彼の興味はもっと大きなものに向かっている。

権力に。

「ダイモアには、女を連れていく権利などなかった。やつはあなたの権威を軽んじている」キツネがうごめいている人々の群れから立ち上がって、ディオニソスのいる玉座まで歩いてこようとした。だが、しこたま飲んだワインのせいでふだんの優雅なふるまいはどこへやら、たちまちよろけてしまう。

「ほう。どんなふうに？」ディオニソスは首を傾げて、キツネを見た。

被り物に選んだ動物と同じく、この男は狡猾《こうかつ》で信用できない。しかしキツネは、先代ディオニソスである老ダイモア公爵の死からはじまった混乱の六カ月を生き抜いた。公爵の死後に起こった後継の座をめぐる熾烈《しれつ》な争いと、カイル公爵による粛清を。執拗《しつよう》なカイル公爵によって、〈混沌の王〉は壊滅寸前へと追い込まれた。それを生き延びた者は少ない。

キツネはそのひとりなのだ。

だから、いまのところ彼を見守っている。

「女を奪っていったじゃないか」キツネは腕を振りながら言った。その動きはダイモアがレディ・ジョーダンを連れ去った方角を示すようでもあるし、ただ腕を振り回すのを楽しんでいるだけにも見える。「今夜は、われわれみんなであの女を楽しむはずだったのに」

ディオニソスはいらだちを感じ、ため息をついた。「あれはカイル公爵夫人ではなかった。あの女を生贄にしても、カイルに復讐するというわたしの計画には役に立たなかったのだ」

彼は肩をすくめた。「だからレディ・ジョーダンはダイモアに与えると、わたしが決断を下した。そういうことだ」

「その決断が間違いだったのでは――」

ディオニソスはぐっと前に乗りだした。突然の動きに、数人が目を向ける。その中には崩れた柱の陰にひっそりとたたずんでいるモグラもいた。「違う女を連れてきたのが、そもそも間違いだった。そしてその間違いは、お前が犯したのではなかったかな？」

キツネが思わずあとずさりしかけて、踏みとどまった。「女の拉致に関わったのは、わたしだけじゃない。モグラや――」

「そのとおりだ。だがほかの者は、お前のようにわたしに文句をつけていない。わたしの権威に疑問をさしはさみ、せっかく宴を楽しんでいるところに水を差したりもしていない」

「わたしはただ……やつに気をつけろと言いたかっただけだ」キツネは頭を下げ、恭順の意を示した。

「もちろん、そうだろうな」ディオニソスは何事もなかったかのように、声をやわらげた。「お前がわたしに忠実なのは、わかっている」

「そのとおり。わたしは忠実そのもの」キツネは言い、顔を上げた。「あなたの座を狙っているのはダイモアだ」

ディオニソスは静かにため息をついた。もちろんダイモアは、リーダーの座を欲している。ここにいるみながそうだ。そのほとんどは、彼に挑戦するだけの頭脳も度胸も持ちあわせていないというだけで。

だがダイモアは……。

少なくとも、ディオニソスは敵を目の届くところに置いておくほうが好きだった。そうすれば、相手の出方がよくわかる。

「やつのことは信用するべきじゃない」キツネがぐちぐちと訴え、彼にすり寄った。「どうかダイモアには気をつけてほしい」

「心配してもらえるのはうれしいことだ」モグラが柱のうしろから彼らを見つめているのを、ディオニソスは目の端でとらえた。「さあ、行こう。わたしたちも楽しむのだ。生贄を分かちあおうじゃないか」

「ああ、それはいい」キツネが意気込むように応じた。そして急いで走っていくと、酔っ払った女をひとり引きずって戻ってきた。女の髪はワインのように赤かった。「この女ではどうだ？」

「なかなかだな」ディオニソスは嘘をついた。女のたるんだ顔を指先でなでおろし、恐怖で目が見開かれるのを見つめる。彼はその指先を、そのままそばかすの浮いたキツネの肩へと滑らせた。

キツネがぶるりと身を震わせた。

柱の陰にいたモグラが前に出かけて、そこで固まった。

キツネが玉座の前に女を投げだしたのだ。女の顔がディオニソスの股間にかぶさるように。女に課せられた務めは明らかだった。

ディオニソスはひそかにため息をついた。彼の股間のものはぴくりとも動かない。どんな女の口も、彼のものを起こすことはできないのだ。それだけでは。

だがそんなところを臣下の者たちに見せるわけにはいかない。みなの前で自分も仲間だと示すことが重要なのだ。彼にとっても、キツネにとっても、そして誰よりモグラにとっても。

そこで彼は玉座の横に隠してある小さなナイフを指で探った。それを拳の中に握りこみ、自分の右の内腿に突き立てた。皮膚のすぐ下を流れる動脈に、危険なほど近い場所に。痛みが炸裂《さくれつ》し、流れだした血が彼の指を濡らす。

股間のものが頭をもたげた。

手を伸ばし、驚愕している女の口やその周りに血を塗りつける。彼は恐怖におののく女の目を見つめながら言った。「はじめろ」

女が血にまみれた口で彼をしゃぶっているあいだ、ディオニソスは親指を傷にめりこませ、体を貫く至福に満ちた甘い苦痛を味わった。

キツネはすでに、女に背後からのしかかってうめいている。

ディオニソスはちらりと目を上げ、モグラが見つめているのを確認した。モグラは柱をきつく握り、目を閉じる。

キツネの言うとおり、ダイモアの動向には注意しなければならない。必ずレディ・ジョーダンを殺すよう、目を光らせておかなければ。

この先ダイモアが、彼の座を脅かさないように。


翌朝アイリスが目覚めると、部屋に明るい光が差しこんでいた。

彼女は目をしばたたいた。

昨日の夜のぞっとするような一連のできごとを思うと、日の光があまりにも場違いに感じられた。だがそれでも太陽は、等しくここも照らすのだ。寝室の古びた木の床に伸びた楽しげな一本の光の筋が、彼女の寝ている大きなベッドのすぐ近くまで届いている。アイリスは光の差しこんでいる窓に目をやった。上がとがった形になっている石造りの窓の周りには暗い赤褐色の板が天井まで張られていて、とがった部分が上を向いた六角形が連続した繊細な彫刻が施されている。頭を持ち上げると、重厚な紫の天蓋の隙間から天井の中央にある円形の浮き彫りの端が見えた。

アイリスは頭を枕の上に戻した。

ダイモアがゆっくり規則正しく呼吸している音が、横から聞こえてきた。彼がすぐ隣にいると思うと、なぜか心が安らいだ。彼女を守るために、彼は大きな犠牲を払ってくれたのだ。

アイリスは顔をしかめた。ダイモアのそばにいて、安心感など覚えるべきではない。彼という人間についてほとんど知らないし、わずかに知っている事実は疑わしいことばかりだ。それなのに、なぜか彼女の心は落ちついた。

横向きの体勢からゆっくり仰向けになると、シーツが腰の周りでよじれてがさがさと大きな音をたてた。アイリスははっとして動きを止めたが、ダイモアの呼吸に変化がなかったので、ふたたび体を転がして彼のほうを向いた。

ダイモアは仰向けに寝ていた。唇がうっすらと開き、頬が赤い。この角度からだと、彼のわし鼻の輪郭がくっきりと見える。

アイリスは肘をついて体を起こした。

彼は額にも眉間にもしわを寄せていた。傷がない側の鼻の横から口角まで続くしわもくっきりと刻まれているが、彼がいつもこんなふうに顔をしかめているとは思えない。まるで寝ていて苦しくてたまらないようだ。

アイリスは手の甲をそっと彼の額に当てた。

熱いし湿っている。彼女は心配になって顔をしかめた。熱が上がっているのだろうか。

彼がふっと息を吐いたので、アイリスは急いで手を引いた。一緒にいてどれほど安心感を覚えようと、理性的に考えればそんな根拠はどこにもないのだとわかっている。いま起こしたら、彼はまた昨日の夜のように、あれこれ指図をはじめるのだろうか。

アイリスは自分がそんな彼におとなしく従いたいのかどうか、よくわからなかった。ダイモアは夫として、妻である彼女を好きにできる権利を持っている。ベッドをともにする権利も。

彼女はぶるりと震え、ダイモアを見おろした。顔の右半分を損なっている恐ろしい傷痕に、無理やり目を据える。ダイモアをはじめて見たのは、カイル公爵——彼女にとってはヒュー——と一緒に舞踏会に出席したときだった。もう何カ月も前のことだが、そのときヒューは、ダイモア公爵の傷痕に関してさまざまな噂があると言っていた。娘を傷物にされて怒り狂った父親と決闘して負ったものだとか、前公爵であるダイモアの父親がつけたものだとか、一族に伝わる呪いのせいだとか。

あるいは、顔半分が損なわれた状態で生まれたのだとか。

アイリスは彼の口の右半分に、目を向けた。その端は赤々とした傷痕に引っ張られて、永遠に持ち上がったままだ。一方、傷がない左半分は官能的な曲線を描いている。彼女は美しいその部分に触れようと手を伸ばしかけ、途中で止めた。小指にはめているルビーの指輪に日の光が当たって、きらりと光ったのだ。女性用の繊細で美しいその指輪は、別の状況でもらったものなら、つけていることに心から喜びを覚えただろう。

だがこれは……ダイモアに所有されているしるしみたいなものではないだろうか。

アイリスは息を吸い、彼に触れずに手を引っ込めた。恐ろしい一連のできごとと彼の強い意志によって妻となったが、彼はまだ他人も同然だ。

本当に信用できるのかどうかもわからない。

アイリスは首を横に振りながら、ベッドを出た。

いま頃、ヒューとアルフはひどく心配しているに違いない。アイリスがさらわれたことは、一緒に馬車に乗っていたメイドのパークスや御者や従僕が知っている。彼らがヒューに、何があったか知らせているだろう。それに兄のヘンリーも手をこまねいているとは思えない。

アイリスはロンドンにある兄夫婦の家で暮らしていた。兄にも兄嫁のハリエットにもヒューとアルフの結婚式からいつ戻るか正確には知らせていなかったが、それでももう、長すぎる不在に心配を募らせているだろう。ヒューが直々にロンドンまで行って、彼女が消えたことを伝えているかもしれない。

自分は無事だと、なんとかして知らせる必要がある。

昨日ダイモアは、村人に絶対に姿を見られてはならないと念を押した。だが従僕の誰かに頼んで、ヒューかヘンリーに手紙を届けてもらえるかもしれない。

ベッドに背を向けたアイリスは、思わず立ちすくんだ。

部屋には壁のほぼ一面を占める古風で巨大な暖炉があり、その周りを血のように赤い筋が入った象牙色の大理石のマントルピースが縁取っている。その上に、女性の肖像画が飾られていた。

黒っぽい髪の女性が着ているドレスは、何十年も前に流行した形だ。女性の肌は抜けるように色が白く、画家はそれを表現するためにところどころうっすらと緑をのせている。一度見たら忘れられないほど美しいが、アイリスの目をとらえたのはその明るい灰色の目に宿る悲しみだった。

彼女の目の色は、ダイモアと同じだ。

だがダイモアは、これほど深い感情を表に出したことはない。はっきり言って、彼が怒り以外の感情を浮かべるところを、アイリスは一度も見ていなかった。

彼の目は冬の夜に冷え冷えと凝固している氷のようだ。

肖像画の女性はダイモアの母親に違いない。けれどもアイリスは、これまで彼の母親について聞いた覚えがなかった。

部屋を見回すと、巨大なベッド以外に目立つものはほとんどなかった。目に入るのは、隅に置いてある金色の脚がついた優美な箪笥《たんす》、その横の床に置かれたトランクがふたつ、巨大な暖炉の前に並べられたいくつかの背の低いベルベット地の椅子、別の隅にある室内用便器を隠すための衝立といったところだろうか。

ベッドに目をやり、ダイモアがまだ眠っているのを確かめてから、アイリスは急いで用を足した。するとずいぶん気分がよくなって、いままで気にならなかったことが気になりだした。体をきれいにして、清潔な服に着替えたい。

まずは入浴だ。それからヒューに手紙を書き、ダイモアを看病してくれる人間を手配する。とりあえず、コルシカ人たちを探そう。

アイリスは公爵を起こさないよう、なるべく静かに扉を開けて廊下へ出た。人の姿は見当たらないが、階下から話し声が小さく聞こえてくる。

アイリスは階段まで進んだ。昼間に見ると、館の中は昨日の夜に思ったほどひどい状態ではないものの、やはり手入れが足りていない。絨毯《じゅうたん》の敷かれた階段には各段の隅に埃《ほこり》がたまっているし、壁面を飾る絵も埃が積もってくすんでいる。少ない窓から入ってくる弱々しい光にきらきらと輝いているのは、大気中を舞う小さなちりだ。屋内を照らす蠟燭はもっと増やしたほうがいいし、大理石製の手すりは磨く必要がある。それに玄関の間に頭上高く吊りさげられているシャンデリアは、一度おろして徹底的に掃除すべきだろう。

この館は、閉鎖されて長いあいだ放置されていたようなありさまだ。

アイリスは顔をしかめ、声をたどって奥の使用人用の区画に入った。次第に暗く狭くなる廊下を進んで、短い階段をおりると厨房《ちゅうぼう》に出た。

天井が低く広い部屋の真ん中に置かれたテーブルに、ウベルティーノとニコレッタ、それに名前のわからない使用人が三人座っている。

「おはよう」アイリスは呼びかけながら、厨房に足を踏み入れた。

「おはようございます、奥さま」ウベルティーノが立ち上がって、お辞儀をする。

彼は座ったままの使用人たちを鋭い口調でうながし、急いで立ち上がった彼らをひとりずつ紹介した。

「ヴァレンテとバルドです。昨日、このふたりが牧師さまを呼びに行きました」

ひとりはたっぷりした黒髪を無造作にうしろで縛ったひょろりとした若者で、濃い睫毛を伏せて恥ずかしそうに彼女を見ている。もうひとりのあかがね色の髪に白いものがまじったおそらく三〇代のしかめっ面の男は、明るい赤のベストを着ているせいで青い目が不自然なほど鮮やかだ。

「そして、こっちはイヴォです」

イヴォは昨日の夜、館の中まで彼女につき添った従僕だった。背が高く針金のように痩せた男で、彼女に見つめられて頰がまだらに赤くなっている。

「あなた方の名前がわかってうれしいわ」

「こいつらは英語がわかりません」ウベルティーノが申し訳なさそうに説明した。「ですから必要なときはわたしがあなたの言葉を伝えますが、それでよろしいでしょうか」

「もちろん、そうして」

さっそく、ウベルティーノがコルシカ語で三人に通訳した。

するとヴァレンテだけが表情を変え、彼女に笑いかけた。

「ここに英国人の使用人はいないの?」アイリスは好奇心に駆られて尋ねた。

「おりません」ウベルティーノが答える。「わたしたちを連れてこの館に戻られたとき、だんなさまはもとからいた使用人たちを解雇なさいました。このあたりの人々を信用されておられないのです」

「そうだったのね」アイリスは昨日の夜、ダイモアがそのようなことを言っていたのを思い出した。

この館が打ち捨てられた雰囲気を漂わせているのも当然だ。ふつうこの規模の館を維持するためには、大勢の使用人が働いている。メイドがひとりに従僕が数十人ではとうてい足りない。しかも従僕のほとんどは、警備に回っているという。

アイリスはウベルティーノにさっそく希望を伝えた。「だんなさまはまだ眠っているわ。でも誰かについていてほしいの。それから、カイル公爵に急いで手紙を届けてもらえないかしら?」

「だんなさまのところへは、わたしがすぐにまいりましょう。ただ申し訳ありませんが、手紙をお届けするのは無理です」

「どうして無理なの?」アイリスは懸命に笑みを作った。「わたしに忠誠を誓ってくれたはずでしょう」

「もちろん、奥さまに忠誠をお誓いしております。お力になれないのが残念でなりません。ですが、だんなさまは従僕全員に、奥さまのおそばを離れずにお守りするよう命じられました。だんなさまが目を覚まして別の命令を下されるまでは、言われたとおりにしなければならないのです」

アイリスはなんとか表情を保ったが、顔が熱くなるのは抑えられなかった。使用人に命令を拒否されるなんて、屈辱的だった。ウベルティーノがどれほど申し訳なさそうな顔をしていても。

けれども屈辱の思いよりも大きかったのは、ヒューに無事を知らせられないことへのいらだちだった。

彼女は息を吸った。「では入浴したいのだけど、それはできるかしら？」

「ええ。もちろんです」ウベルティーノは振り返ると、ニコレッタに早口で指示を伝えた。メイドが顔をしかめて首を横に振り、鋭い口調で言い返す。

しかしウベルティーノは譲らず、とうとうメイドは舌打ちをして炉に向かった。そこでは石炭で熱せられたやかんが、すでに湯気を立てている。従僕三人は水溜《みずた》めから水を汲《く》んで、大きなやかんを次々に満たしはじめた。

アイリスはウベルティーノに向かって眉を上げ、黙って問いかけた。

「ええと、その――」彼の顔はメイドと言いあったために、やや紅潮している。「湯が沸くのを待つあいだに奥さまは朝食を召し上がりたいのではないかと、ニコレッタが言っておりまして。彼女は英語を聞いて理解することはできるんですよ。しゃべれませんが」彼はささやき声で、メイドの秘密をばらした。

「教えてもらってよかったわ。そうね、ニコレッタの言うとおり、待っているあいだに朝食をいただくわ」

ウベルティーノがほっとした様子になる。

ニコレッタが大きなストーンウェアのティーポットを持ってきて木のテーブルの上に置いたので、アイリスは腰をおろした。ヴァレンテがパンとゆで卵の入ったバスケットを彼女のそばに置き、バルドがバターの皿とチーズの皿を押してよこす。ニコレッタは繊細な磁器のカップに紅茶を注いだ。イヴォはどうやら湯を沸かす係らしく、火の番をしている。

アイリスは紅茶を口に運んで、危うく舌をやけどしそうになった。思わず目をしばたたいてしまうほど、濃い紅茶だ。

それでもアイリスは、年配のメイドに笑みを向けた。

ニコレッタは肉づきのいい腕を胸の下で組み、顔をしかめてアイリスを見つめている。

アイリスはそっとため息をついて、パンにバターを塗った。ここは厨房で、彼らの領域だ。それでも一緒に食事をするよう彼らに勧めても無駄なのはよくわかっていた。ぼろぼろの服を着て全身が薄汚れ、体を洗う必要があっても、アイリスはこの家の女主人なのだ。彼らとのあいだには、越えられない垣根がある。

パンをひと口食べ、感想を伝えてみた。「おいしいわ」

しかしパンを焼いた本人であろうニコレッタは、まるで表情を変えなかった。

昨日の夜はメイドの態度が少しやわらいだかに思えたが、思い過ごしだったようだ。

アイリスはため息をついて、ウベルティーノに話しかけた。「英語がとても上手ね。どこで覚えたの？」

「ありがとうございます、奥さま」彼がお辞儀をする。「若い頃、船乗りをしておりましたので、いろいろな国の船と行きあう機会がございました。そしてわれわれの船に……客人として迎えた人々には、英国人が多かったというわけでして」

ウベルティーノがにやりと笑う。

アイリスは口に運びかけていたカップを止め、彼を見つめた。行きあう機会があった？ ウベルティーノはいま、かつては海賊だったと告白したのだろうか。

彼女はカップをそっと置くと、ほかの従僕たちにも目を向けた。まさか、ここにいる全員が海賊だったなんてことがあるの？

彼女を見つめ返すヴァレンテとバルドの様子からは、とてもそうは思えない。

アイリスは首を横に振って、ふたたびカップを持った。「まあ……そうだったの。それで、あなた以外には誰も英語をしゃべれないのかしら？」

ウベルティーノは肩をすくめた。「ヴァレンテがいくらか話せますが、そのほかの者はたいして。ですがニコレッタのように、しゃべれなくても言われたことを理解できる者は多くいます。それにいまは全員、奥さまが新しい女主人だと承知しておりますので」

「よくわかったわ」紅茶をすすったアイリスは、ベッドの上でぴくりともせずに横たわっていた公爵の姿を思い出した。彼の顔を走る赤く醜い傷痕が、まざまざと脳裏に浮かぶ。「ウベルティーノ?」

「なんでしょう」

彼女は一瞬ためらったのち、質問を口にした。「だんなさまの顔の傷がどうやってついたか、あなたは知っているの?」

ウベルティーノは首を横に振った。「いいえ、存じません」

アイリスはうなずき、眉をひそめて考えこんだ。ダイモアがあれほどの傷をどうやって負ったのか、事情を知っている者はいるのだろうか。負傷した直後は、ひどいありさまだったに違いない。額から顎まで手ひどく切り裂かれて、どれほど痛かったか。大きな傷が一生残ると知って、きっと絶望しただろう。

彼のために心を痛めている自分に気づいて、アイリスは顔をしかめた。彼は憐《あわ》れまれて喜ぶような男性とは思えない。

朝食を終えたアイリスは、立ち上がった。「ごちそうさま。パンは焼きたてで皮がぱりっとしていて、おいしかったわ」

ニコレッタが鼻を鳴らし、皿を片づけはじめる。

ウベルティーノが目をぐるりと回した。「食事を楽しんでいただけてうれしいと、ニコレッタは言っています」

ニコレッタはひと言もしゃべっていないという事実を、彼は大胆にも無視した。

メイドはうなるような声を出したあと、従僕たちにきびきびと指図した。それからアイリスのほうを向いて、追い払うように両手を動かす。

それを見てウベルティーノはむっとしたらしく、一瞬目を見開いたあと笑みを作り、優雅にお辞儀をしながらあてつけがましく言った。「われわれ全員、奥さまに喜んでお仕えいたします。お部屋まで、わたしがお供しましょう。お湯は用意ができ次第、ほかの者が運びますから」

アイリスは唇をかんで笑みを抑え、先に立って歩きはじめた。

しばらく部屋をあけているあいだにダイモアが目を覚ましていないかと彼女は期待したが、彼はベッドに静かに横たわっていた。

思わず表情が曇る。

「いつもなら、もう起きていらっしゃる時間なんですが」背後からウベルティーノが言い、彼女の恐れを裏づけた。

まさか、彼はただ眠っているだけではないのだろうか？

アイリスの心臓が一瞬動きを止める。彼女はあわててベッドの横に行って、彼の上に身をかがめた。

黒の薄いシルクの部屋着に包まれた彼の胸が、規則正しく上下している。

アイリスはほっとして一瞬めまいを覚えながら、息を吐きだした。

「お体が熱すぎるようですね。冷たい水を取ってきましょう」ウベルティーノがベッドの反対側から言う。

コルシカ人が静かに部屋から出ていくあいだも、アイリスはダイモアを見つめていた。彼は上掛けを押し下げ、部屋着のボタンをいくつかはずしていた。左右の鎖骨のあいだのくぼみに汗がたまっており、開いた胸元から黒い胸毛がのぞいている。短い毛は湿って肌に張りついていた。

いまはこんなふうに垣間見えるだけの彼の体だが、彼女は一度すべてを目にしている。そう考えると、アイリスは頬が熱くなった。ダイモアは負傷し意識がない状態で横たわっていても、とても男らしい。触れてもいないのにその体の熱を感じ、麝香《じゃこう》のような香りを一瞬かいだ気がした。無防備な彼の喉に触れたいという衝動がなぜか押し寄せ……。

何を考えているのだろう。ダイモアは熱があるのだ。

その事実を思い出し、アイリスは心が沈んだ。熱で人が死ぬこともある。

扉が開き、ウベルティーノが従僕を何人か連れて入ってきた。彼が持っているトレイには、ワインとパンと水差しがのっている。「奥さまが入浴なさっているあいだ、だんなさまの様子を見ておきます」

ヴァレンテが腰湯用の銅製の浴槽を運んできていた。そのうしろに湯の入った大きな壺《つぼ》を持ったバルドとイヴォが続き、最後に山積みの布を抱えたニコレッタがいた。

ニコレッタは部屋の中の別の扉に向かい、バルドとイヴォが従順にあとを追った。控えの間に入ると、従僕たちはニコレッタの指示でさっそく浴槽に湯を満たしはじめた。

アイリスは寝室に目を戻した。入浴したあとに着る服が必要だ。

箪笥に歩み寄って一番上の引き出しを開けると、ハンカチと靴下と下着が詰まっていた。次の引き出しには、シャツが入っていた。ダイモアのシャツだ。一枚取りだして広げてみると、全身を慎み深く覆い隠せるだけの丈はもちろんないが、少なくとも膝までは隠せる。シュミーズ代わりにはなるだろう。

それに、ほかに着替えになるようなものはない。

靴下も取りだしたところで、ニコレッタ以外の従僕たちが控えの間から出てきた。シャツと靴下を抱えたアイリスは、従僕と入れ替わりで控えの間に入った。

すると、ニコレッタが腰に両手を当てて待っていた。そのかたわらで、銅製の浴槽からゆらゆらと湯気が立ちのぼっている。浴槽に張られた湯はせいぜい五、六センチの深さだが、じゅうぶんだ。

アイリスは扉を閉め、着替えを椅子の上に置いた。控えの間にはメイドか近侍用と思われる小さなベッドがある。あとは小さな引き出しがたくさんついた背の高い戸棚と、椅子が二脚しかない。

ニコレッタが黙ったままばたばたと近づいてきて、ドレスの背中のひもをほどきはじめた。アイリスはほっとして力が抜けるのを感じた。こういう手順は、どこへ行っても同じだ。メイドと言葉が通じなくても支障はない。世界共通なのだ。

ニコレッタが胴着を脱がせながら、服についた汚れや肩の縫い目のほつれに目を留め、舌打ちをする。スカートのひももほどかれ、足元に落ちた。アイリスはそれをまたぎ越すと、メイドがコルセットをはずすあいだ、じっと待っていた。コルセットはかなりしっかりとした造りなので、へたらずにきちんと形を保っている。しかしその下のシュミーズはしわになり、汗で湿っていた。アイリスは椅子に座って靴と靴下を脱ぐと、急いでシュミーズを頭から抜いた。素肌に冷気が触れ、思わず震える。

彼女はあわてて小さな銅製の浴槽に入り、腰をおろした。

ああ、なんて気持ちがいいんだろう。アイリスはしばらくそのままで、ニコレッタが何やらぶつぶつつぶやきながら部屋の中を動き回り、アイリスの服を振るっている様子を眺めた。それから、目まぐるしく運命が変化した一日に思いを馳《は》せる。

結婚したのだ。またしても。

一瞬、顔がゆがんで涙が出そうになり、メイドに見られる前にすばやく戻す。本当は、これからの人生には違うものを望んでいた。

〝ふさわしい相手〟だった前夫ジェームズとは二〇歳以上も年が離れていたので、今度は愛のある結婚をしたかった。それが無理なら、せめて好意に基づいた結婚を。彼女は実現しない夢を一生追いかけるほど、ロマンティックではない。だから趣味の合う男性がよかった。妻と一緒に、冬には暖炉のそばでの読書や観劇を楽しみ、夏は自然の中を散歩してくれる男性が。

おだやかな日々の生活をともに過ごせる男性が。

けれどもアイリスが何よりも求めているのは、子どもだ。自分のものと言える家族が欲しい。かつてはカイル公爵であるヒューが、家族を作りたいという彼女の望みをかなえてくれると思っていた。だがそれは、彼がアルフと出会って愛しあうようになる前の話だ。そうなった時点で、彼との結婚はあり得ないとはっきりヒューに伝えた。

自分だけを愛してくれる男性が欲しかったから。

要するに、アイリスは孤独なのだ。

もちろん、友だちはいる。でも子どもの頃からの親友だったキャサリンが死んで以来、誰ともそれほど近しくはならなかった。兄と兄嫁もいるが、彼女のものとは言えない。

これまでずっと、強いきずなで結ばれた家族が欲しいと思ってきた。アイリスのいいところも悪いところもすべて知ったうえで、愛してくれる家族が。

一緒にいて、アイリスがそのままでいられる家族が。

それなのに、まるで知らない男性と結婚してしまった。暴力的で、おそらくは危険きわまりない男性と。だが彼は、アイリスの命を救ってくれた。

ニコレッタがせかせかと近寄ってきて彼女の髪からピンを抜きはじめたので、アイリスはわれに返った。ニコレッタは痛い思いをさせまいと慎重に手を動かしてくれているが、それは無理な話だった。何日も梳かしていない彼女の髪は、恐ろしく絡まりあっていた。

アイリスは何度も髪を引っ張られて、うめくはめになった。

ようやくすべてのピンを抜き終えたメイドが、アイリスの頭のうしろに手を当てて、前に押し下げた。

アイリスは背中を丸めて、立てた膝のあいだに頭を入れた。

そこにニコレッタがあたたかい湯をかけ、力強い指で髪に石鹸《せっけん》を泡立てはじめた。オレンジと思われるいい香りに、アイリスはうっとりとして身をゆだねた。

ふたたび頭に湯をかけられ、びくっとする。けれどもいい気持ちだった。

すっかりきれいになった髪を搔き上げると、アイリスは体を洗いはじめた。汚れと一緒に、不安や恐怖や監禁生活の疲れをこすり落としていく。きれいな水で、いやな記憶を洗い流すのだ。

違う結果に終わっていた可能性を、考えなくてすむように。

入浴が終わると、ニコレッタが体を拭くための大きな布を差しだした。

浴槽から出たアイリスは、生まれ変わった気分だった。好むと好まざるとにかかわらず、彼女はもうダイモア公爵夫人になったのだ。そして、それでよかったのか悪かったのかどちらかを選べと言われたら、彼女はよかったのだと思いたかった。きっと、ダイモアと新しい家族を作っていけるだろう。

ダイモアが死なずに回復さえしてくれたら。

体を拭き終えたアイリスは、椅子の上の着替えに目を向けながら眉をひそめた。彼の熱がこれ以上、上がらなければいいのだが。

無事に目を覚ましてほしい。

アイリスは彼のシャツを頭からかぶった。伸ばしてみると丈は膝まであり、袖は手を覆ってしまうくらい長かった。物音がしたので目を上げると、ニコレッタが両手で口を押さえていた。どう見ても笑いをこらえている。

メイドの見開いた茶色の目と視線が合い、ふたりは一瞬固まった。

アイリスは唇をゆがめた。「わかっているわ。でも、ほかに着るものがなかったから」

ニコレッタは舌打ちをしてコルシカ語で何か言いつつ、袖口を折り返すのを手伝ってくれた。アイリスが靴下をはいているあいだに、メイドがどこからか櫛《くし》を持ってきた。そしてもつれた彼女の髪を辛抱強く梳きほぐしたあと、まだ湿っている髪をゆるい三つ編みにして、端をリボンで結んだ。

「ありがとう」

ニコレッタは笑みを返しはしなかったものの、いくらか表情がやわらかくなっていた。それからお辞儀をすると、汚れた服を抱えて部屋から出ていった。持っていった服を、捨てずになんとか着られる状態にしてほしいものだ。

ひとりになった彼女はぶるりと震え、部屋を見回した。そう思いながら、シャツだけではアイリスは肌寒い。ダイモアがもう一枚部屋着を持っていないか、調べてみよう。なければ上着でもいい。

ところがアイリスが扉を開けると、ベッドの横に夫となった男性が立っているのが見えた。冷たく澄んだ目が、こちらを向く。

ダイモアはしゃがれた声できいた。「いったいきみは、わたしのシャツを着て何をしているのかな?」

「エルのためにしてあげられることは、何もないの？」アンはききました。
「残念ながら、ない」石工は答えました。「母さんは岩だらけの荒野であの子を産んだ。夜になるとあの場所にうろついている、冷酷な影どもに引き寄せられて。そしてエルが生まれ落ちた瞬間、影どもは心臓をあたためる火を奪ったのだ。心臓の火がなくては、あの子は大人になるまで生きられない」父親はそう言って首を振ったのです……。

『石の王』

4

ラファエルは体がぐらりと揺らいでしまわないよう、ベッドの支柱を握りしめていた。彼のシャツをまとい部屋の入り口で固まっている妻は、泉の精のようだ。濡れた髪を少女のように編んで片方の肩に垂らしているので、水のしみた上質なローン地が透けている。ピンク色をしたとがった乳首が片方見えた気がして、体の奥がぎゅっと固くなった。なんということだ。あれでは裸も同然ではないか。

彼は胸から視線を引きはがして、アイリスの顔に集中した。青灰色の目を驚きで丸くしている様子は、まるで一二歳の少女だ。

ただし、透けて見えた胸は違う。

アイリスが瞬きをして、落ちつきを取り戻した。「ベッドから出て何をしているの？」

ラファエルは眉を上げた。「用を足したくなってね」

彼女の頬に血がのぼり、淡いピンク色の薔薇《ばら》のような色に染まる。その色を正確に写し取るためなら、彼は何日だって絵を描きつづけられるだろう。

「熱があるでしょう？ ベッドに戻るべきよ」アイリスが厳しい声を出した。

「大丈夫さ」汗が背筋を伝うのを無視して、彼は返した。「それはわたしのシャツだろう？」

彼女は脱がされるのではないかと恐れるように、シャツの前を両手で握りしめた。上質のローン地がぴんと張り、胸のふくらみがみだらなまでにあらわになる。彼女はわかってやっているのだろうか。

「これ以外に清潔な着替えがなかったから」

アイリスの言葉で、彼はわれに返った。

「そういえばそうだな」

朝食のワインとパンを運んできたウベルティーノに起こされたとき、彼女の入浴について知らされた時点で気づくべきだった。

ラファエルは箪笥まで、慎重に足を運んだ。彼女の体を隠せるようなものを見つけなくてはならない。さもなければ、彼の頭がどうかなってしまう。

うしろから、アイリスがきいた。「このあたりに、ちゃんとした服を手に入れられるところはないかしら?」

彼は取りだした部屋着を手に、振り返った。「ないな。それにこの館にいる女性はニコレッタだけで、彼女の服じゃきみには合わないだろう」

部屋着を受け取ったアイリスが、希望を込めた目で彼を見上げる。「牧師さまがいらっしゃる町には、仕立て屋がいると思うわ」

ラファエルは彼女が言い終わる前から、すでに首を横に振っていた。「わたしなしできみが町に行くのは、危険すぎる。この傷が治るまで、〈混沌の王〉にきみが生きていると知られたくない」

「でも——」

「だめだ」

その厳しい口調に、部屋着を着ていた彼女の動きが一瞬止まった。

アイリスが口を引き結ぶ。「それなら、せめてカイル公爵に無事を知らせる手紙を送らせてちょうだい」

ラファエルは険しい表情で却下した。「それもだめだ」

アイリスが眉間にしわを寄せながら、部屋着を着終えた。裾が床に引きずるものの、漆黒の色合いが彼女の白い肌を美しく引き立てている。

彼女の体はすっかり覆われてしまったが、彼はそのことを嘆くべきではないだろう。

「彼はわたしを捜させるわ」アイリスは不満に思っていることを隠そうともせずに、言い返した。「それに心配しているはずよ。彼を安心させてあげたところで、あなたにもわたしにもなんの害もないと思うけれど」

「そうかな？　では〈混沌の王〉がわたしの部下のあとをつけて、カイルのところまで行ったらどうする？　この傷が癒えないうちに、きみが生きていると知られたら？」

彼女が顔をしかめた。「きっと、あなたの部下がわたしたちふたりを守ってくれるわ」

「きみは自分がどれほど危険な立場に置かれているか、わかっていない」ラファエルはぎりぎりと歯をかみしめまいとしながら、彼女に勝手にばかなまねをさせるまいと、なんとか問題の重大さを伝えようとした。「〈混沌の王〉はもう何十年もこの地域で集会を行ってきた。やつらの影響力は、この地域に深く浸透している。じつは、長いあいだやつらを率いていたのはわたしの父親なんだ。昨日の夜、きみが無理やり引きだされた集会だって、わたしの領地で開かれていた」

「なんですって？」アイリスはぞっとしたように彼を見た。「あのいやらしい集まりをここで開くように、あなたが招いたの？」

「そうじゃない。そんな単純なことではないんだ」ラファエルはいらだって否定した。肩が別の生き物のように脈打ち、熱を発している。彼はベッドの支柱をつかんだ手に、さらに力を込めた。「やつらは自分たちが望むとおりにする。そしてやつらは、わたしの領地にある大聖堂の廃墟で集会を開きつづけたいと望んでいるんだ。これまで父が喜んでやつらを自分の領地に迎え入れていたから。それに望みどおりに春の宴をここで開かせてやるほうが、わたしにとっても都合がよかった」

「都合がいいって、あなたも〈混沌の王〉のメンバーだからよね」彼のシャツと部屋着という格好でも逃げだそうというのか、アイリスが部屋の入り口に向かってあとずさりする。

ラファエルは笑いそうになった。笑うなんて、何年もしていないというのに。

彼は大きく息を吸うとすばやく距離を詰め、彼女の両肩をつかんだ。

アイリスがびくりとしたのに引っ張られて、頭がぐらりと揺れる。

彼は思わず吐きそうになった。

「放して。放してくれないと――」

「今度はどうするつもりだ？　昨日は拳銃で撃ったが」ラファエルは眉を上げた。

だが彼女を動揺させようというもくろみは、うまくいかなかった。

「ええ、撃ったわ」アイリスがひるまずに青灰色の目を合わせてきたので、ラファエルはその気丈さに感心せずにはいられなかった。

彼女の肩を握った手に力を込めると、オレンジの香りが漂ってきた。体を洗うのに、オレンジの香りの石鹸を使ったのだろう。「わたしは〈混沌の王〉のメンバーではない」

「だったらなぜ、昨日の夜あそこにいたの？　裸に被り物だけをつけたあの格好は、集会に参加するためとしか思えなかったわ」

「やつらの中に入りこもうとしていたんだ」ラファエルは歯を食いしばった。部屋がゆっくりと回りはじめている。「ディオニソスの正体を探りだして、やつを叩きつぶすために。〈混沌の王〉を永遠に葬り去るのがわたしの目標だ」

アイリスはためらった。「わたし……あなたを信じていいのかわからないわ」

「別に、どうでもいいさ」虚勢を張ったとたん、ラファエルは彼女に向かって倒れこんだ。急にのしかかられたアイリスが声をあげ、よろよろと下がって壁に寄りかかる。だが彼を抱きとめた両腕は離さなかった。一方、ラファエルは彼女の首筋に顔を伏せ、ひんやりとしたやわらかい肌に唇をつけていた。左手はどういうわけか、彼女の胸を包んでいる。

なんというすばらしい偶然だろう。

いや、だめだ。こういう喜びは自分のような人間には許されない。抵抗しなければ。彼女から離れる必要がある。

それなのに、体が動かなかった。

「体がすごく熱い。燃えているみたいよ」アイリスが息をのむ。

「では、きみは触らないほうがいい。きみまで燃えてしまう」彼は真剣に言った。

「もう遅いわ」彼女はつぶやいて向きを変えると、彼を引きずって進もうとした。ベッドに連れていくつもりなのだろう。「あなた、ものすごく重い――」

「わたしの魂は鉛でできているんだ」

「それに熱に浮かされて、ちょっと言動がおかしくなっているみたい。助けを呼んでこなくちゃ」

それを聞いて、ラファエルは思わず言っていた。「行かないでくれ」

アイリスの目はなんて美しいのだろう。「ウベルティーノを連れてくるわ」

彼は顔を上げて、嵐のあとの空のような青灰色の目をのぞいた。「この館から出ないと約束してほしい」彼女が出ていったら、すべての光が失われてしまう。

アイリスが目をそらしたので、嘘をつくつもりなのだとわかった。

「約束してくれ」執拗に繰り返す。

彼女が目を合わせた。「約束するわ」

「よかった」そしてラファエルは、唯一正しいと思えることをした。

彼女にキスをしたのだ。

アイリスは息をのんだ。ダイモアの口は燃えるように熱かった。小柄とは言えない彼のほぼすべての体重でのしかかられていても、彼女はキスそのものに何より圧倒されていた。なんと言えばいいのだろう。

彼という存在に、一気に包みこまれたのだ。彼が今朝飲んだワインの味、髪から立ちのぼる煙のにおい、全身から発散される熱。五感のすべてがダイモアで満たされた。彼は圧倒的に大きくて、男らしい。

彼女はかつて結婚していた。もちろん、キスをされたことだってある。でも、こんなふうには感じなかった。

彼とのキスは、まるで違う。

ダイモアの男らしさに彼女の女らしさが反応し、命を吹きこまれたかのように息づきはじめた。心臓がどきどきと打ちだし、胸の先端が硬くなり、脚のあいだがとろけ、体じゅうの感覚が鋭敏になる。

彼がよろめいて、アイリスははっとわれに返った。急いで唇を離したので、口が顔の上を滑り、傷痕のなめらかな皮膚の上を横切る。

彼女は突然の感触に驚いて、ぱっと身を引いた。あまりにも親密な行為に思えたのだ。

「あの……」声が割れ、咳払いをする。「あなたは横になったほうがいいわ」

ダイモアがうなるような声を返したので、アイリスは本気で心配になった。昨日、出血がひどかったときでさえ、彼はちゃんとしゃべり、内容もしっかりしていた。

彼女の肩の上にのっているダイモアの頭はぐったりと重く、首筋に感じる顔は焼きついてしまいそうなほど熱い。アイリスは彼を半分引きずるようにして、ベッドへ向かった。肩に腕をかけている彼がよろめいたので、危うく一緒に倒れこみそうになったが、なんとかこらえる。いまここで転んだら、彼女ひとりの力では彼を立たせることができない。それにしても、ウベルティーノはどこへ行ってしまったのだろう。こんな状態の主人を放っておくなんて。

アイリスは歯を食いしばって、ベッドまでの残りわずかな距離を耐えきった。

あえぐように息をしながら押しやると、ダイモアはどさりとベッドに倒れこんだ。さいわい、そこからは力を振りしぼって自分で体を引き上げたものの、その腕はぶるぶる震えていた。

喉元に、パニックが込み上げる。

こんなことがあっていいはずがない。彼は撃たれても死ななかった。ついさっきまで、彼女と言いあいをしていたのだ。

それなのに、いまになって傷口の化膿《かのう》で死なせるわけにはいかない。

アイリスは下敷きになっている上掛けを引きだして、ダイモアにかけた。彼は寒くてたまらないとばかりに震えているが、肌に触れてみると熱く、額には玉の汗が噴きだしている。きっと、無理に起きだしたせいで消耗してしまったのだ。

そう考えて納得しようとしながらも、アイリスは急いで部屋の入り口に向かった。扉を勢いよく開け、叫びながら階段へと走る。「ウベルティーノ！　ニコレッタ！　イヴォ！」

階段を駆けおりるうち、下から急いで上がってくる音が聞こえてきた。従僕だ。昨日の夜、顔を見た覚えはあるが、名前を聞いたかどうかは思い出せない。彼はアイリスのところまで来ると、黒く濃い眉を寄せ、止めようとするかのように手を上げた。

「邪魔しないで！」アイリスはその手を払いのけると、彼が叫ぶのを無視して横をすり抜けた。

昨日、ダイモアと結婚した居間は、この階にある。次々に扉を開けてその部屋を見つけると、すぐに探していたものが目に入った。サイドテーブルの上に置いてあるワインのデカンタだ。アイリスはすばやくそれを手に取り、向きを変えた。すると驚いた顔で入り口に立っているウベルティーノと目が合った。

「いったい、どうされたのですか？」

「だんなさまが――倒れたのよ。一緒に来てちょうだい」

廊下にはニコレッタがいて、あやしむような表情で彼女を見つめていた。ヴァレンテとイヴォもいる。

アイリスはみんなを引き連れて、二階へ戻った。

寝室に駆けこんでベッドに目をやると、公爵の状態はさっきから変わっていないとすぐにわかった。

ニコレッタが何か叫び、アイリスの横をすり抜けて公爵に駆け寄った。メイドは身をかがめ、公爵の顔に触れた。

公爵が目を閉じたまま、コルシカ語で何かつぶやいた。

ニコレッタは口元を引きしめた。体を起こし、従僕たちに大声で指示を出す。

三人は急いで部屋から出ていった。

アイリスは彼らには目もくれずベッドの反対側に駆けつけ、事前に打ちあわせていたかのように息の合った動きで、メイドとともに上掛けをまくった。公爵の黒い部屋着は汗で濡れ、胸がせわしく上下している。

ふたりで彼の体を起こし、アイリスがワインを少し口に流しこんだ。彼がごくりと喉を動かしたあと横を向いて顔をしかめ、指先で部屋着のボタンを探る。

アイリスは顔を上げ、ニコレッタの黒い目を見つめた。メイドは心配そうな表情を浮かべている。

何よりもその事実に、アイリスはおびえた。

彼女はダイモアの手をやさしくどけて、部屋着のボタンをはずしていった。上質のシルク地を開いて、汗に濡れた熱い胸をあらわにする。袖から腕を引き抜くと彼がうめいたが、アイリスは歯を食いしばって続けた。

従僕たちが水差しや布などを持って戻ってきた。

ニコレッタが鋏《はさみ》を取り上げ、公爵の肩に巻いてあった包帯を切りはじめた。外側は乾いているが、内側は血や滲出液《しんしゅつえき》で濡れている。

アイリスは鼻にしわを寄せた。

傷がにおう。

かつて夫に同行した大陸で、戦闘のあと怪我人の手当てをした記憶がよみがえる。ジェームズは彼女に手伝わせるのをいやがったが、怪我人に対して看護をする人間があまりにも少なく、黙って見ているなんてとてもできなかったのだ。とはいえレディであるアイリスに許される行為は限られており、せいぜい瀕死《ひんし》の男や少年の顔を拭いたり、もう少し意識がはっきりしている者には手紙を代筆してやったり、あとはちょっとした雑用をするくらいしかできなかった。それでもそのときの光景や音はもちろん、においはとくに強く記憶に焼きついている。

包帯をすべて取り去ると、真っ赤に腫れ上がった傷口が現れた。昨日縫った糸は、まったく見えない。

アイリスは息を吸った。こんなふうに傷口から感染して、何日も持たず死んでいった男たちを見たことがある。

ニコレッタがずんぐりした陶製の壺を取って、栓を抜いた。広い口に木のスプーンを入れ、ねっとりとした蜂蜜をすくう。

「待って」アイリスは手で制止した。

メイドがいぶかしげな表情で、傷に塗りたいのだと身振りで示した。

「ええ、わかっているわ。でもその前に……」アイリスは顔を上げて、ウベルティーノとヴァレンテを呼び寄せた。「こっちに来てちょうだい」

「なんでしょうか？」ウベルティーノが返す。

アイリスは従僕の鮮やかな青い目が心配そうに曇っているのを、見て取った。「ニコレッタとわたしで手当てをするあいだ、あなたとヴァレンテにはだんなさまを押さえていてほしいの。痛くて動いてしまうと思うから、これ以上怪我をひどくしないように」

「わかりました」ウベルティーノがヴァレンテに指示を出し、ふたりはベッドの両側に分かれて公爵の腕をしっかりと押さえた。

ウベルティーノがアイリスを見る。

彼女はうなずいた。

それからおもむろにデカンタを取り上げて、傷口にワインを注いだ。

公爵が大声で叫んで暴れる。だが従僕たちは彼をつかんだ手を離さなかった。

公爵が水晶のように澄んだ目を開け、責めるようにアイリスを見つめた。けれども彼女は化膿した傷口にワインを注ぎつづけた。

「残酷な女だ、きみは」しわがれた声に心が揺らぐ。

アルコールで傷を焼かれて、ダイモアは恐ろしい痛みを感じているだろう。だが、医者が化膿した傷をこうやって処置するのを彼女は見たことがあった。

それでも、助からない患者もいたけれど。

とうとうデカンタがからになり、アイリスはうしろに下がった。

今度はニコレッタが身を乗りだして傷口に蜂蜜を塗り広げはじめたが、そのあいだもダイモアはアイリスを見つめつづけた。ぴくりとも動かず、うめき声もあげずに。メイドは蜂蜜を傷口に押しつけるように塗っているから、かなり痛むはずなのに。

彼はただ、何を考えているかわからない目でアイリスを見つめているだけだ。

アイリスは目をそらすことができず、死にゆくヘビににらまれてすくんでいるネズミのように立ち尽くした。

とうとう彼の目が閉じて、ニコレッタがベッドから離れた。メイドは蜂蜜の壺に栓をすると、スプーンを布で巻いた。

アイリスは息を吸った。なぜ胸が痛いのだろう。うしろでメイドが何か言っているのが聞こえたが、彼女は眠っているダイモアの顔からどうしても目を離せなかった。美しい顔を台なしにしている、残酷な傷痕。戦争でひどい傷を負った男たちなら、これまでにも見たことがある。だが彼らは包帯やスカーフを巻いたり帽子をかぶったりして、傷痕を人に見せないようにしていた。一方、ダイモアは違う。彼は傷を恥じずに堂々と立ち、まっすぐに人の目を見る。

アイリスは上掛けの上にのっている彼の手に、そっと触れた。指は長く優雅で、四角い爪は形がいい。

ニコレッタが彼女の肩を叩き、従僕はベッドの横に置いた椅子に座るよううながした。

「ありがとう」アイリスは小声で礼を言った。

彼女と公爵だけを残して、扉が閉まった。

両手に顔をうずめると、自分がシャツと部屋着しか身につけていないのを急に思い出した。アイリスはヒステリックに笑いだしそうになるのを抑えた。本当に、信じられない。どうしてこんなことになってしまったのだろう。〈混沌の王〉を相手に戦いを挑もうとしている男の妻になるなんて。

ダイモアがうめき、シーツの上で落ちつきなく体を動かす。

アイリスは顔を上げ、ふたたび彼の手に触れた。指先に感じるその手は、ひどく熱かった。とにかくどれほど運命を呪っても、いまの状況を変えられるわけではない。

前は、愛していない男性と三年間、結婚生活を送った。

彼もアイリスを愛していなかった。

それでもなんとか耐えられたのだ。

今度だってできるだろう。

それにいまは、たしかな思いがひとつだけあった。目の前の公爵に、死んでほしくない。


彼は炎と悪魔でいっぱいの夢を見ていた。

悪魔たちが燃え盛る石炭の上で踊り、煙が立ちこめる中に割れた蹄《ひづめ》で火花を蹴立てている。彼らはみな動物の被り物をつけており、その口からは先の分かれた長い舌がちらちらとのぞき、裸の体の上ではイルカの刺青が生きているように動いていた。悪魔たちは彼を王子と呼び、彼が逃げると館の中まで追ってきた。愛している、彼らの王になってほしいと呼びかけながら。

彼は逃げた。わけのわからない恐れに心臓を締めつけられ、吸いこんだ煙で窒息しそうになりながら。

次々に角を曲がって、ひたすら逃げた。館の廊下は炎に包まれているのに、なぜか彼の体は焼けなかった。

うしろから、悪魔たちがわめく声が聞こえた。愛していると口々に叫びながら、彼を果てのない暗闇へと追い立てる。

とうとう猛火の中心にたどり着いてしまった。深い深い地の底に。そこにはあの男がいた。髪にブドウの房を絡ませ、恐ろしい顔に笑みを浮かべた男が。

男が汚れた長い指を伸ばしてくる。「かわいい息子よ」

彼はナイフを取り上げた。何をしなければならないかはわかっている……。

ラファエルはあえぎながら目を覚ました。喉がからからで、息をするのも苦しい。顔の右側が焼けるように熱く、一瞬、ナイフを手にしたあの場所に戻ったのかと錯覚した。

「飲んで」女の声がささやいた。

首の下にひんやりとした腕を差し入れたのは、母親《マードレ》だろうか。小柄で黒髪の、いつも悲しそうにしていた彼の母親。だが唇にカップを押し当てられたとき、母ではなくて妻だとわかった。英国人の有能な、嵐のあとの空の色の目をした女性だと。

水は甘かった。

ごくりと飲んで、目を開ける。「アイリス」

アイリスがひんやりとした手を彼の額にのせた。「もっと飲む?」彼女の声はようやく聞こえるくらい低い。夜だからだろうか。

それともこうして暗い部屋にふたりきりでいる親密さを、感じているからだろうか。

「いや、いい」ラファエルは枕に頭を戻して、ベッドの横の椅子に座っている彼女を見つめた。すべてをのみこもうとのしかかる暗闇を、彼女が押しとどめている。一本の蠟燭の光が彼女の顔の周りに光の輪を作り、そのまぶしさは目をすがめなければならないほどだ。

「本を読みましょうか」アイリスがベッド脇のテーブルから薄い本を取り上げ、しおりをはさんであるページを開いた。

ラファエルはうなずいた。

彼女が読みはじめると、抑揚は耳に届いているのに、なぜか内容がちっとも理解できなかった。言葉は意味のない音の羅列として頭の中に入り、ゆっくりとほどけていく。真剣に集中すれば理解できるのかもしれないが、いまの彼にはそれがとてつもない重労働に思えた。

そこでラファエルは、ただアイリスを見つめた。彼のそばに座り、ピンク色の唇を動かしている彼女の姿を。彼を照らすやわらかい光のように、彼女の声が心地よくラファエルの体を満たしていく。部屋は静かだった。悪魔たちもいまは近づけまい。

この感覚を、平安というのだろうか。

やがて彼は眠りに落ち、夢の中へと戻っていった……。

「それならエルの心臓の火を、影たちから取り返さなくちゃ」アンは言いました。

「ああ、娘や、お前が言うように簡単にいくなら、わしがもうとっくに取り返しているると思わないのかね？」父親が叫びます。「冷酷な影たちの国へは、石の王しか行けないと言われているんだ」

「それならわたしが石の王のところに行って、頼むわ」アンはそう宣言しました……。


『石の王』

5

大きな叫び声で、アイリスは目を覚ました。心臓が胸から飛びだしそうな勢いで、激しく打っている。

ベッドの上では公爵が拷問でもされているかのように、両腕を広げて体をそらしていた。アイリスは目を見開いて彼を見つめた。彼が落ちつきなく体を動かすので、夜のあいだに何度も上掛けを直していた。けれどもこんなに激しく動くのははじめてだ。

それにこの叫び声。

まるで終わることのない苦しみに、さらされつづけているようだ。

突然ダイモアがぐったりして、手足から力が抜ける。

アイリスは震える息を吸った。

暖炉の火は燃え尽きて熾《おき》になり、暗闇に包まれた寝室は静まり返っていた。たったいま聞いた叫び声は、夢だったのかもしれない。

いや、夢ではない。

アイリスは背中を伸ばそうとして、思わずうめいた。椅子に座ったまま眠ってしまったので、首に痛みが走ったのだ。

体を動かしたために本が床に落ち、彼女はあわててベッドに目をやった。

そこにはまったく動きがなく、一瞬、どきりとする。

けれどもすぐに、彼の胸が持ち上がるのが見えた。

アイリスは本を拾って折れてしまったページを直すと、テーブルの上に置いた。それから立ち上がって、ダイモアの上にそっと身をかがめた。

彼は熱で赤くなった頬に黒い睫毛を伏せ、少し開いた口で荒い呼吸を繰り返していた。額には汗の玉がいくつも浮かんでいて、少しだけ目を覚ました昨日の夜とほとんど変わらないようだ。

アイリスは唇をかんだ。

ほんの一日前、彼は健康そのもので力にあふれ、ほかを圧倒するほど生き生きしていた。

その人がこんな状態で伏せっているなんて、自然に対する冒瀆《ぼうとく》のように思える。

すべては彼女のせいだ。

アイリスは目をつぶり、ダイモアがよくなるように必死で祈った。彼があの奇妙なほど感情のない冷たい灰色の目をこちらに向け、あれこれ議論したり指図したりする日がふたたび来ますように。

彼女は体を起こすと、暖炉まで歩いていった。ひざまずいて燠を掻き立て、石炭を足す。立ち上がってマントルピースの上の時計を見ると真夜中を指していたが、なぜか休む気にはなれなかった。彼女は時計の横にある蠟燭を取って暖炉の火を移し、部屋を見回した。

ダイモアは眠ったままだ。

寝室には向かいあった壁にそれぞれ扉があり、ひとつは彼女が入浴する際に使った控えの間につながっている。だがもうひとつの扉の向こうは、まだ見ていなかった。

いまから調べてみようと、アイリスは取っ手を回した。

鍵がかかっている。

館に来た最初の晩、鍵のかかった部屋に入ってはならないとダイモアに言われた。

アイリスは唇をかんだ。このまま椅子に戻ったほうがいいとわかっていた。鍵のかかった扉の向こうに何があるのか、調べるべきではないと。

彼女はもう一度ベッドの上に目をやった。いまでは夫となったにもかかわらず、ほとんど他人も同然の男に。彼は眠りながら叫んでいた。けれど、アイリスは彼について何も知らず、どうして叫んだのかも見当がつかない。

彼女はさっと向きを変えると、ベッド脇のテーブルに行った。そこには大きな鍵束が置いてある。結婚したあとダイモアがニコレッタに言って彼女に渡させたその鍵束を、アイリスは手に取った。

これまではダイモアの看病にかかりきりで、使う暇がなかった。だが彼女はもうこの館の女主人なのだ。自分の家の扉を開けてはならない理由はない。アイリスはひとつひとつ鍵を試していった。途中で鍵束が大きな音をたて、思わずびくりとする。この扉に合う鍵は、鍵束の中にはないのかもしれない。ダイモアが隠し持っている可能性もある。

かちりと音がして、鍵が開いた。

アイリスはしばらくじっと見つめたあと、取っ手を回した。扉を開けると、そこは居間だった。誰かに起こされるのを待っているかのように、静まり返っている。

瞬きをして足を踏み入れたアイリスは、入ってすぐのところに置いてあったトランクにつまずきそうになった。顔をしかめて蠟燭を高く掲げ、トランクを迂回《うかい》した。

壁はほんのりピンク色で、装飾用の付け柱の列が浮きだしていた。柱と柱のあいだには、花をつけた枝の繊細な浅浮き彫りが施されている。家具は、何脚かずつまとめて置かれた金《きん》箔《ぱく》とモスグリーンの椅子、壁際の象嵌《ぞうがん》細工の小さな円テーブル、冷えた暖炉の前に立っている絵つきの衝立といったところだ。窓は寝室と同じで背が高くて幅が狭く上部がとがった形だが、この部屋で見るほうがしっくりくる。

アイリスは息を吸った。あたたかく人を迎え入れる雰囲気を持つこの美しい部屋は、いままでに見たダイモア館のほかの部屋とはまるで違う。

それに、明らかに女性のための部屋だ。

アイリスは眉根を寄せた。つまり、ダイモアは公爵ではなく公爵夫人用の寝室で寝ているのだ。

おかしなこともあるものだ。どうして彼は公爵用の寝室を使わないのだろう？

考えこみながら寝室へ戻ろうとして、さっきつまずきかけたトランクが目に入った。

ひざまずいて蠟燭を床に置き、蓋を開ける。中には衣類が詰まっていた。

一枚取りだしてみると、何十年も前に流行《はや》った形のドレスだった。贅を凝らした造りで、スカート全体に刺繡《ししゅう》が施してあり、それに合わせた胸当てもある。これはふだん用のドレスではなく、特別な機会に着るものだ。

アイリスは、それをそっと横に置いた。次のドレスは、美しいプリムローズイエローの胴着とスカートという組みあわせだった。体に当ててみると、彼女にはスカートが短すぎたものの胴着は合いそうだった。

アイリスはわくわくして、トランクの中身を調べていった。すべて、彼女よりも背が低く胸が豊かな女性のための服だった。一番下にシュミーズと靴下を見つけたときは、清潔な下着を見つけた喜びにわれを忘れそうになった。

けれどもこれは、ダイモアの母親のものに違いない。アイリスは唇をかんだ。そうでなければ、トランクが公爵夫人用の居間に置かれているはずがない。彼の母親はすでに亡くなったと聞いているが、いつどのようにして死んだかまではわからない。母親の服を勝手に着たら、彼は怒るかもしれない。

アイリスは首を横に振った。いまは真夜中で、コルセットすらつけていないのだ。ここにあるドレスを着るかどうかは、朝になってから考えればいい。

アイリスは靴下とシュミーズ、それから黄色いスカートと胴着を取りだしてトランクの蓋を閉じると、寝室に引き返した。持ってきた衣類を椅子の上に置き、居間の鍵を元どおり閉める。

彼女は向きを変えて、控えの間に目をやった。

公爵用の部屋は、控えの間の向こう側にあるに違いない。

アイリスはふたたび蠟燭を持ち、控えの間に向かった。中に入ると、銅製の浴槽はすでに片づけられていて見当たらなかった。蠟燭を高く掲げて部屋の向こう側をうかがうと、思ったとおり扉があるのが見えた。

さっそく行って取っ手を回してみたが、やはり動かなかった。

外では吹き渡る風がかすかに鳴っているものの、館の中はほとんど物音もせず静かだった。まるでここにあるすべてが、遠い昔に死に絶えてしまったかのようだ。

アイリスは不吉な考えを押しやって、鍵に集中した。

今回は三度目で正しい鍵に行き当たった。

彼女の好奇心を満たすのをいやがるかのように、鍵がきしんだ音をたてて開く。

アイリスは部屋に入って、蠟燭を持ち上げた。

公爵用の寝室は、いま彼女とダイモアが使っている部屋の倍は広かった。中央の一段高くなったところに巨大なベッドが置かれ、ねじれた形に彫刻された四本の漆黒の柱が、一見すると黒と見まがう血のような暗赤色の天蓋を支えている。

室内を見回すと、公爵用の寝室であるはずのこの部屋は埃の層に覆われていた。前公爵が死んで以来、ずっと閉めきられていたかのように。

どうしてダイモアは、この部屋に鍵をかけているのだろう？

部屋の奥に、黒い大理石で囲まれた大きな暖炉があった。その上に飾られている絵を見ようと、アイリスは蠟燭を持ち上げた。それは、聖セバスティアヌスが裸で立ったまま木に縛りつけられ、死を迎えようとしている凄惨な場面を描いたものだった。何本もの矢が突き刺さり、苦しみ悶《もだ》える彼の白い体を血が赤く染めている。

アイリスは体を震わせ、あとずさりした。

その拍子に小さなテーブルに腰をぶつけて、倒してしまった。上にのっていた大理石の鉢が絨毯に落ち、中身をまき散らしながら円を描くように転がる。本らしきものも床の上に滑り落ちた。

アイリスはしゃがんで、鉢とその中身に目を凝らした。

蠟燭の光が薄い木くずを照らしだす前に、鼻がその香りをとらえた。控えめでさわやかな香りはシーダーウッドだ。しゃがんだとき、気づかずに木くずを踏んでしまったのだろう。彼女はなるべく丁寧にすべての木くずを集め、小さな鉢に入れてテーブルの上に戻した。

次に、本に手を伸ばす。

地図帳や植物図鑑のように、かなり大判で薄い本だ。けれども好奇心に駆られて開いてみると、本ではなくスケッチブックだとわかった。

表紙の内側には〝ダイモア公爵レナード〟と書いてあった。そして見開きの反対側のページは、片側に腰を突きだして立った七歳か八歳くらいの少年の絵だった。優美で無邪気な美しいスケッチだ。

ページをめくると、別の少年の絵が現れた。今度は胡坐《あぐら》をかいて座っている。隣のページに描かれているのは、髪がちょうど肩にかかる長さの少女だ。

アイリスは次々にページをめくっていった。鉛筆や赤いクレヨンで描かれた繊細なスケッチが何十枚もある。すべて、卓越した腕を持つ画家によるすばらしい絵だ。

そしてモデルは、全員裸の子どもだった。

まだ大人の筋肉がついていないやわらかな肢体を持つ子どもたちが、立っていたり座っていたり、ゆったりと横になっていたりと、さまざまな姿勢を取っていた。中には顔を横に向けていて、少年なのか少女なのかわからないものもあった。体は細部まで丁寧に描きこまれているのに、頭部は粗いスケッチにとどまり、まったく描かれていないものさえある。まるで、描き手が顔には興味などないかのようだ。

思春期の入り口にいる子どもたちの絵を見ていくうちに、ページをめくる彼女の指は震えはじめた。少女たちの胸は硬い蕾《つぼみ》が開くようにかすかにふくらみかけ、少年たちは腕や脚ばかりがひょろりと長い。彼らはみな、変化を迎える直前のときにいるのだ。アイリスはぞくりとした。描き手は子どもたちの神秘的な特別の瞬間を正確にとらえ、紙の上で解剖してみせている。

美しい蝶《ちょう》へと変身するために蛹《さなぎ》になった青虫を、指のあいだにはさんでひねりつぶすように。

涙が紙の上に落ちて、少女の肘がゆがむ。アイリスははっとして、あわてて頬をぬぐった。ようやく最後のページにたどり着いた。描かれた少年はやはり裸だが、ほかのモデルたちとは違った。年齢は五、六歳くらいで片膝を立てて座り、その膝の上で頬杖《ほおづえ》をついている。そして彼の顔は細かく描きこまれていた。

なんて美しい少年なのだろう。

アイリスはまじまじとスケッチを見つめた。大人の顔と子どもの顔では違うから確信は持てないけれど、唇や目の感じにどことなく見覚えがある。

彼女はつばをのんだ。夫と似ている気がするなんて、きっと思い過ごしだ。

でも、やはりこれは夫のダイモアだ。その美しく無邪気な顔には、傷ひとつなかった。

いま彼の顔に走る恐ろしい傷痕は、このときにはなかったのだ。

アイリスはあわててスケッチブックを閉じ、テーブルの上に放るように戻した。

立ち上がって、控えの間へ戻ろうと向きを変える。すると影の中から男が見つめていた。

思わずあげそうになった悲鳴をかみ殺してから、それが絵だと気づいた。

等身大の絵だ。

息を吸って近づき、絵を眺める。男が身につけている紫色の衣装の形からして、これは前公爵だろう。髪粉を振りかけた灰色の長いかつらをかぶり、白貂《しろてん》の毛皮で縁取られた赤いベルベットのローブを片方の肩にかけている。描かれたときの年齢は四〇歳くらいだろうか。かたわらのテーブルに置かれた金色のかぎ煙草《たばこ》入れの上に指輪で飾った手をのせ、赤い唇に意味ありげな笑みを浮かべていた。

アイリスはダイモアの言葉を思い出した。この男は〈混沌の王〉のリーダーだったのだ。それほど堕落していた男なら、邪悪さが顔に出ていてもいいはずだ。彼の噂を聞いたことがある。口にするのもおぞましい悪行の噂を。

悪名をとどろかせた罪深い男。

それなのに絵の中の公爵には邪悪さのかけらも見えず、目を凝らしても顔にしみもしわも発見できなかった。それどころか、なかなかの美男子だ。

アイリスは急に部屋の静けさがのしかかってきたような気がして、息苦しくなった。男の抱いていた願望や感情があまりにも邪悪で、それを生みだした人間が死んだからといってすっかり消えるとは思えない。いまも禍々しい精霊となってここに潜み、生きている者にとりつこうと待ちかまえているのではないだろうか。骨のようにかさついた手でとらえ、絶望と憎しみを顔に吹きかけるために。

ダイモアがこの部屋の扉に鍵をかけていたのも、不思議ではない。

アイリスはぞっとする場所から急いで出た。震える手で鍵をかけ、夫のいる寝室へ走るようにして戻った。

ダイモアはまだ眠っていた。アイリスは静かにベッドに歩み寄って、彼を見おろした。彼女が持っている蠟燭の光を受けて、傷痕が顔の上でのたくっている鉛色の芋虫のように見える。まるで父親にはなかった邪悪さのしるしが、代わりに彼についているかに思えた。だが、そんなことがあり得るのだろうか？　父親の罪深さが、傷痕となって息子に現れるなどということが？

この傷はいつついたものなのだろう？

彼を傷つけたのは、いったい誰なのか？

アイリスはつばをのみ、勝手にふくらんでいく想像を抑えようとした。傷痕に指先を当て、端までなでおろした。その部分の皮膚はぴんと張り、異常なほどなめらかだ。

そしていまは、汗のせいでつるつるしている。

ダイモアはまだ危険な状態を脱していない。死んでしまう可能性だってある。

彼がこれまで何をしてきたにせよ、死に値するようなことではないとアイリスは本能的に確信していた。父親のほうはあれだけの罪を犯しながら、長く生きたのだ。顔だって傷ひとつなく、きれいなまま。

アイリスは熱い涙が頬を伝うのを感じながら、震える息を吸った。

そして身をかがめ、傷痕にそっとキスをした。


ラファエルがふたたび悪夢から逃れると、寝室は暗かった。だが彼の妻はまだベッド脇の椅子に座っていて、本を読む彼女の顔を蠟燭の光がやわらかく照らしていた。

明るく輝いている頬の曲線が、胸が痛くなるほど美しい。

アイリスのかすかな呼吸の音とページをめくる音以外しない静かな部屋に、暖炉の中で燃えている石炭の崩れる音が響いた。

彼女は金色の髪をうなじで小さくまとめ、どこからか調達したらしい粗末なショールを肩に巻いていた。ニコレッタから借りたのだろうか。こんな格好をしていると、一見ふつうの女のようだ。靴屋の娘や仕立て屋かパン屋のおかみのような。だが姿勢が違う。彼女は肩を張り背中をぴんと立て、ほんの少し顎を引いて本に目を落としている。

彼女ならたとえぼろをまとっていても、レディだとすぐにわかるだろう。歩き方や視線の送り方、しゃべり方、それに座っているときの姿勢で。

そんなことを考えていたら、彼の唇は思わずほころんだ。

すると何か感じたのか、アイリスが顔を上げてこちらを見た。

そして太陽が雲から顔をのぞかせるように、笑みを浮かべた。「目が覚めたのね」

ラファエルはうなずいた。

アイリスは立ち上がってカップに水を注ぐと、ベッドの端に座って彼の体を起こした。

ラファエルは彼女の手首をつかんだ。皮膚の下にある繊細な骨を感じながら、ふわりと漂ってきたオレンジの香りをかぐ。

そして渇いた喉をうるおしてくれる恵みの水を、ありがたくのみこんだ。

アイリスが立ち上がろうとしたので、彼は止めた。

「どれくらい……」ラファエルは咳払いをして、言い直した。「どれくらい経《た》ったんだ？」

アイリスは眉根を寄せ、警戒するように彼を見た。「なんですって？」

彼は目をしばたたいて焦点を合わせると、部屋を見回した。部下たちはどこへ行ったのだろう？　ニコレッタは？　「わたしはどれくらい寝ていた？」

「昨日と今日よ」彼女が静かに答えた。「いまは二日目の夜。傷口が化膿して、熱が出たの。でも朝のうちに落ちついたわ。その前にわたしと言いあいをしたのは覚えている？」

ラファエルは重い瞼を閉じた。頭が痛く、手足が重い。思うようにならない体に、彼は顔をしかめた。「きみはわたしのシャツを着ていた」

シャツ越しに透けて見えた彼女の胸が、記憶に焼きついている。ピンク色の小さくてとがった先端に、思わず目を引かれてしまった。

「ええ」アイリスがつかまれていた手を引き抜いて、立ち上がる。

そして一本だけともしてあった蠟燭で周りにあるほかの蠟燭に火を移していったので、部屋が明るくなった。途中で、彼女の肩からショールが滑り落ちた。

彼女が黄色いドレスを着ているのを見て、ラファエルは眉をひそめた。「そのドレスは、どこで手に入れた？」

アイリスがさっと目をそらす。「ええと……隣の部屋で見つけたの」

彼は固まった。「どの部屋だ？」

彼女の声はおだやかなままだが、ふたたび合わせた目には警戒するような表情が浮かんでいた。「居間よ。それから……公爵用の寝室にも入ったわ」

ラファエルは口をゆがめて目をそらした。目に浮かんだ怒りを、見られたくなかったのだ。懸命に声を抑える。「鍵のかかっている部屋には入るなと言っただろう」

「ええ、そうだったわね」冷静さを保ちつつ、彼女の声が少し高くなった。「でもわたしはあなたの妻なのよ。すべての部屋に入ることを許されるべきじゃないかしら」

ラファエルはアイリスと目を合わせた。正面から要求をぶつけた彼女にちゃんと答えるべきだと思ったし、一瞬激しく燃え上がった怒りを押しこめられたという自信もあった。「いや、そうは思わない」

彼女は唇を震わせたが、気丈に顎を上げた。「わたしはあなたのシャツと部屋着をずっと着ていたほうがよかったの？」

たしかにラファエルは、彼女が自分の服を着ているのを見て喜びを感じた。コルセットに締めつけられていない胸を見られたし、妻が自分の服に身を包んでいると思うとなぜか深い満足感が込み上げた。だが黄色いドレスは、彼女によく似合っていた。蠟燭の光に照らされた姿は、神々しいほど穢れがない。

「もちろん、そういうわけじゃない。きみが望むのなら、母の服を着てもらってかまわない。だが……父の部屋には二度と入らないでくれ」

アイリスがあの部屋に入ると考えただけで、ラファエルは頭がどうかなりそうだった。あそこには邪悪さがしみついている。

「どうして？」

「わたしが入るなと言ったからだ」氷のようにするりと、言葉が滑りでた。

彼女の顔に頑固な表情が浮かぶ。「どうしてあなたは公爵夫人用の部屋ではなく、あの部屋で寝ないの？」

ラファエルは妻を見つめた。どこからともなくシーダーウッドの香りが漂ってきたような気がする。

不吉な香りに胃がねじれた。

彼が正直に答える気になったのは、おそらくそのせいだった。「あの部屋に入ると、吐きそうになるんだ」

目を閉じて、アイリスが息をのむ音を聞く。

「まあ」

なぜこうなってしまうんだ。彼女とは言いあいなんかしたくないのに。彼のいやな部分は見せたくなかった。

ラファエルはため息をついた。「ありがとう」

アイリスが上掛けを胸の上まで引き上げてくれる。「何に対する感謝なの?」

「看病してくれたことだ」彼は重い瞼を押し上げた。「それから、逃げないでいてくれたことにも」

アイリスは考えこむような顔で彼を見つめていたが、急に向きを変えるとカップに水を注いだ。「寝込んでいる人を置いていったりしないわ」

なるほど、自分はいま彼女を侮辱したらしい。

アイリスが口にカップをあてがってくれたので、ラファエルは水を飲みながら彼女を見つめた。疲れているようだ。それに警戒している。何を? 彼だろうか?

おそらく、そうだ。

無理もない。

彼女が本の横にカップを置く。

「何を読んでいるんだい?」

「ポリュビオスの『歴史』よ」アイリスは視線をちらりと本に向け、ふたたび彼に戻した。眉間にしわを寄せている。「読んであげたのを覚えていないの?」

「覚えているさ。だが内容は理解できなかった。熱のせいだと思うが」ポリュビオスはローマの歴史を研究した、さほど有名ではない学者だ。ラファエルは好奇心に駆られて彼女を見た。「それはラテン語版か？　それともイタリア語版？」

「どっちでもないわ」彼女は当惑したように、咳払いをした。「ラテン語はそれほど得意じゃないの。一応ラテン語でも読んだけど。イタリア語はできないわ。ここの図書室に英語版があったから、それを持ってきたの」

「そうか」彼はうなずいた。「図書室に英語版があったとは知らなかった。だが、父の家令がワイト伯爵の蔵書を購入したという記録を目にした覚えがある。父親の死後、伯爵は蔵書を売りに出さざるを得なくなったらしい」彼女のいぶかしげな顔を見て、つけ加える。「賭けごとで作った借金のためだ」

「まあ」アイリスは手の中の本を見おろして、古ぼけた表紙に指を滑らせた。「ワイト伯爵が手放さなければならなくなったおかげで、わたしがこの本を読めたというわけね」

「そういうことだな」妻がつばをのんで人差し指で本を叩く様子を、彼は見つめた。もしかして、神経質になっているのだろうか？「ラテン語版はどこで読んだんだ？」

ラファエルが興味を持ったことに驚いたのか、アイリスが目を上げた。「父の領地の屋敷よ。わたしはそこで生まれたの」

彼は黙って眉を上げ、先をうながした。

「エセックスの低い丘陵地帯にある古くてだだっ広い屋敷で、周りには牧草地が広がっていたわ。残念ながら、もう実家の財力では維持しきれないのだけど。テューダー朝時代の全盛期に比べて、ラドクリフ家は没落してしまったから」

ラファエルは衝動的に彼の闇へ引きずり込んでしまったこの女性について、ほとんど何も知らないことに気づいた。「ひとりっ子なのか？」

「あら、いいえ。ヘンリーという兄がいるわ。七歳年上なの。寄宿学校へ行ってしまっていたから、休暇の時期くらいしか顔を合わせなかったけれど。でも隣の領地に、キャサリンというとても仲のいい友人がいたのよ」彼女の声がかすかにうわずる。

「キャサリン？」

アイリスはうなずいて、息を吸った。「この前の秋に亡くなったわ。突然で、本当にショックだった」彼を見上げた目には、涙が浮かんでいる。「彼女はカイル公爵と結婚していたの。それで、わたしもヒューと友だちになったのよ」

ラファエルはカイル公爵の名前を聞いたとたん、なぜか胸が苦しくなって顔をしかめた。

「友人の夫と恋に落ちたのか？」

「まさか！　あり得ないわ！」彼女が目を見開く。

「だがきみは、カイル公爵と結婚するはずだった。とにかく、世間はそう思っていた。だからこそディオニソスも、きみが花嫁だと思いこんだんだ」

アイリスはうなずいた。「わたしたちのあいだにそういう暗黙の了解があったのは、否定しないわ。はっきり約束したわけではなかったけど、いつかは彼がわたしに求婚するとふたりともわかっていた。でもそんなとき、彼がアルフと恋に落ちた」

「なるほど」ラファエルはおだやかに座っている彼女を見つめた。ほっそりとした白い手にも、落ちついた顔にも動揺の気配はない。結婚するはずだった男が別の女性に心を移して、彼女は悔しく思わなかったのだろうか？　ふつうなら、嫉妬や怒りを覚えるものだろう？

だが、そんなことをわざわざきいてどうする？

アイリスはもう、自分のものだ。彼女がほかの男を求めるのを、許すつもりはない。肉体的関係を持つか持たないかにかかわらず。

そのために、卑怯《ひきょう》な手を使わなくてはならないとしても。

扉が開く音がして振り向くと、ウベルティーノだった。

ラファエルが目を覚ましているのを見て、従僕がうれしそうに笑った。「だんなさま！　よかった、目を覚まされたんですね！　さっそくニコレッタにスープを持ってこさせましょう。わたしは水を取ってきます」

「よろしく頼む」ラファエルが言うと、従僕は出ていった。

妻に目を戻すと、彼女はまだ本をなでていた。

「いま、どの部分だ？」

アイリスが顔を上げた。「なんの話？」

「ボリュビオスだよ」本に向かって顎をしゃくる。

「あなたも読んだことがあるの？」

彼は口をゆがめた。「ラテン語でね。イタリア語でも読んだが、訳がよくなかった」

「まあ、そうだったの」彼女は目をしばたたいた。「カルタゴの略奪のところよ。野蛮な時代だったのね。大勢の人間が殺されて」

「戦争だったんだ」ラファエルはためらったが、彼女の考えていることを知りたくて続けた。「ハスドルバルの妻についてのくだりは読んだか？」

「ええ」アイリスがピンク色の唇の端を下げる。「あんなまねをするなんて、とんでもないわ。子どもふたりを火の中に投げこんだあと、夫を呪いながら自分も飛びこむなんて。正気でなかったとしか思えない。あるいは、気位が高すぎたのかも」

「彼女の自殺を称《たた》えるべきものとは思わないのか？」

「思わないわ。あなたはそう思うの？」

ラファエルは肩をすくめた。「カルタゴは陥落したんだ。生きていても、彼女も子どもたちも凌辱《りょうじょく》され奴隷になるしかなかっただろう。誇り高い女性がそんな運命より死を選ぶのは、無理もない」

「夫よりも？」彼女は身を乗りだして質問した。議論に熱中して、頬が紅潮している。「子どもたちの父親である夫を呪ったことも、あなたは無理もないと思うのね？」

彼は自分の顔がこわばるのがわかった。「ハスドルバルは死ぬまで戦う代わりに降伏し、あまつさえ慈悲を乞うた。そんな男を尊重する義務は、妻にはないだろう」

「そうかしら？」妻は静かに反論した。「彼女には、妻としての愛情や忠誠心はなかったの？ほんの少しでも夫を思いやる気持ちも？　彼女は夫が一番つらいときに、子どもたちや妻である彼女自身を奪ったのよ」

「彼は臆病者で、彼女は高潔な女性だった」

「彼は懸命に生きようとしたけれど、彼女はすべての希望をあきらめてしまった」

ラファエルはアイリスを見つめた。彼女はいったいどこで、こんな純朴なものの見方を身につけたのだろう。彼は陰鬱な笑いを浮かべた。「どのみち希望なんかなかったのさ。待っているのは、奴隷としての生活か凌辱か死。彼女が名誉を守れる道は、自殺しかなかった」

「いいえ」アイリスは熱が入るあまり上掛けの上の彼の手をつかんだが、おそらく自分ではまったく意識していないのだろう。「そんなことはないわ。生きているかぎり、つねに希望はあるのよ。あなたは命乞いをした彼を臆病者と言うけれど、わたしはプライドをのみこんでじっと耐えたのだと思うわ。カルタゴでは三年ものあいだ籠城しつづけた。ハスドルバルが本当に臆病だったら、そこまで我慢せずもっと早く降伏していたでしょう。でも彼は戦いつづけた。壁が破られ、どうしようもなくなって、はじめて剣を捨てたんですもの。これは臆病な人間の行動じゃないわ」

「じゃあ、彼の妻は？」ラファエルは静かに尋ねた。「彼女はどうすればよかった？　奴隷として生きればよかったのか？　ローマ人兵士の慰み物になるべきだったか？」

アイリスは顎を上げた。「ええ、そうよ。自殺なんて――」

彼は鼻を鳴らした。「異教徒の女王にキリスト教の価値観を押しつける気か？」

「いいえ、最後まで聞いてちょうだい」彼女はゆっくりと息を吸った。おそらく考えをまとめているのだろう。「たとえ凌辱され卑しめられても、自分で自分を殺すなんて命の無駄遣いだと思う。ハスドルバルの妻はふたりの息子の母親だった。自分の意志を持った自立した女性だったはずよ。たとえ奴隷に身を落としても、いつだって未来に可能性はある。ほんのわずかかもしれない。でもそんな境遇からはい上がって、自分を傷つけた者たちに立ち向かえる可能性は絶対にあったわ」

ラファエルはアイリスを見つめた。彼女はこれまでの人生で、つらい目に遭ったことがないのだろうか。あと一日生き延びるくらいなら、死んだほうがましだと思うような目に。彼女にそんな経験がないことを、彼は祈った。

「では自分も子どもも犠牲にしなかったハスドルバルの妻が、本当に奴隷の境遇から抜けだせたとしよう。そして幸運にも、ふたたび夫と出会えたとする。そのとき、彼の街を破壊したローマ人たちの前で膝をついて命乞いをした、きみの言う高潔な男が、彼女を受け入れると思うか？　妻が奴隷にされているあいだに彼女の体をむさぼった男たちのことはいっさい問わず、妻の顔を愛情を込めてやさしくなでると思うのか？　ほかの男にいいようにもてあそばれた妻を、もう一度ベッドに迎え入れると思うのか？」

「それはわからないわ」アイリスは静かに返した。「でも、そうすべきだとは思う。彼女の身に起こったことは、彼女の責任じゃないもの」ラファエルをまっすぐに見つめる彼女の目は、おだやかでひたむきだった。「あの晩、あなたが助けだしてくれなかったら、わたしも〈混沌の王〉に同じような目に遭わされていたと思う。でもたとえそうなっていたとしても、わたしの責任ではなかった。彼らに辱めを受けたあと逃げだす機会があったら、わたしはきっと逃げたわ。自殺もしなかったと思う」

アイリスが自らを傷つける光景を思い浮かべただけで、ラファエルの心臓は止まりそうになった。

自分は間抜けだ。ちっともわかっていなかった。もちろんこの議論は、アイリスが〈混沌の王〉に拉致された件とつながっている。彼女が危うく凌辱されそうになったあの晩と。拉致されたとき、彼女は何を考えていたのだろう？　頭に袋をかぶせられてやつらの前に引きだされ、生贄として石舞台の前でひざまずかされたときは？

怖くてたまらなかったはずだ。

それでもアイリスは、恐怖に屈しなかった。それどころかあんな経験をしたにもかかわらず、凌辱されても女性は希望を失うべきではないと心から信じて主張している。どんなに希望が薄くても、懸命に生きつづけるべきだと。

ラファエルは彼女の信念に感嘆した。

なんて勇敢なのだろう。

つかまれていた手をひっくり返して、彼女の手を握る。「すまなかった」アイリスがこんな主張をするのは、世の中の厳しさを知らないからではない。高潔なものの見方ができるからだ。「たとえきみがそんな目に遭っても、わたしは絶対に責めないよ。きみに自殺してほしいとも思わない」

ラファエルは彼女の手を持ち上げて、手のひらに唇をつけた。するとその感触で、鮮明に記憶がよみがえった。熱で意識が朦朧《もうろう》とする前に、彼女にしたキスの記憶が。やわらかい唇が開いて、彼の舌を柔順に受け入れてくれたこと。あのとき感じた紅茶の味。

またアイリスを味わいたい。上品に閉じた小さな口に、舌を走らせたい。彼女がうめいて、唇を開くまで。

だがそんな愚かなまねはできない。ほんの少しでも、自分を見失う危険は冒せないのだ。アイリスは清純だが、自分は違う。彼の穢れをうつすわけにはいかない。

唇を離して、彼女の手を落とした。ラファエルはありありと浮かんでいるはずの欲望を見られないよう、目を伏せた。

「ありがとう」アイリスがささやく。

彼女は先を続けようとしたが、そこにニコレッタが入ってきた。湯気の立つスープを持ち、腕に布をかけている。そのうしろから、湯を入れた水差しを持ったウベルティーノが続いた。

ウベルティーノは主人を見て顔を輝かせた。「お座りになりたいんじゃないですか?」

ラファエルがうなずくと、コルシカ人の従僕は彼の体を起こして座らせた。

ニコレッタと彼の妻は、慎み深く控えの間に下がった。

ラファエルは部屋着のボタンをはずした。生地にしみとおった血が乾いて肩の部分がごわごわしているのを見て、鼻にしわを寄せる。

控えの間に目をやって扉が閉まっているのを確認してから、ラファエルは口を開いた。

「妻はどんなふうに過ごしていた？」

ウベルティーノがベッドの横に室内用の便器を運んできた。「奥さまはほとんどずっと、だんなさまの看病をしていらっしゃいました」

それだけではなく、関係のない部屋に忍びこんでもいたようだが。「館の外には出なかっただろうな？」

用を足し終えると、ラファエルはため息をついた。取りだしたものをしまい、部屋着の前を合わせる。

「はい、だんなさま」ウベルティーノは便器の蓋を閉め、衝立のうしろに戻した。

控えの間の扉が開いた。

妻が部屋と部屋のあいだに立って、ラファエルの注意を引くように咳払いをした。「ウベルティーノとのおしゃべりに力を使いすぎたら、ニコレッタとわたしがあなたの体を洗うあいだ、起きていられなくなってしまうわ」

つまり、アイリスはこれから彼の体に触れるつもりなのか？　触れられているところを想像しただけで、ラファエルはどきどきして体が緊張した。

彼女に向き直って、にらみつける。「赤ん坊みたいに、体を洗ってもらう必要はない」

そんな誘惑に屈するわけにはいかない。

「いいえ、必要なことよ」アイリスがベッドの横に来て、ニコレッタお手製の風味豊かな牛肉のスープを差しだした。「あなたはわたしに撃たれて以来ずっと体を洗っていないでしょう。血がついたままの部屋着やシーツに包まれて寝ていたんだから、におうわ」

ラファエルはスープを口に運びながら、眉をひそめて考えこんだ。この家でものごとを決めるのは誰かを示すために、彼女と争うこともできる。だが疲れて弱っているいま、彼女の誘惑にあらがう気力はなかった。

それに実際、彼はにおう。

叱るような口調でぶつぶつ何か言いながら部屋の中を動き回るニコレッタを見つめながら、彼はスープを半分平らげた。

皿を置くと、片づけるためにウベルティーノが飛んできた。

ラファエルはその手をつかんだ。「誰か訪ねてこなかったか？　敷地に入りこんだ者は？」

「いいえ。みなで外を警戒していましたが、あやしい者は見かけませんでした」

ラファエルはうなずいて、手を離した。「それならいい」

ウベルティーノがお辞儀をして、部屋を出ていった。

ラファエルは重ねた枕に体を預けた。なんとも間の悪いときに負傷してしまったものだ。〈混沌の王〉という腐ったリンゴに穴を穿って潜りこむ方法を、なんとか見つけなくてはならない。春の祝宴が終わり、次の集会があるのは何カ月も先だ。ディオニソスが特別に会合を招集すれば別だが。もし彼が――。

「少し体を起こしてもらえる？」妻の声が耳元でした。

彼は目を開いた。アイリスがすぐそばに立ち、こちらに向かって手を伸ばしている。どうやら、本気で彼の体を拭くつもりらしい。

なんというばかなまねを。

ラファエルは肩の痛みを無視して、体を起こした。

アイリスが布を何枚か重ね、彼の頭の下に置く。「もう戻していいわ」

彼は眉毛を持ち上げてみせた。

だが彼女は口を結んだまま横を向き、布を濡らしたり、そこに石鹸をこすりつけたりと忙しそうにしている。やがてぴんと背中を立てると、静かな決意を浮かべて向き直った。

アイリスはまず、顔の左側から拭きはじめた。傷痕がないほうだ。

当然だろう。

彼女は額にかすかにしわを寄せ、濡らしたあたたかい布を頬から顎へと滑らせた。それからふたたび、額までやさしく拭き上げていく。

そこで彼女が手を止め、瞬きをしてためらった。

「ほとんどの人間は傷痕に嫌悪感を持つ」ラファエルはこわばった声で静かに言った。「だからといって、別に恥じる必要はない。そちら側はニコレッタにやらせればいい。彼女は慣れているから」

「いいえ。わたしは傷痕に嫌悪感なんて抱いていないわ」アイリスは息を吸って、彼と目を合わせた。青灰色の目には、毅然とした表情が浮かんでいた。

彼女は嘘をついていると、ラファエルにはわかった。でもだからこそ、自分の手で彼の体を拭くと主張するアイリスがより……なんと言えばいいのか、そう、勇敢に思えた。彼女は償いや憐れみの気持ちから行動しているのではない。きりりと結んだ口元やしっかりとした手つき、しわを寄せていない額からそれがわかる。彼女はただ、正しいと信じることを実行しているだけだ。

彼の妻は、夫よりもずっと高潔な女性なのだ。

ラファエルはうなずくと、アイリスの手に触れられる苦しみに耐えるため、目を閉じた。

冷めてひんやりとした布がまず額の傷がない部分に置かれ、そこから傷がはじまっている右目の上に移動した。彼女はためらいを見せず——それは彼も認める——傷痕をたどりながら布を下へ滑らせた。きっと生地を通して、ヘビのようにうねうねとした盛り上がりを感じているだろう。不自然ななめらかさを。それでも彼女は手を止めず、引きつった口角を越えて首まで布をおろしていった。布が離れ、湯に浸してしぼる音がしたあと、今度は彼の顔から石鹸をぬぐいはじめた。

ラファエルは目を開けた。

アイリスの頬がピンク色に染まっている。彼が発散する熱を感じているのだろうか？　彼女につかみかかってはならないと、必死で抑えている筋肉のこわばりは？

彼女が瞬きをした。「次は髪を洗うわ」

ラファエルは黙って眉を上げた。アイリスとニコレッタがベッドを水浸しにせずにどうやって髪を洗うつもりなのか、見当もつかない。

けれどもふたりは彼の頭の下にうまく洗面器を入れ、頭を支えるために縁にぐるりと当て布をめぐらせた。

彼の妻が舌先を歯のあいだにはさんで、慎重に少しずつ髪に湯を注ぐ。彼女の唇はきれいなピンク色だ。ぷっくりしていて、上唇はキューピッドの弓みたいに美しい形を描いている。しっとりとしてつややかに輝いているその唇から、ラファエルは目が離せなかった。その唇にどんなことをしたいか考えているうちに、瞼が重くなって閉じた。

アイリスがほっそりとした力強い指で石鹸を泡立て、頭皮をもみほぐしていく。ラファエルはあまりの気持ちよさにうめき声がもれてしまわないよう、顎に力を入れた。彼女が頭を押したりもんだりしながら、後頭部に向かって髪に指を通す。彼はのんびりと昼寝をする猫のように、目を閉じて身をまかせていた。最後にこんなふうに人に触れられたのは、いつだっただろう……。

とにかく、長いあいだこんなことはなかった。

アイリスの手が離れ、頭に湯が注がれた。彼女は彼の髪に手を滑らせて余分な水を切ったあと、布で叩いてさらに水分を取った。

頭の下から洗面器がどけられる。

ラファエルが目を開けると、彼女は落ちつかない様子で唇を舐めていた。「わたし……あの……わたしたち、部屋着を脱がせたいんだけど。せめて上半身だけでも」

もし彼がもっと明るい性格だったら、にやりと笑みを返していただろう。アイリスは彼の自制心の限界を試している。そんなことをしたら危険だと、わかっていないのだろうか？

だがアイリスはますます顔を赤くして、いかにも居心地が悪そうだ。

彼はどうしても抵抗できなかった。彼自身の欲望にも、彼女が慎み深く困惑している様子にも。

ラファエルは両手を広げ、厳かに言った。「好きにするといい」

石の王は石ころしかない荒野の奥深くに住んでいたので、その姿を見たことがある者はほとんどいませんでした。石の王なんていないと言いきる者までいたほどです。もちろん石工も、石の王に会いに行くなんて考えは捨てるよう、アンを必死で引き留めました。娘が二度と帰ってこないかもしれないと、怖かったのです。けれどもアンのエルへの愛は強く、その決心は揺らぎませんでした。そしてとうとうアンは、パンの塊を半分とチーズ、それに幸運をもたらすと母親が信じていたきれいなピンク色の小石を持って、出発しました……。

『石の王』

6

アイリスはごくりとつばをのんだ。その低くかすれた声はまるで誘惑しているようだし、からかうように両手を広げて見つめる視線は挑発的だ。

だがダイモアは、彼女の夫なのだ。それに具合が悪い。この二日間、ニコレッタに助けてもらいながら彼を看病してきた。こうやって体を拭くことも看病のうちで、それ以上の意味はない。

顔を伏せてダイモアの部屋着のボタンをはずすあいだ、アイリスは自分にそう言い聞かせていた。だが心の中の声がどんな理屈をこねようと、彼女の指は震えていた。

けれどもそれは、当然なのかもしれない。アイリスが最後に男性の服を脱がせたのは、ずいぶん前なのだから。

それに死んだ夫は中年に達していたが、ダイモアは彼女よりほんの少し年上なだけの男盛りだ。だから彼はとても……。

なんというか……。

たくましい。

アイリスはダイモアの胸がどれほどたくましいか必死で見ないようにしながら、ニコレッタと協力して部屋着を脱がせた。まず左腕を、次に細心の注意を払って右腕を袖から抜く。上掛けは下半身を慎み深く覆ったまま、ウエストのところで折り返してあった。

ようやく部屋着を上半身からはがし終えたときには、ダイモアの息遣いは荒くなり、額は汗で光っていた。アイリスは心配になって、ニコレッタと視線を合わせた。彼を消耗させたくない。これまでの二日間、熱で朦朧として眠っていたことを考えると、彼はすでにずいぶん無理をしている。

しかしこのままでは、汚れたシーツや腕についたままの乾いた血がダイモアの回復を妨げるのではないかと不安だった。

彼が早くまた休めるよう、はじめたことをさっさと終わらせるのが一番だ。

そう心を決めると、アイリスはウベルティーノが運んできた新しい湯を張った洗面器に向き直った。清潔な布を取って湯に浸し、メイドが持ってきた石鹸をつける。アイリスが入浴したときに使った石鹸と同じ、濃厚なオレンジの香りが部屋に広がった。

アイリスは息を吸ってベッドに向かい、ダイモアの広い胸に目をやった。かなりの面積のむき出しの肌が、彼女の前に広がっている。アイリスはつばをのみ、まず怪我をしていないほうの腕からはじめることにした。石鹸をつけた布を肩に置き、指先に伝わってくる硬い筋肉の感触を意識しないようにしながら、なめらかな肌をきびきびとこすっていく。

視線を自分の手に据え、それ以外の場所にはけっして向けようとしなかった。

それでも優雅に伸びた鎖骨や上腕の筋肉、前腕の内側を走る血管といったものが、どうしても目に入る。

やがて自分の手の動きがだんだん遅くなっていくのを、アイリスは感じた。部屋にはほとんど物音がしない。ニコレッタは汚れた水を持って出ていったし、ウベルティーノもいないようだ。おそらく、さらに湯を取りに行ったのだろう。つまり寝室にはいま自分とダイモアのふたりだけで、しかも彼女は彼の体に触れている。

そんな状況で目を上げてダイモアの顔を見るなんて、とてもできなかった。

彼の手を持ち上げ、血管の走る甲に布を滑らせる。きちんと爪を切りそろえてある指は長くて力強く、アイリスの手がより小さく見えた。指を一本ずつ丁寧に拭き終え、ひっくり返して手のひらをぬぐう。それはとても親密な行為だった。相手に対する心のこもった行為。母がわが子にするような。

あるいは女性が恋人にするような。

アイリスは思わず息を止め、体を起こして布をゆすいだ。

ふたたびベッドのほうを向くと、彼と目が合った。

ダイモアは彼女を見つめていた。水晶のように澄んだ目に瞼が重く落ちかかり、ねじれた唇はかすかに開いている。

彼女の体の中で、何かがぎゅっと固くなった。

アイリスは目をそらすと、急いで彼の手と腕をもう一度ぬぐい、石鹸を拭きとった。

寝室の扉が開いて、きれいな水を抱えたニコレッタが入ってくる。

アイリスは手に持った布に集中し、石鹸を塗り直した。

彼の腕をそっと持ち上げ、黒い毛が渦巻くように生えている脇の下を拭く。

男らしい香りが、ひときわ強く漂った。

そんな部分を拭いている行為を、官能的だと思ってはならない。レディはそんなことを考えるべきではないのだ。

それなのに、そう思わずにはいられない。

持ち上げた腕に引っ張られて、ダイモアの腹部の筋肉が浮き上がっている。アイリスはその陰影に思わず目を引かれた。彼に体を寄せ、男らしい香りを思いきり吸いこみたい。

アイリスは唇をかんだ。

ニコレッタが汚れた湯を洗面器から別の容器に移す音で、アイリスは物思いから引き戻された。顔を上げたが、メイドは彼女を見ていなかった。

アイリスがよからぬ考えに心を奪われていたことに、ニコレッタはどうやら気づいていないようだ。

アイリスはほっとした。

もう、ダイモアと目を合わせられなかった。いまはどうにか自分を抑えているが、彼の目を見たらどうなってしまうかわからない。

夫となったこの男性とはまもなくベッドをともにする関係になるのだと彼女ははじめて実感すると同時に、そのときを楽しみにしている自分に気づいた。

ニコレッタが怪我をしているほうの肩と腕を拭きはじめたので、アイリスは彼の胸に注意を移した。

ところが何気なく見たとたん、息が止まりそうになった。

彼には乳首がある。

当然のことだけれど。

男性にはみな、乳首がある。それを言うなら、女性にも子どもにも赤ん坊にだって。ただし、レディにはふつう紳士の乳首を見る機会はないというだけだ。そしてダイモアが寝込んでいた二日間は、そんな部分に目を向ける余裕もなかった。

アイリスは咳払いをして、小さく円を描くように布を動かしてダイモアの胸を拭きはじめた。上のほうから、片方の乳首にだんだん近づく。別にほかの部分と同じ体の一部なのだと、自分に言い聞かせた。周りよりも少し色が濃いだけで。それに細かいしわが寄っている。でも特別なことは何もない。

乳首の上をぬぐうとき、彼女は思わず息を詰めた。ダイモアはどんなふうに感じただろう？　ほかの部分を拭いたときとは違う感じがしただろうか？　彼女が自分で自分の胸を拭くときと同じ感覚かもしれない。

アイリスは伏せた睫毛の下から、ダイモアをちらりと見た。

鼻の穴が広がり、目が糸のように細くなっている。

それに乳首が締まって硬くなり、鋭く立ち上がっていた。

たぶん水や空気が冷たくて、寒くなったのだろう。

きっとそうだ。

アイリスは上掛けが折り返されているウエストのところまで、体の脇を拭きおろした。ダイモアは緊張しているように体に力を入れ、腹部を引っ込めている。その中央にある臍《へそ》の周りには黒い毛が渦巻き、さらに下へと細く伸びて上掛けの端まで到達していた。

彼女はごくりとつばをのんだ。

彼の腰から下は上掛けで覆われているが、その下にあるものをアイリスは知っている。〈混沌の王〉の宴で見た裸の彼の姿が、記憶に焼きついていた――大きく誇らしげなペニスにずっしりと重そうな陰嚢、その周りを漆黒の巻き毛が彩っていた。もし上掛けが少しでも下にずれたら、密集した黒い巻き毛の端が見えるだろう。

アイリスは思わずスカートの下で腿をこすりあわせた。

自分の体が彼女にどんな影響を与えているか、ダイモアはわかっているのだろうか？

アイリスはしきりに誘惑してくる危険な上掛けから、急いで手を遠ざけた。ふたたび布を上に向かって滑らせ、平らな腹部からあばらを過ぎて胸まで拭いていく。そして真ん中に生えている胸毛をぬぐったあと、右の乳首の周りをそっと拭いた。すると乳首が硬くなると同時に色が濃くなって、それを見たアイリスは体の内側が熱くなり、とろけていくような感覚に襲われた。

突然、ダイモアが彼女の手首をつかんだ。「やめろ」

アイリスはうしろめたさを覚えながら、体を起こした。

彼が冷たい目を向けてくる。「もうじゅうぶんだろう？」

彼女は手を振りほどこうとしたが、熱で弱ってはいてもダイモアのほうが力は強かった。

「まだ背中と――」

「いや、きみはもういい」彼の声は低くしゃがれているものの、断固としていた。

ダイモアは彼女があまりにも熱心に作業を進めているのに気づいて、気を悪くしたのだろうか？　彼の顔を見つめても、怒りや非難の色は見えない。それどころか、なんの感情も浮かんでいなかった。ダイモアがいつも心の内をまったく表に出さないことに、突然アイリスは気づいた。考えていることや感じていることをすべて、あの澄んだ目と傷痕のある顔のうしろに隠しているのだ。

ダイモアはただ、彼女を見つめている。

そんな彼を見ていると、なぜか腹が立った。

アイリスは唇を舐めた。「体を全部きれいにしたほうが、よく休めると思うけど」

「それはそうだ」彼は手首を放した。「では、残りはウベルティーノにやってもらおう」

「それとニコレッタに？」彼女はメイドに目を向けた。ニコレッタは顔を伏せて包帯の周りを拭くことに集中しているように見えるが、アイリスはだまされなかった。メイドが主人夫婦の会話に聞き耳を立てているのは明らかだ。

「作業が終わったら、彼女をきみのところに行かせる。きみにはもう用はない。出ていってくれ」彼女に向けられた目は、北海のように冷たかった。

アイリスはたじろぎそうになるのを、必死でこらえた。ダイモアは彼女を追い払ったのだ。歯に衣《きぬ》着せぬ言い方で。

自分は彼の妻だ。夫の入浴を手伝うのは妻の当然の義務でしょう？　だが取りつく島もない様子を見ると、反論しても無駄だとわかった。まるで彼女にほんの少し触れられるだけでも耐えられないと言わんばかりの顔をしている。

触られたら吐き気を催しかねないとでもいうように。

アイリスは傷ついた気持ちを隠そうと、顎を上げた。

彼の目を見つめながら、メイドに話しかける。「ニコレッタ、しばらく控えの間に行っていてくれないかしら。夫とちょっと話がしたいから」

メイドが公爵の胸の上で両手を持ち上げたまま、凍りついたように動きを止めた。そのままアイリスとダイモアを交互に見る。

ダイモアがうなずいた。

ニコレッタは布を洗面器の中に落とすと、足早に隣の部屋へ向かった。

アイリスは扉が閉まるまで待ち、公爵に向き直った。「わたしはあなたの妻で、犬じゃないのよ。粗相をしてしまったみたいに、追い出されるつもりはないわ」

ラファエルはアイリスを見つめた。彼女は身をこわばらせて立っている――堂々と。抵抗されたことには腹が立つが、その心意気に感心せずにはいられなかった。これ以上彼女に惹《ひ》かれたくないというのに。彼女と言いあいをしても、ますます気持ちを抑えられなくなるだけだ。

「犬みたいに扱われたと思わせたのだとしたら、申し訳なかった」ラファエルは怒りを抑えて謝った。「だが言いたいことは同じだ。きみがわたしの体を拭く必要はない」

「でも、わたしが拭きたいのだと言ったら？」頬を赤くしたアイリスは美しく、彼は思わず見とれてしまった。まるで高まる情熱に顔をほてらせているようだ。

いや、こんなことを考えていてはいけない。「いくら言いあっても――」

「あなたはなぜ、わたしに触ってほしくないの?」

「なぜ触りたい?」彼はそっけなく返した。もう、忍耐が尽きる寸前だった。「わたしの顔は見るに堪えない。きみだってひるんだじゃないか。ごまかしても無駄だ」

「ひるんだように見えたのなら、ごめんなさい」彼女が口早に言った。「でも、あなたの傷を見るに堪えないなんて思っていないわ。あなたをそんなふうに思ったことは一度もない。だから触れたいときに触れていいでしょう?」

ラファエルは鼻を鳴らした。「なぜわたしなんかに触れたいと思うのか、わからないね」

「本当に?」アイリスの頬の色がますます濃くなる。明らかにこの話題は、彼女にとって口にするのがきまり悪いものなのだ。だがそれでもアイリスは、彼から目をそらさなかった。「妻があなたの体に興味を持っていると知れば、あなたもうれしいでしょう?」彼女が声を潜めた。「だって、わたしたちはベッドをともにするのよ」

彼はすとんと胃が落ちた気がして、目をそらした。

「そうよね? わたしたちはベッドをともにするのよね?」彼女の声が近くなる。

顔を寄せ、詰め寄っているのだ。

ラファエルは目を上げて、鋭い視線を彼女に向けた。アイリスは手を伸ばして、彼に触れようとしていた。

触られる前に、ラファエルは彼女の手首をつかんだ。

「もちろん、わたしたちは同じベッドで寝る」険しい声で返した。いま彼女に弱さを見せるわけにはいかない。「だが、寝るだけだ」

アイリスが戸惑ったように目をしばたたく。「それって――」

「つまりきみはわたしに悩まされずにすむということだ」ラファエルは歯を食いしばった。彼が自制心を失う寸前だと、アイリスにはわからないのだろうか？　ぎりぎりのところで踏みとどまっているというのに。もし熱でこれほど弱っていなければ、彼女をつかまえてベッドに引っ張り込み、膝の上に押し倒しているところだ。そして唇ややわらかい首に舌をはわせ、胸元を覆っているスカーフをむしり取って美しいふくらみに歯を立て、それから……。

だめだ。

やめろ。

彼女をけっして堕落させないと誓ったのだ。そのためにどんな代償を払わなければならなくなったとしても、誓いは守る。

「どうして……理解できないわ」アイリスが傷ついた声を出した。彼女に問題があると、ラファエルがほのめかしでもしたかのように。「あなたはわたしを妻にしたのに。ベッドをともにできないほど嫌いなら、なぜ結婚したの？」

そういうことではないのだと、アイリスに伝えるべきだった。そう考えるのは根本から間違っていると。だがそう言えば、彼女はもっと多くの質問を投げかけてくるだろう。

いまもこれから先も、彼が絶対に答えたくない質問を。

だから、アイリスが誤解してくれてよかったのかもしれない。

「結婚したのは、きみの命を助けるためだ。それ以外の理由はない」ラファエルはきっぱりと嘘をついたが、そのそばから見えない氷が皮膚の表面に張り、骨の髄まで凍えていくのを感じた。氷は心臓まで凍りつかせようとしていた。

アイリスは剣で切りつけられたかのようによろめいた。「でも……あなたはわたしにキスをしたわ。あれは――」

「熱で朦朧としていたんだ。正気じゃなかった」ゆっくりとした口調で追い打ちをかけると、彼の心は闇に閉ざされていった。

アイリスは一瞬、打ちのめされたかのように青灰色の目を見開いた。だがすぐに自分を取り戻すと、堂々と背筋を伸ばした。「よくわかったわ。じゃあわたしは失礼して、ウベルティーノを呼んでくるわね」

彼女はくるりと向きを変え、すばやく部屋から出ていった。

ラファエルを照らしていたすべての光とともに。

アイリスは目をしばたたいて涙を押し戻しながら、廊下に出た。どうして泣いているのだろう。結婚して何日も経っておらず、ダイモアという人間についてはほとんど何も知らない。だから彼に拒否されたからといって、こんなにショックを受ける理由はないのだ。ダイモアは彼女を守るために、アイリスはほかに選択肢がなかったから、結婚した。

論理的に考えてそれ以外にないという状況で、性的な行為の有無についてはまったく考慮していなかった。

アイリスは歩きながら、たまたまそこにあったサイドテーブルを蹴飛ばしたい衝動に駆られた。

自分がいけなかったのだ。ダイモアとポリュビオスの本について議論したとき、彼とのあいだに友情のようなものが生まれたと思ってしまったのだから。そしてふつうではないはじまり方をした結婚だが、いいものにしていけるのではないかと希望を持ってしまった。求めていた結婚生活にできると、勝手に思いこんでしまったのだ。

だがいまはもう、わからない。もしダイモアが彼女を求めず、それどころか嫌悪感すら覚えているのなら、どうやって幸せな結婚生活を作り上げていけるだろう？

にべもなく彼女をはねつけた男と、どうやって暮らしていけばいい？

こんなにも欲しいと願っている子どもを持てなかったら？

あんな態度を取るダイモアが恨めしかった。

アイリスは厨房の扉の前でいったん足を止めて、気持ちを静めた。それから中に入ると、ウベルティーノがちょうど湯を入れた水差しを持ったところだった。

「だんなさまがあなたを呼んでいるわ。わたしが拭けなかったところを拭き、髭《ひげ》を剃ってほしいそうよ」

「わかりました」ウベルティーノが急ぎ足で出ていく。

厨房には従僕があとふたり残っていた。ひとりはバルドだが、もうひとりのもじゃもじゃの眉をした男の名前はわからない。ちょうど夕食を食べ終えたふたりは、彼女を見て立ち上がった。

アイリスは彼らにうなずくと、厨房を出ようと向きを変えた。

「奥さま《ドンナ》」バルドが呼びとめ、テーブルの上の枝つき燭台《しょくだい》を手に取ってから、彼女に進むよううながす。

そうだった。従僕たちは彼女が館の中を歩き回るたびについてくるのだ。明らかに公爵の差し金だ。館の中でさえ護衛が必要だと、ダイモアは考えているらしい。

そう思うとぞっとして体が震えたが、公爵のために汚れたシーツを取り換えるという仕事に急いで気持ちを向けた。

背筋を伸ばしてふたりを見つめ、微笑みかける。彼女はまずバルドに指先を向けた。「バルド」

どうして名前を呼ばれたのかわからないまま、彼はお辞儀をした。「ドンナ」

アイリスは次にもじゃもじゃ眉毛の男に指先を移動させ、問いかけるように眉を上げてみせた。

「ああ！」従僕が理解して、うれしそうに笑う。むっつりとしていたのが、急に人好きのする表情に変わった。「ルイジ」

「ルイジ」彼女はうなずくと、ふたりの顔を見た。「シーツがどこにしまってあるかわかる？」

ルイジとバルドが困ったように視線を交わす。

「シーツ？」そう問い返されて、アイリスはどうやったら身振りで説明できるか考えようとしたが、すぐにあきらめた。

疲れすぎていて、じっくり考える気になれなかったのだ。長い一日だったし、そもそもシーツの管理は従僕ではなくメイドの仕事だ。

アイリスはため息をつくと、向きを変えた。リネン類をしまっている戸棚があるとすれば、おそらくメイドの部屋だろう。そしてメイドの部屋は、厨房のそばにある場合が多い。

さっき入ってきた入り口とは反対側に、アーチ型の出入り口がある。アイリスはそこに向かった。

ところがすぐに立ち止まったので、バルドとルイジが戸惑ったように顔を見あわせた。ダイモアが帰ってくる前は、この館にも大勢の人間が住んでいたのだ。そう思うと、奇妙な感じがした。こういう大きな屋敷を維持しようと思ったら、たとえ主人が住んでいなくても相当な数の使用人が必要になる。家政婦、執事、メイド、従僕をはじめ、さまざまな使用人が。

この館が死んでいるように見えたのも当然かもしれない。住んでいた人々を失ってしまったのだから。

アイリスは昔、意地悪な子守りに聞かされた血なまぐさい青髭の話を思い出して、ぶるりと震えた。七歳だった彼女は、そのあと何カ月も悪夢にうなされた。

それに考えてみれば、アイリスは青髭の哀れな妻と同じように鍵束を渡され、鍵のかかった部屋にこっそり入ってしまった。ただしその部屋にあったのは、死体ではなく埃をかぶった家具と奇妙な絵だけだったけれど。

アイリスは息を吸い、ばかばかしいことを考えた自分にあきれて頭を振った。ダイモアは使用人たちを解雇しただけで、別に血なまぐさい事件が起きたわけではない。このあたりの人々を信用していないからだと、解雇の理由もわかっている。拒否されたからといって、彼が青髭のように恐ろしいことをしでかす人間だと思いこもうとするべきではない。証拠もないのにこんなところに突っ立っておかしな妄想をふくらませ、あげく勝手におびえるなんて、間抜けもいいところだ。彼女は学校を終えたばかりの子どもではない。二八歳の女性、立派な大人だ。ばかげた考えで頭をいっぱいにしないだけの分別を持っている。

アイリスは気を取り直して、低い出入り口を通り抜けた。すると短い通路の先に階段があって、おりると広い貯蔵室があった。のぞいてみると、食糧かワイン、あるいは両方をしまっておくための場所のようだ。どちらにしても、リネン類はありそうにない。こんなところにしまっておいたら、かびくさくなってしまう。

アイリスは従僕を引き連れて、厨房につながっている通路まで引き返した。通路にはほかにもいくつか扉があり、一番近い扉を試してみると鍵がかかっていた。

さいわい、彼女は鍵束をひもで腰にくくりつけていた。数分後に扉を開けたところでニコレッタが近づいてくる足音がして、メイドも一行に加わった。

アイリスは部屋の中をのぞいた。

そこには、いくつもの戸棚や箪笥や棚に、香辛料、砂糖、薬、蜜蠟、ナッツやドライフルーツ、それに銀器や上質のリネン類といった、メイドが鍵をかけてしまっておきたいと考えるあらゆるものがしまわれていた。

一番大きな戸棚まで行って扉を開けると、真っ白なリネン類がきれいに整理されて入っていた。アイリスは思わず喜びの声をあげ、シーダーウッドの香りを吸いこんだ。

ところが、さっそくシーツを取りだそうとするとニコレッタに止められた。「だめ」

アイリスは驚いて振り返った。

メイドが懸命に首を横に振っていた。そして収納箱のひとつに歩み寄ると、蓋を開けて中のものをかき分けはじめた。しかしようやく満足げな声をあげて体を起こし差しだしたのは、清潔ではあるものの縁のほつれた二枚のシーツだった。

アイリスは唖然《あぜん》とした。ニコレッタの持っているシーツは雑巾用に取ってあったとしか思えないものだ。だがメイドはそれを持って出口へ向かおうとしている。公爵のベッドに敷くのではなく、別の用途に使うつもりなのだろうか？

「だめよ、待って」

ニコレッタがいぶかしげな顔で振り返った。

アイリスは急いで戸棚から清潔な純白のシーツを取りだした。「だんなさまのベッドには、これを使いましょう」

それでもニコレッタは首を横に振り、コルシカ語でしきりに何か言いながら擦り切れたシーツを差しだしてきた。

けれどもアイリスは、メイドが何を言おうとしているのか見当もつかなかったし、疲れていた。「ごめんなさい。でもこっちのシーツにするわ」

彼女はメイドと従僕の横を通り抜け、ニコレッタがうしろで叫んでいるのを無視して歩きつづけた。

階段を上がって公爵が寝ている寝室に入る頃にはニコレッタは沈黙していたが、顔を見れば納得していないのがわかる。

アイリスはため息をついた。ようやく築きかけていた友好関係が損なわれてしまったのは悲しいけれど、彼女に指図できるとメイドに思わせるわけにはいかない。アイリスはこの館の女主人であり、そのことをはっきりさせるのは早いほうがいい。

だから寝室の扉を叩くために足を止めたときも、使用人たちに機嫌を取るような笑みは向けなかった。

それにいまは、夫となった男性が彼女をどう迎えるかということのほうが心配だった。

「入れ」ダイモアが中から返す。

従僕ふたりはお辞儀をして去り、アイリスとニコレッタだけが中に入った。

ダイモアはベッドを出て、清潔な黒い部屋着に着替えて暖炉の前の椅子に座っていた。漆黒の髪はかすかに波打ちながら肩に落ち、すでに乾きかけている。こんなふうに髪をおろしていると、顔の傷痕とあいまって盗賊のようだ。といっても、体調のよくない盗賊だ。熱のせいか、頬がまだ赤い。

「体を拭くのは終わった？」彼に拒否されてどんなに傷ついたか悟られないよう、アイリスはきびきびと尋ねた。

ウベルティーノは箪笥の前で何かしている。

ダイモアが皮肉っぽく眉を上げた。「見てのとおりだ」

彼には歩み寄る気がないらしい。アイリスは咳払いをして、ややこわばった口調で返した。

「たしかにそうね。それはともかく、わたしはベッドのシーツを換えに来たのよ」

彼女はベッドの横に行って、ニコレッタと協力しながら一面に刺繍が施された上掛けをはがした。さいわい、上掛けに汚れはついていなかった。だがシーツはおそらくもう使いものにならないだろう。

アイリスは顔をしかめ、シーツを床に落とした。

「ところで……」アイリスは使用人たちにちらりと目を向けた。

「なんだ？」彼がうながす。

「思ったんだけど……」彼女は息を吸って、臆病な自分を心の中で罵った。なんという弱虫なのだろう。さっさとはっきり言わなければ。「あなたはいま、ゆっくり体を休めなくてはならないでしょう？　わたしは邪魔にならないように控えの間で寝たほうが――」

「だめだ」

「――いいと思うの」尻つぼみに言い終えるなり、マットレスにシーツをたくしこんでいたアイリスは体を起こした。

振り返って、ダイモアを見る。

彼は静かにこちらを見つめているが、その表情からして絶対に譲るつもりはなさそうだ。

「きみはわたしの妻だ。このベッドで一緒に寝てもらう」

アイリスは理解できずにぽかんと口を開けた。彼はさっき、彼女に触れられるのも耐えられないと言ったばかりだ。いったいどういうつもりなのだろう？　彼女は言葉を選んで説明した。「あなたはまだ、すっかりよくなったわけじゃないのよ。回復の妨げになるわ」

「きみがいても、妨げにはならない」

「ちゃんと話しあったほうがいいんじゃないかしら？」

ダイモアが首を傾げる。「いま、そうしているのだと思っていたが」

「いいえ」アイリスは自分が両手をきつく握っていることに気づいて、あわてて力を抜いた。彼の言葉に心をかき乱されてはならない。「あなたはひとりで決めて、それをわたしに伝えているだけ。こんなの話しあいとは呼べないわ」

「きみがどう言おうと、わたしの心は変わらない」彼は見事なまでの尊大さで言い放ち、立ち上がった。ウベルティーノがすばやく駆け寄って、主人を支える。「さて、ほかに用がないのなら、わたしはベッドに戻ろう」

アイリスは彼の態度が信じられなかった。こんなやり方で結婚生活がうまくいくはずがないと言ってやりたかったが、疲れきった顔を見て思いとどまった。

犬がおとなしく主人におなかを見せるように、彼女が唯々諾々と従うと思ったら大間違いだと教えるのは、明日でも遅くない。今夜はおとなしく引きさがることにして、彼女は上掛けを広げているニコレッタのほうを向いて手伝いはじめた。

「ありがとう」思いのほか近くから、ダイモアの声がした。彼がすぐうしろに立っていたのでアイリスは一瞬驚いたが、ベッドに上がる彼の邪魔にならないよう、ぎこちなく脇に寄った。

咳払いをして、彼に返す。「じゃあ、着替えだけ控えの間でするわね」

ところが突然、息を詰まらせたような音がして、アイリスは振り返った。ベッドに上がろうと手と膝をついた格好のまま、彼が固まっていた。伏せた顔は長い髪に隠れている。

「いったいどうしたの――？」

ダイモアがひゅーひゅー音をたてて苦しそうに息をしているのに気づいて、アイリスは大変なことが起こっていると気づいた。

彼に駆け寄り、肩に手をかけて顔をのぞく。

いまにも目玉がこぼれそうなくらい目を見開いていた。唇は真っ青だ。

「ダイモア、ラファエル！」

彼には彼女の声が聞こえていないようだった。ただ一点に目を据えて、ひゅーひゅーと息をするばかりだ。体は石のように固まっている。

ニコレッタが駆けつけてきた。アイリスを下がらせ、ウベルティーノに向かって叫んだ。従僕は主人を抱きかかえ、自分より背の高い男を持ち上げた。そのまま引きずるようにして部屋を横切り、暖炉の前に連れていく。

そこで呪縛が解けた。

ダイモアが土気色の顔で音をたてて息を吸い、しゃがれた声で怒鳴る。「そいつをはがせ。いますぐに。とっととどけてくれ！」

「なんのこと？」アイリスは彼の怒りに驚いて、きき返した。ダイモアの目は氷のように冷ややかだった。

「シーダーウッドだ」

彼女はダイモアを見つめた。彼はそうしなければ立っていられないとでもいうように、暖炉の枠に寄りかかっていた。けれどもアイリスは理解できなかった。シーダーウッド？　いったい何が――？

彼が食いしばった歯をむき出し、手を大きくひと振りしてマントルピースの上のものをなぎ払った。金の置き時計、花瓶、一対の女羊飼いの磁器製の像、点火用の木片が入った壺などが、大きな音とともに床に落ちた。

ダイモアは彼女をにらみつけて怒鳴った。「さっさとやれ！」

アイリスは怒りの激しさに飛び上がって、あわてて振り返った。するとニコレッタがすでにシーツをはがしていた。アイリスが新しいシーツを抱え上げるのと同時に、ニコレッタが彼女の腕をつかんで寝室から連れだした。メイドは廊下に出ると、扉を閉めた。

アイリスは目を見開いてせわしなく息をつきながら、メイドがだから止めたのだという顔をするのを待った。ニコレッタはこのシーツを使ってはいけないと警告しようとしてくれていたのだ。きっと事情を知っているのだろう。

けれどもコルシカ人のメイドは、ただ悲しそうな目を向けただけだった。そして首を横に振り、アイリスが予想もしていなかったことをした。

体を寄せ、アイリスの頰をやさしくぽんぽんと叩いたのだ。

そしてもう一度首を横に振ると、アイリスからシーツを引き取って去っていった。

寝室からは、ものがぶつかる大きな音と夫がコルシカ語で怒鳴っている声が聞こえた。

アイリスは暗い廊下に立ち尽くした。しゃがれた声で怒鳴りつづける公爵が子どもの頃に見た悪夢に出てきた獣と重なって、一瞬心臓が止まりそうになる。

絶望が、冷たい指で喉を締めつけた。

しかしアイリスは顔の前に手を上げ、小指にはまっているルビーの指輪を見つめた。繊細で美しく、永遠を象徴する指輪を。

ゆっくり息を吸う。

ダイモアは獣じゃない。青髭でもないし、悪夢に出てくる怪物でもない。

彼は人間だ。心に痛みを抱えたひとりの人間なのだ。

冷静になって、彼を助けなければならない。

アイリスは階段に向かった。

ダイモアはあのシーツがいやだったのだ。シーツについていたシーダーウッドの香りが、彼をあんな状態にした。だからニコレッタは、擦り切れたシーツを渡そうとしたのだ。シーダーウッドの戸棚にしまわれていたのではないシーツを。つまり、いま自分がしなければならないのは、あの擦り切れたシーツを取ってきて夫のもとへ戻ることだ。

自分は彼と結婚した。だから死がふたりを分かつまで、妻として夫に寄り添う義務がある。

いや、それだけではない。

ダイモアは大きな危険を冒して、彼女を助けてくれた。それなのにアイリスは彼を撃ち、彼はその傷がもとで死にかけた――そしていまもまだ回復していない。つまり彼には返さなければならない借りがあるのだ。

それに、まだある。

ダイモアがとんでもなく横暴で笑顔ひとつ見せず、そっけなくても関係ない。彼のことがほんの少し怖くても関係ない。彼はアイリスの子ども時代について質問し、対等の相手として議論してくれた。ポリュビオスの『歴史』についての彼女の意見に興味を持ち、彼自身はそれに賛成できなくても、敬意を払ってくれたのだ。

意見を戦わせているあいだ、ダイモアはひんやりとした灰色の目を彼女に据え、集中して話を聞いていた。この世で気にかけるべきものはアイリスしかないとでもいうように、すべての注意を向けてくれた。

だから、そのために彼女は戦える。

本当の意味での結婚生活を送ることはないとわかっていても。

厨房へ向かう廊下を曲がったところで、アイリスはニコレッタとぶつかりそうになった。メイドが踵《かかと》に体重をのせて、踏みとどまる。彼女は古ぼけたシーツを抱えていた。シーダーウッドの香りがついていないシーツを。

アイリスは両手を差しだした。

ニコレッタが彼女を見て……微笑み、シーツを渡す。

「ありがとう、ニコレッタ」

メイドはすでに向きを変え、厨房に引き返していた。

アイリスも来た道を戻り、寝室の扉の前に立った。ノックをしようと手を持ち上げて思い直し、黙って扉を開ける。

すぐに公爵の姿が目に入って、アイリスは足を止めた。彼の姿勢にどこか見覚えがある気がしたのだ。ただし、いつどこで見たのかは思い出せなかった。

ダイモアは暖炉のそばの床に座っていた。背中を椅子にもたせかけ、引き寄せた片膝の上で頬杖をついている。伏せた顔は、髪で覆い隠されていた。そんな姿はぼろぼろで弱々しく見えていいはずなのに、彼女の目には圧倒的に不利な状況に立ち向かう古代の英雄に見えた。とうとう膝を屈しながらも、よろめきつつすぐに立ち上がり、剣と盾を拾い上げて闘いへと戻っていく英雄に。

アイリスは自分の空想に顔をしかめた。公爵が休む間もなく戦場に立っていなければならない世界なんて、ひどすぎる。

彼女は頭を振りながら、床に散らばったダイモアの怒りの痕跡に目をやった。

ウベルティーノがワインを入れたグラスを持って、部屋の奥に立っていた。従僕は彼女が入ってきたのを見て、いぶかしげな顔をした。

アイリスは足早に従僕に歩み寄った。「こっちに来て。ベッドにシーツをかけるのを手伝ってほしいの」

彼女が差しだしたシーツを彼は疑わしそうに見たが、それでもグラスを置いて言われたとおりにした。

それが終わると、アイリスはグラスを取り上げてダイモアのところに行った。「ベッドの用意ができたわ。それにワインも持ってきたのよ」

返事を待ったものの、何も返ってこなかった。

やはり、そう簡単にはいかない。

アイリスはいったんベッド脇まで引き返すと、テーブルの上にグラスを置いた。それからもう一度彼のそばに行って、床に膝をついた。「ダイモア」

彼の顔は漆黒の髪に隠れ、黒いシルクに包まれた広い肩はとてつもない重みに耐えるように丸まっている。いまのダイモアはまさにハデスそのものだ。闇の世界で永遠に孤独に過ごす冥界の王。そう思うと、彼女は胸が痛くなった。

アイリスはためらいながら、彼の肩に触れた。

彼がびくりとして、そのあとふたたび固まる。

彼女はつばをのんで、ささやいた。「ラファエル」

「戻ってきたのか」さっき怒鳴ったからだろうか、その声はしゃがれていた。

「ええ」アイリスは唇をかんだ。「ベッドに行きましょう」

「無理だ」ダイモアの声はかろうじて聞こえるくらい低く、彼女は耳を寄せなければならなかった。彼はきつく目をつぶっている。「シーダーウッドの香りがした。だから無理なんだ」

「いいえ、もう大丈夫よ。本当にごめんなさい。さっきまで知らなかったの。でも、いまはもうわかっているわ」

「もうあの香りはしないか?」

「ええ、しないわ」

灰色の目が片方開いて、彼女を用心深く見た。アイリスは野生の猛獣を目の前にしている気分だった。彼女よりはるかに強い獣が、彼女を信用しようか、むさぼり食おうか考えている。

どちらを選んだのかわからないがダイモアは心を決めたらしく、彼女の肩に手を置いて立ち上がった。土気色の顔の中で、傷痕が目立っている。どうしてこれほどの傷を負うことになったのだろう。顔に、そして心に。

アイリスも立って、ダイモアの脇の下に肩を入れた。細い腕をウエストに回して彼を支える。「さあ、行きましょう。ベッドまではすぐよ、だんなさま」

「ラファエルと呼んでほしい」こうして身を寄せていると、彼の声が体に響く。

アイリスは驚いて隣を見たが、彼は顔をまっすぐ前に向けていた。「あなたが望むのなら、そうするわ」

アイリスは何か皮肉めいたことでも言われるのではないかと待ち受けたものの、彼は横目でちらりとこちらを見ただけで、そのままベッドに上がった。枕の上に頭をのせようとして、ほんの一瞬ためらう。さっきの姿を見ていなかったら、気づかなかったような間だ。

ラファエルは枕に頭を預け、静かに横たわった。「きみも一緒に寝るかい?」

アイリスは息を詰め、すばやく彼に視線を向けた。彼はすでに目をつぶっている。ほかの男性にこう言われたら、誘われたのだと思うだろう。

けれどもラファエルの場合それはあり得ず、質問は言葉どおりの意味だった。彼女はそれに対して、すぐに答えなくてはならない。「ええ。でもその前に、控えの間で支度をしてくるわ」

アイリスは控えの間に行って、扉を閉めた。どきどきしている自分をばかだと思いながら、詰めていた息を吐きだす。夫と一緒のベッドで寝た最初の夜はひたすら死んだように眠ったし、昨日の夜は椅子に座って過ごした。

しかしまったく状況の違う今夜は、心おだやかではいられない。

それでもさっきのような感情の爆発を見たあとでは、彼と言い争いたくなかった。

彼女には触れないとラファエルが断言したことを思い出して、アイリスは唇をゆがめた。だから心配することは何もない。恐れる必要はないのだ。彼の体を拭いて高ぶった気持ちがまだ冷めていないとしても、向こうは夫婦の営みにまるで興味がないのだから。

アイリスは手早く髪をおろしてブラシで梳かし、ドレスを脱いでシュミーズだけになった。シュミーズはニコレッタがきれいに洗って直してくれたものだ。

扉を開けるとウベルティーノはすでに去っていて、寝室には蠟燭が一本だけともっていた。巨大なベッドの縁を回って彼女のためにあけてある場所に、できるだけ静かに滑りこんだ。公爵は――ラファエルはぴくりとも動かなかった。

おそらく、もう眠っているのだろう。

アイリスは蠟燭を吹き消して、ベッドのなるべく端で彼に背を向けて横たわった。

暗闇に彼の声が響く。「おやすみ、わが妻よ」

目を閉じると、アイリスの意識はすぐに眠気に押し流された。ところがさっき寝室に入ったときにラファエルが床に座っていた姿勢を思い出して、目がさえてしまった。あの姿勢は、死んだ公爵のスケッチブックの最後のページに描かれていた少年の姿勢と同じだった。

ラファエルは暖炉の熾を見つめながら、悪夢に滑り落ちないようなんとか踏みとどまっていた。

シーダーウッド。

あの香りがいまもまだ鼻の中に残っている。刺すような鋭い香りは頭痛をもたらし、肺から空気を奪い、正気を失わせる。

シーダーウッド。

子どもの頃、シーツはいつもあの香りだったし、父の部屋はあの香りで満ちていた。自分の夫は頭がどうかしているのだと、アイリスは思っただろう。あるいは臆病者だと。ある意味、それは真実だ。ラファエルは何年も前にはじめたことを、まだ終わらせることができずにいる。彼の中では、それはつまり臆病者ということだ。

シーダーウッド。

一度、ある晩餐会《ばんさんかい》で隣に座った男の服からあの香りがして、ラファエルはよろめきながらその場を離れ、なんとか庭までたどり着いた。そこで低木の茂みに胃の中のものを吐きだし、挨拶もしないまま家に戻った。席に戻ってまたあの香りをかぐのが、耐えられなかったのだ。

背後から、妻のやわらかい息遣いが聞こえてくる。彼女はこの大きなベッドの上で、夫からなるべく遠ざかろうとしているようだ。おそらく、彼を恐れているのだろう。あるいはおぞましいと思っているのか。

アイリスを控えの間で寝かせてやるべきだった。

だが、彼の誇りがそうさせなかった。アイリスは自分の妻だ。たとえ自分の身が穢れていようと、たとえこの結婚を通常の意味で成就させるつもりがなくても、彼女にはこのベッドにいてほしかった。

彼と一緒に。

母のものだったこの部屋で。子どもの頃、この館の中で安心できる唯一の場所が、母の部屋だった。

ラファエルはゆっくりと体の向きを変えた。肩が痛む。アイリスが縫ってくれたのだとウベルティーノから聞いたが、さっき暴れたせいで傷口が開いたのかもしれない。だがいまは、そんなことはどうでもいい。

ただ休息を取りたいだけだ。

夢を見ずに。

仰向けのまま、顔を横に向ける。暗闇に目が慣れるにつれて、アイリスの体のシルエットが見えてきた。肩からなだらかにウエストまで下がり、そこから腰の部分が豊かに盛り上がっている一連の曲線が。いつの間にかラファエルは、彼女に呼吸を合わせていた。

息を吸う。

息を吐く。

夢が近づかないように、押しとどめる。

だがもちろん、結局は夢につかまってしまうのだ。

7

三日三晩、アンはお守りのピンク色の石を握りしめ、岩だらけの荒野を歩きつづけました。静寂を乱す動物の姿はなく、鳥の歌も聞こえず、灰色の石ばかりの大地を彩るわずかな色もない荒野を。吹き抜ける風の音だけが、絶え間なく響いている荒野を。そして四日目の朝、大地に転がっているのと同じ灰色の石でできた塔が、アンの目の前に現れました……。

『石の王』

翌朝、アイリスは胸壁の上に立ち、館の前を通る道ではなく、胸壁の背後の景色を眺めていた。館は歳月を経た翼棟や塔や崩れ落ちた部分が、ごちゃ混ぜになって広がっている。本館のすぐ近くに見える緑の広がりは、夏にはおそらく庭として機能するのだろう。それを裏づけるように、ツゲの木に囲まれた舗装部分へおりる階段がある。草地には濃い緑の芽が伸びていて、ところどころに黄色いものも見えるが、ここからではなんの花かわからない。緑の草地をはさむようにふたつの翼棟が立っているものの、あそこはいま使われているのだろうか。片方は絵などを飾るためのギャラリーのようだ。さらに奥に見える丸い塔のような建物は、中世に建てられたものだろうか。飾りけのない石造りの塔は、昔はこの地を守る要塞だったのかもしれない。遠くには——といってもそう遠くではないけれど、聖堂の廃墟であるアーチの部分が見える。いまはもう誰も名前すら覚えていない戦争で破壊されたに違いない。

〈混沌の王〉の集会から馬車で逃げてきたあの晩、彼女は何キロも走ったと思ったが、こうして見るとそうではなかったとわかる。大聖堂の廃墟からこのダイモア館までは、歩こうと思えば歩ける距離だ。

アイリスは身震いした。邪悪な集会が行われていた場所がいま暮らしている場所からこんなにも近いと知って、心底ぞっとした。

でも……。

でもダイモア館自体はそんなにいやな場所ではない。向きを変えると、吹きつける風でほつれた髪が顔に張りついた。こうやって高い場所にのぼってくると、何キロも遠くまで見渡せた。西側にはすぐそばに雑木林があるが、そのほかの方角にはひたすら丘が広がっていて、春の訪れとともにいっせいに明るい緑色に変わりはじめている。ここは豊かな自然に囲まれた美しい土地だ。代々のダイモア公爵がこの地に根をおろしてきたのも、不思議ではない。

だとしたら、なぜ現ダイモア公爵であるラファエルは、長いあいだこの地を離れていたのだろう？

アイリスは考えこみながら、館の中に引き返した。ラファエルの傷は父親によってつけられたという噂があると、ヒューが言っていた。美しい少年だった彼の裸の絵を思い出して、彼女はぶるりと震えた。ここで何かが起こったのだ。何か、ひどいことが。どんなことかは想像もつかないけれど。

ラファエルが何年もこの館から――イングランドから――離れていたのは、なぜなのか。いったい何があれば、人はこんなにも長いあいだ故郷から離れていようと思うのだろう？

ただしラファエルは、この館を故郷とは考えていないように思える。公爵が使っていた部屋は閉めきって母親のものだった部屋で寝起きしているし、アイリスが見たかぎりでは、館を暮らしやすくするために手を入れた様子はまったくない。

ここを、仮の宿とでも考えているようだ。

彼は自分が生まれ育ったこの館に、まるで愛着がないとしか思えない。

そしてアイリスは、ラファエルがこの土地をこれほど嫌う理由にうすうす気づきはじめていた。おそらくその理由は、別の疑問と関連づけて考えるべきなのだ。そもそも彼はなぜここへ戻ってきたのかという疑問と。

アイリスは頭を振って、すり減った石のらせん階段を慎重にくだった。階段は屋上の隅から館の最上階にあるひっそりとした扉まで続いている。むき出しの石壁は冷たくて、薄暗い中ででこぼこした表面に指先を滑らせていると体が震えた。これまでどれだけの女たちが、ここを通ったのだろう。彼女たちも、ダイモア家の代々の当主である夫を理解できずに思い悩んだのだろうか。

彼女は思わず苦笑した。

小さな扉を開け、館の最上階にある狭い通路に入る。その先に広がっているのは、おそらく使用人用の区画だ。

アイリスはスカートをつまみ上げ、館の中をくだる階段へそのまま向かった。

三階までおりると廊下を進み、建物の表側にある大階段を目指す。館の中がやけにからっぽに感じられて、なんとなくぞっとした。床には毛足の長い贅沢な絨毯が敷かれているし、壁には小さいが美しい絵がそこここに飾られているのに、なぜかこの館には寂れた雰囲気が漂っている。

喪失感のようなものが。

一階に着くと、アイリスは玄関を護衛している従僕の姿がないことに気づいた。いつもは扉の横に置かれた椅子に、コルシカ人の従僕が必ずひとり座っているのに。

その椅子が、からっぽだ。

アイリスは立ち止まって、あたりを見回した。玄関の間には、彼女しかいない。

彼女はもう何日も外に出ていなかった。

アイリスは急いで扉に向かった。扉には古風に閂《かんぬき》が渡してある。おそらく中世に作られたときの名残なのだろう。彼女はそれを持ち上げて外へ滑りでた。

玄関前の階段にも従僕の姿はなく、彼女はほっと息をついた。

この館に連れてこられたときは、木々に囲まれた場所だと思った。けれどもいま見ると、砂利敷きのアプローチの向こうに小さな林があるだけだ。あとは黄色い花が文字どおり絨毯のように一面に広がっている。

アイリスはアプローチを渡って、花のほうに向かった。

水仙だ。何千本もの水仙。アイリスは膝をついて、かすかな香りを吸いこんだ。風が吹き、鮮やかな黄色の花がいっせいに揺れる。どうしてこんなにたくさん咲いているのだろう。誰かがこつこつと球根をひとつずつ植えたのだろうか。

いや、違う。水仙はきれいな列になっていない。勝手気ままに生えている。これは野生なのだ。

彼女は感嘆して息を吸った。死と腐敗が色濃く立ちこめた館に、儚《はかな》くも美しい花がこんなにも咲き乱れている。なんて不思議なのだろう。

もしかしたら彼女が間違っていたのかもしれない。この館は死にかけているのではない。ただまどろみながら、生き生きとした喜びが戻ってくるのを待っているのだ。きっと。

体をかがめ、もう一度香りを吸いこむ。

「アイリス！」

ラファエルが叫ぶ声に、彼女はびくりとした。

返事をする前に乱暴な手が彼女をつかんで、引っ張り上げた。

振り返ると、冷たく険しい彼の顔があった。傷痕がくっきりと赤く浮かび上がり、珍しく感情をあらわにしている。ラファエルは激怒していた。

「なんて考えなしなんだ」彼が怒鳴った。「危険だから館から出るなと言っただろう。それなのにふらふら歩き回るなんて」

アイリスはうしろに下がろうとした。「わたしはただ――」

「だめだ！」ラファエルは彼女を引っ張って抱き寄せた。顔が近づき、熱い息が唇にかかる。「言い訳はいっさい聞かない。きみの無分別な行動にはうんざりだ」

アイリスは目を見開いた。一瞬、彼が怖くなる。

ラファエルの表情がゆがみ、何かが変化した。「きみのせいでわたしは――」

彼がぶつけるように唇を重ねた。彼女の唇を開かせ、舌を差し入れてくる。

のしかかるように上半身を傾けてくる彼に、アイリスはなすすべもなくうめいた。コーヒーの味とクローヴの香りに頭がぼうっとして、何も考えられなくなる。

彼がいきなり口を離しても、呆然《ぼうぜん》としたままただ見上げることしかできなかった。

そのとき、馬車が砂利を踏んで近づいてくる音がした。

ものすごい勢いで走ってきた馬車が、館の前で止まる。

ラファエルが急いで彼女を脇に押しのけ、うしろに隠そうとした。彼女の腕をきつくつかんでいる。

玄関前の階段に、コルシカ人の従僕が六人立っているのが見えた。アイリスはラファエルに叱責されたあと荒々しく抱きしめられた一部始終を見られていたと知って、一瞬きまり悪い思いに駆られた。

すぐに馬車の扉が開き、紳士の格好をした男が三人おりてきた。ふたりはよく似ているので兄弟だろう。もうひとりは少し背が低い。

不意を突かれた驚きに、アイリスとラファエルは黙って彼らを見つめ、彼らのほうも何も言わずに見つめ返してきた。

やがて兄弟の片方が彼女に深々とお辞儀をして、呼びかけた。「レディ・ジョーダン。あなたがここにいらっしゃるとは……驚きましたよ」

アイリスは恐怖で息が止まり、ラファエルは隣で身を固くした。顔見知りでない男たちが、ロンドンから遠く離れた場所で彼女の正体を見分けたのだ。

それが意味するところはひとつしかない。

彼らは〈混沌の王〉のメンバーだ。

ラファエルは自分の領地に無断で侵入した男たちを見つめた。いますぐアイリスを館の中に連れ帰りたいのを、鉄のような自制心で踏みとどまる。

彼女の手が細かく震えているのが伝わってきた。

虫けらのような臆病者どもが彼の縄張りに入りこみ、あまつさえ妻を脅かすとは。

「これはこれは、間の悪いときにお邪魔してしまったかな?」ヘクター・リーランドがからかうような口調で尋ねる。彼はラファエルが最初に連絡を取った〈混沌の王〉のメンバーで、髪粉を振っていない赤褐色の髪を首のうしろで結んだ背の低い男だ。

「ウベルティーノ」ラファエルは三人から目を離さずに、従僕を呼んだ。

ウベルティーノがすぐにやってくる。

ラファエルは意識して大きな声ではっきりと告げた。「妻を部屋まで送ってくれ」

ウベルティーノがお辞儀をして腕を伸ばし、アイリスに先に行くようぅながす。

ラファエルは危ない橋を渡っていた。アイリスが彼の指示に従わないこともあり得るのだ。男たちが到着したとき、彼に叱りつけられていたのだから。

だが、どうやら妻は自分がどれだけ危険な状況にいるのかようやく理解したらしく、ひと言も発しないまま館に向かって歩きだした。ウベルティーノがヴァレンテとイヴォを背後に従えて、彼女につき添っていく。ラファエルは忠実な部下を持ったことがうれしかった。

彼らはアイリスを守ってくれるだろう。

ラファエルは歓迎されざる客に向き直った。

彼らは一見、害のないふつうの人間に見える。コーヒーハウスやサロンにたむろしている貴族たちと、どこも変わらない。

三人とも〈混沌の王〉のメンバーであるという事実をのぞけば。

ラファエルはゆったりとした足取りで、彼らのほうに歩きだした。

三人の中で一番年上のロイス子爵ジェラルド・グラントが、咳払いをした。「ダイモア、きみが結婚を考えていたとは考えもしなかったよ。われわれが来たのは――」

ラファエルが止まろうとせずにどんどん近づいてくるので彼は言葉を切り、三人はうしろに下がらざるを得なくなった。

ラファエルはようやく足を止め、彼らをじっと見た。「なぜここへ来た？」

「われわれの共通の友人からの命令だ」ロイスが重々しい口調で返す。

ディオニソスが彼らをよこしたのだ。おそらく、ラファエルがアイリスを殺したかどうか確かめるために。予想しておくべきだった。男たちが到着したときにアイリスが外に出ていたのは運が悪かった。姿を見られなければ、少なくともあと二、三日は彼女が生きているという事実を隠しておけただろう。そうすれば、怪我から完全に回復できた。

だが起きてしまったことを考えてもしかたがない。少なくとも、ディオニソスについて探りを入れられるいい機会だ。

心を決めると、ラファエルは頭をぐいと動かして館のほうを示した。「中で話そう」

ロイス子爵の弟であるアンドルー・グラントがごくりと音をたててつばをのみ、慎重に返した。「それはありがたいな」

ラファエルは黙って向きを変えると、玄関前の階段に向かった。

「ルイジ」階段の上に立っていた部下を呼び、コルシカ語で指示を出す。「お茶と何かつまめるものを居間に持ってくるよう、ニコレッタに伝えてくれ」

「わかりました」従僕は足早に館の中へ消えた。

「お前たちはわたしについてこい」ラファエルが残った従僕にコルシカ語で言うと、ふたりは最後尾についた。

ラファエルは一行を、二階にあるアイリスと結婚した居間に連れていった。そのままひとりで部屋を横切って、暖炉の前に立つ。

「ダイモア、われわれを招き入れてくれて礼を言う」リーランドが彼の背中に声をかけた。

「リーランド、わたしはきみをダイモア館に招いた覚えはない」ラファエルはようやく振返って、三人と向きあった。「きみたち三人の誰ひとりとして」

「別に、長居をするつもりはない」アンドルーが言った。「われわれはロンドンに向かうところなんだ。その途中できみに会いに寄っただけさ。もし前もって知っていたら――」

ロイスにいらだったような視線を向けられて、アンドルーが途中で言葉を切る。この兄弟は、双子かと思うほどよく似ていた。どちらもややとがった顎と鼻を持ち、色白の肌にはそばかすが散っていて、少年っぽい雰囲気が残っている。

だがいくら彼らが少年のように見えようと、赤々と燃える松明に照らされてどんなことをするのかラファエルは見ている。それに、彼はこのふたりを子どもの頃から知っていた。

グラント家の領地は、彼の領地の隣にあるのだ。

しかもふたりの父親も、彼の父親と同じく〈混沌の王〉のメンバーだった。

「きみはわれわれの共通の友人の言うことを、ちゃんと聞いたほうがいい」ロイスが友人という言葉を強調した。

ラファエルは眉を上げた。「わたしは誰の言うことも聞いたりしない」

「そうなのか？」リーランドが問い返した。「それなのにきみは、われわれの小さな集団に入りたがっている。みなを統率するリーダーのいる集団に」

ラファエルはリーランドと目を合わせた。彼はこの男がひとりでいるところを見たことがない。リーランドはいつもグラント兄弟の片方あるいは両方とつるんで歩いていた。だからずっとおべっか使いの腰巾着だと思っていたのだが、いまはなぜか三人の中で一番ラファエルを恐れていないように見える。

興味を引かれる事実だ。

バルドが居間に入ってきて、ニコレッタのために開いた扉を押さえた。ニコレッタは紅茶と小さなケーキをのせた大きなトレイを持っており、用心深くラファエルをちらりと見たあと、そのトレイを長椅子の脇にあるテーブルに置いた。そして四つのカップに紅茶を注ぐと、お辞儀をして部屋から出ていった。

アンドルーが皿にケーキをいくつも積み上げ、紅茶を入れたカップを取る。

あとのふたりは、紅茶にも食べ物にも手を出さなかった。

ラファエルはどさりと椅子に座った。「なぜわたしの静かな生活を乱しに来たのか、聞かせてもらおうか」

「ディオニソスの命令で、きみがちゃんと約束を果たしたか確かめに来たのだ」ロイスが水をかけられた猫のように、とげとげしい口調で返した。「覚えているだろう？　きみは彼女を殺せと言われた。それなのにレディ・ジョーダンは、生きてここにいる。しかもきみは、彼女と結婚したという」

ラファエルは肩をすくめ、ティーカップを取り上げて口に運んだ。紅茶はあまり好きではなかったが、英国人がこの飲み物を好むのだからしかたがない。「気が変わったんだ」

「気が変わった?」ラファエルの向かいに座っていたグラント兄弟の弟が笑い、頭を振る。「彼はきみを殺すぞ。わかっているのか?」

「そうなのか?」ラファエルは首を傾げ、いつも長くは抑えておけない怒りの炎が大きく燃え上がるのを感じた。「やるならやってみるがいいさ」

アンドルーが当惑した表情を浮かべた。「だが、きみは名誉にかけて約束した」

「名誉だって?」ラファエルは片眉を上げた。「あんな中でか? 顔をさらすのが怖いがためにに被り物をつけ、松明の光にあそこだけは恥ずかしげもなくさらしたやつらに囲まれたところで?」彼は身を乗りだした。「あの晩、犠牲者は何人いた? なあ、アンドルー。そのうち何人が子どもだった? わたしに向かって名誉なんて言葉を使うな」

アンドルーの視線が、膝の上で握りあわせた両手に落ちた。

だがリーランドは、それほど腰抜けではなかった。「きみはレディ・ジョーダンを殺さなければならないと、彼がはっきり命令した。彼女はわれわれにとって脅威になると考えたんだ。とくに彼女は、カイル公爵の友人だからな」

「それなら、そもそも彼女をさらったりしたのが間抜けだったんだ」ラファエルはゆったりと椅子にもたれて言った。「だが本当のところはどうなんだ？　ディオニソスは直接きみに命令したのか？　きみは被り物をつけていないやつを見たのか？」

「手紙が置いてあったんだ」アンドルーが顔を上げた。うるんだ目に不安が浮かんでいる。

「彼が誰にも顔を見せないのは、きみも知っているだろう？」

「誰かには見せているはずだ。誰かがやつの正体を知っている」ラファエルはつぶやいた。

「そんな者はいない」リーランドがすばやく首を横に振った。

ラファエルは彼をじっと見た。「では、やつはどうやってみんなに連絡している？　きみがまだこのあたりにいると、どうやって知った？　どこに手紙を残せばいいのかは？」

「それが重要なのか？」アンドルーがきき返した。「われわれはグラント・ハウスにいたんだ。彼は集会に出席するために、このあたりに滞在していたんだろう。手紙は封をして戸口に置いてあった」

ラファエルは目を細めた。「では、彼への報告はどんなふうにするんだ？」

「それは――」アンドルーが言いかけたのを、兄がさえぎった。

「どうしてそんなことを知りたい？　聞いてどうするつもりだ？」ロイスが詰問した。「きみはディオニソスを失脚させようとしているんだな？　自分がリーダーの座につきたいんだろう」

「そうだとしたら？」ラファエルは静かにきいた。

ロイスが怒りに顔をゆがめてラファエルに詰め寄ろうとしたが、ぎりぎりのところで一瞬ためらった。

ロイスは彼を恐れているのだ。

「ディオニソスは強い力を持っている」リーランドがすばやく口をはさんだ。「われわれがこれだけすばらしいリーダーをいただいたのは、去年の秋にきみの父上が殺されて以来だ。その直後にディオニソスになろうとした男は、自らの損得にとらわれすぎていた」

父親のことを言われて、ラファエルは嘲笑を浮かべた。先代ダイモア公爵である父親は悪徳のかぎりを尽くした放蕩《ほうとう》者で、名誉という言葉とは一番遠い男だった。その父が〝すばらしい〟と言われるような人間だったはずがない。

「新しいディオニソスにはすごい計画があるんだ」リーランドが続けた。「われわれ全員に富と力をもたらす計画さ。きみが彼に取って代わろうとしても、支持する者は誰もいない」

「そうなのか？」ラファエルは三人を険しい目で見つめた。「ディオニソスの権力を分け与えると約束しても？」

「どういう意味だ？」リーランドがきく。

ラファエルは肩をすくめた。「わたしが次のディオニソスになったら、手を貸してくれた人間には報いるということさ――ずっと続く形で。だいたい〈混沌の王〉のリーダーは、どうしてひとりでなくてはならない？」

「こんな話しあいは危険だ」アンドルーが落ちつかない様子で言葉をはさむ。

「というより、ばかばかしい」ロイスがせせら笑った。「きみは彼の正体を知らず、どれほど強大かも知らない」

「悪いな、ダイモア。われわれはきみにはつけない」アンドルーはそうささやいて顔を伏せ、兄からの険しい視線を避けた。

ロイスがラファエルに目を戻す。「そんな気違いじみた計画を実行に移せば、きみも新しい公爵夫人も長くは生きられないぞ。やめておくんだな。きみがひれ伏して彼に従えば、ディオニソスも許して生かしておいてくれるかもしれない」

ラファエルは眉を上げた。「わたしはひれ伏したりなんかしない」

「正気とは思えない。きみはもう終わりだ」ロイスが憤慨して通告した。「それにしてもいったいなぜ、レディ・ジョーダンと結婚した？」

「なんとロイス、きみはおとぎ話を信じないのか？」ラファエルはからかうように言った。「数カ月前にかつてのレディ・ジョーダンを舞踏会で見かけ、ひと目で恋に落ちてしまったのさ」

リーランドが鼻を鳴らした。アンドルーは考えこむようにラファエルを見つめ、ロイスは苦虫をかみつぶしたような顔をしていた。「わたしをばかにするな、ダイモア。もうすぐ死ぬのはわたしじゃなくて、きみときみの奥方だ」

ラファエルは張りめぐらせた自制心の壁に火が走るのを感じた。

彼が立ち上がるのを見て、ロイスがあとずさりする。

「出ていけ」ラファエルはきしるような声で言った。

三人はネズミみたいに、そそくさと出ていった。

ラファエルは居間を出て寝室に向かった。

勢いよく扉を開けると、暖炉のそばに座っていたアイリスがびくりとした。

彼女は不安げに両手をもみしぼりながら、立ち上がった。「大丈夫だった？ あの人たちは何が欲しくて来たの？」

「きみさ」ラファエルは短く返した。「必要なものを荷造りしろ。一時間以内にロンドンへ出発する」

その午後、ディオニソスは被り物の下からキツネに微笑んだ。ふたりはダイモア館から遠くない、ある宿屋の個室に座っていた。この部屋はキツネが今回の集会のために取ったもので、ディオニソスは集会のあと気まぐれにキツネを招いたのだ。

そう決めたのは、本当に偶然だった。

「おわかりでしょう？ 命じてくだされば、わたしはなんでもしますよ」

「なんでも？」ディオニソスは被り物をつけていないキツネを、しげしげと見つめた。

中肉中背で、緑色の目に赤毛――ただしいまは、その上に白いかつらをつけている。由緒ある家の出で、その容貌は女相続人の妻を得られる程度にはいいが、父親が作った借金を清算できる額の持参金を持つ娘を手に入れられるほどではなく、領地はその借金の担保になっている。キツネには道徳心というものがなく、性的嗜好《しこう》は趣味がいいとはとても言えない。

キツネは父親が失った財産を取り戻そうと、必死だった。だから柔順に従う。

「わたしは忠実だと、おわかりでしょう?」キツネが重ねてきく。

「そうお前は言っている」ディオニソスは椅子の肘掛けを指先で叩きながら、返した。「だが一度でもそれを証明してみせたことがあるか? わたしには思い出せない」

「では、任務を与えてください」立ち上がったキツネは、熱意を込めて緑の目を見開いている。「何をすればいいのか言っていただければ、わたしの忠誠心に疑いの余地がなくなるよう、必ず成し遂げますから」

「わかった」ディオニソスは小さくうなずいた。「ダイモアはわたしに逆らった。約束しておきながら、平気でそれを破ったのだ。やつは卑劣で反抗的で危険きわまりない。だから裏切り者のダイモアとその妻を排除しろ。そうすればお前をもっとも信頼できる腹心の友とみなすだけでなく、金銭的な見返りも与えよう」

腹心の友とみなしてもらえると言われたときではなく、金をもらえると知った瞬間にキツネの目が輝いた。ディオニソスは現実的な男だった。人がもっとも欲しがっているものを使って、心を操る。

「必ずやり遂げますよ」キツネが意気込んで言うのを聞いて、ディオニソスは満足した。

「では、頼む」ディオニソスは言い、どうやってダイモアとその妻を殺せばいいか、キツネに説明をはじめた。

ずんぐりとした丸い塔は、漆喰《しっくい》を使わず石を積んだだけで作られていました。アンはぐるりと歩いて入り口を見つけると、扉を叩きました。出てきた男は背が高くごつごつと痩せており、いかめしい表情でにこりともしません。まるで石ころだらけの荒野そのものです。アンは石の王をまっすぐに見つめ、顎を上げて言いました。「あなたに妹を助けてもらわなくてはならないんです」

石の王は瞬きもせずにアンを見つめ、ききました。「どうしてほしいのだ?」と……。

『石の王』

8

その日の夕方、アイリスはがたがたと揺れながら田舎道を進む馬車の中で、向かい側に座る夫を見つめた。唇をきつく結んだ彼の顔は青白いが、意志の力だけで弱った体を支えられるとでもいうように、頑固に背中を立てて座っている。

そしてラファエルならそれができるのかもしれないと思い、アイリスは苦笑した。〈混沌の王〉のメンバーたちを簡単に追い払ってしまったのだから。やつらは尻尾を巻いて、こそこそと帰っていった。彼は不安も躊躇もなく、ディオニソスに——ひいては〈混沌の王〉そのものに——戦いを挑んだのだ。

みんな、ハデスには一目置いている。そして、どうやらそれにはじゅうぶんな理由があるようだ。

そのときラファエルが振り向いて、水晶のように澄んだ目で彼女を見つめ眉を上げた。

「なぜ微笑んでいる?」

アイリスは肩をすくめた。「お客さまたちは、なんてあっという間に帰ってしまったのかしらと思って」

「きみがまだ生きているだけでなくわたしと結婚したと知って、あわててディオニソスに報告しに行ったんだろう」

「彼は素性を隠しているんでしょう?」アイリスはヒューからそう聞いていた。

「そうだ」彼が言葉を切ったので、一瞬そこでやめるのではないかと思ったが、どうやら心を決めたらしく、ラファエルは視線を合わせて先を続けた。「グラント兄弟とは手紙で連絡を取っているようだ。はっきりとは言わなかったが、彼らのほうからも手紙を送る手段があるんだろう。いま頃はもう、ディオニソスにもきみが生きていることは知られたはずさ」

キツネの前で兎《うさぎ》が動けなくなるように、アイリスは全身が固まった。

息を吸って、彼にきく。「だから、こんなにあわててロンドンへ向かうことにしたの?」

ラファエルはうなずいた。「ロンドンの社交界にわれわれが結婚したと早く知らせれば知らせるほど、きみの身の安全は増す」窓の外に目をやり、考えこむように人差し指の先で唇を叩く。「それに、彼らもロンドンに向かうのは間違いない。ディオニソスもそうだろう。だからロンドンでやつをつかまえ、〈混沌の王〉を叩きつぶす」彼が頭を振って続けた。「ディオニソスにきみが生きていると知られるのはもう少しあとで、怪我を治す時間はあると思っていた。だがそうはいかなかったようだ」

アイリスはグラント兄弟とリーランドに姿を見られてしまったことにかすかな罪悪感を覚え、咳払いをした。「少なくともロンドンへ行けば、カイル公爵にも協力してもらえるわ」

ラファエルが顔をしかめてこちらを見る。「どうしてカイル公爵の協力が必要なんだ？」

彼女は唖然として口を開けた。「ひとりで〈混沌の王〉を相手にするのは無理よ」

「無理ではないし、そうするつもりだ」

ラファエルは助けなど必要ないと思うほど、尊大なのだろうか？　それとも、ただ頭がどうかしているだけ？　ヒューは、この前の冬に〈混沌の王〉の息の根を完全に止めたと思っている。それなのにやつらは、いくつもの頭を持つヒュドラのように生き延びていた。いったいラファエルはどうやって、あれほど力のある敵を相手に勝利を収めるつもりなのだろう？　助けも得ずに成し遂げるのは、なおさら難しいだろうに。

ラファエルはため息をついた。「きみがこの戦いに巻きこまれるはめになってしまって、本当に残念だ。だが計画は変えられない。わたしは〈混沌の王〉の心臓を突き止め、えぐりだし、その体を焼き払ってやる」

「でも、どうしてひとりでやらなければならないの？　本当に誰の助けも借りないつもり？」アイリスはじっとしていられずに、身を乗りだした。

ラファエルは口を引き結ぶと、窓の外に目を向けた。「なぜなら、父がディオニソスだったからだ。わたしはずっと昔からやつらの所業を知っていたのに、いままで何もしなかった」彼は視線を戻したが、その目は凍りついたように冷たい光を放っていた。「これはわたしの戦いなんだ。みすみす起こらせてしまったことへの、償いなんだよ」

「でも、お父さまのしたことはあなたの責任ではないわ」アイリスは首を横に振った。

「そうかな？」ラファエルはあざ笑うように唇をゆがめたものの、その嘲りは自分自身に向けられているのだとアイリスには思えてならなかった。「もっと前に父を止められた。何年も前に殺して、やつらを叩きつぶしておくべきだったんだ」

「そうしていたら、あなたは絞首刑になっていたもの。自殺と同じよ」

ラファエルは彼女の視線を受け止めた。「信念を持っている人間は、どんな代償を払うことになろうと気にしない」

アイリスは彼を見つめた。暴力的な行為について語りながら、微動だにせず静かに座っている彼を。全身を黒い服に包んだラファエルは、死の王そのものだ。つややかな漆黒の髪を肩に垂らし、感情のかけらも見せずに冷たい灰色の目を向けているその姿は。

だがラファエルは、本当に何も感じていないのだろうか？　もしかしたらあの目は彼女が撃った晩につけていた被り物と同じで、その奥にあるものを隠しているだけなのかもしれない。それを見きわめなければ。なぜなら自分はいま、分かれ道に立っているからだ。このままラファエルに結婚の主導権を握らせ、言われるがままに安全な場所にいるというのがひとつの道。これは怒りに満ちた彼がたったひとりで自殺にも等しい破滅へと突き進むのを、放っておくということだ。そして、彼が心の痛みから全身にまとっている氷の層を破り、その下にあるものを見つけるのがもうひとつの道。

アイリスはあとのほうの道を選び、ラファエルとの結婚を本物にするための努力をすることもできるのだ。ベッドをともにするかどうかは関係ない。そもそも結婚生活のうち、寝室で過ごす時間はほんの一部にすぎないのだから。

結局は、ベッドの外で夫と妻としてどんな関係を築くかが、幸せな生活を送るためにはよっぽど重要なのだ。

アイリスは唇をかんだ。「じゃあ、そのあとは?」

ラファエルが眉をひそめる。「なんだって?」

「街を焼き尽くして敵の住む土地に塩をまいたあとは? そのあとあなたはどうするの?」

「何が言いたい? それで終わりだ」彼は眉根をきつく寄せた。

「あなたの使命はたしかに終わるわ。でもそのあとの人生はどう生きていくの? それも終わりというわけじゃないでしょう? 三五歳を超えているようには見えないもの――」

「三一だ」彼がかすれた声でそっけなく訂正する。

「そうなの?」アイリスは明るく返した。「わたしは二八。つまりね、あなたにはその先もまだ長い人生が待っているのよ」

ラファエルは首を傾げて彼女を見つめた。「その先の人生なんて、どうでもいい。重要なのは〈混沌の王〉を壊滅させることだ」

彼は死ぬつもりなのだ。アイリスは突然そう悟った。戦いが終わったあと自分が生きていると思っていないから、〈混沌の王〉を倒してからの人生を考えていないのだ。どうしてそんなまねをするのだろう？〈混沌の王〉と一緒に自らもこの世から消し去ろうと彼を駆り立てているものは、いったいなんなの？

アイリスは、突然わけもなく腹が立ってきた。よくもラファエルはそんなまねをしようなどと考えられるものだ！

「ねえ、教えてほしいんだけど――」彼女はうっすら笑みを浮かべ、断固として夫に迫った。「まず〈混沌の王〉がない世界を想像して。そこでわたしたちは、結婚生活をはじめたところなの。あなたは何をしたい？」

ラファエルは長いあいだ、じっと彼女を見つめていた。彼の顔には、いつものようになんの感情も浮かんでいない。結局、こんな質問に答えるつもりはないのだろう。そのうち顔をそむけ、彼女を締めだすに違いない。

窓から入る光が傷がないほうの横顔を照らしだすのを見て、アイリスはふと気づいた。傷さえなければ、こんなにハンサムな男性には会ったことがない。

そのとき、ラファエルが美しさと醜さをあわせ持つ唇を開いた。「そうだな、妻にまかせると思う。そうしたら、きみはわたしと何をする？　そのおとぎ話みたいな世界で、わたしと何をしたいと主張する？」

アイリスは目をぐるりと回したくなるのを懸命に抑えた。彼はあくまでも心の内を見せる気はないらしい。「あなたは田舎と街のどっちが好き？」

彼は肩をすくめた。「どっちも」

アイリスは歯を食いしばった。「選んで」

ラファエルがちらりと彼女を見る。「では、田舎だ」

「いいわ。結婚したふたりがまず決めなくてはならないのが、一年の大半を田舎で過ごすのか街で過ごすのかということなの」

「最初の結婚で、きみもそうしたのか？」彼が淡々とした口調できいた。

アイリスは驚いて目をしばたたいたが、逆に質問される可能性を予想しているべきだったと思い直した。彼はこういう言葉の応酬に長《た》けていないわけではないのだ。「いいえ、ジェームズは将校だったから。結婚して何年かは、大陸で過ごしたの」

「そのあとは？」

「彼のロンドンの屋敷で暮らしたわ」彼女は毅然と返した。

「彼と一緒にではなく？」

アイリスは顎を上げた。「ええ」

ラファエルの氷のような灰色の目が、いまは興味をたたえてこちらに向けられている。

「彼がそう決めたのか？　それともきみが？」

「そうね……」アイリスは考えを整理しようと、膝の上に目を落とした。「ふたりでそう決めたんだと思うわ。一度も話しあったことはないけれど。わたしたちの結婚は……愛情に満ちたものではなかったのよ。彼は二〇以上も年上だったし」顔を上げて笑みを浮かべたが、唇が震えてしまった。「彼に求婚されたとき、母はすごく喜んだの。とてもいい相手だって。ジェームズは称号を持っていたし、裕福だった——少なくともわたしの家よりは」

「なるほど」低く心地のいいラファエルの声は、少しも乱れず落ちついている。「わたしはきみがいつも一緒に暮らしてくれるほうがいい」

「わたしもそうしたいわ」幸せな気持ちが込み上げて、アイリスはにっこりした。急に自信がわいてきて、咳払いをして続ける。「さっきの話だけど、わたしも田舎が好きなの。ダイモア館を改装してもいいかもしれないわね。あなたが地元の人たちを雇うのがいやだったら、ロンドンから人を連れていけばいいわ。そうしたらあそこで暮らせるもの」

ラファエルが顔をしかめた。「ほかにも領地はある。オックスフォードシャーとエセックスに。どちらの屋敷も荒れ果てているが」

「まあ、そうなの？」アイリスは興奮して、前に乗りだした。「じゃあ、どこに住むか決める前に、全部の領地を回ってみてはどうかしら？」そう言ったあと、ある考えが浮かぶ。「でも……。ごめんなさい。屋敷の修復にはお金がかかるわね」

ラファエルは手を振って、彼女の心配を退けた。「祖父の時代には借金もあったが、母の持参金でダイモア家の財政は安定した。父はただ、修復する手間をかけなかっただけさ。心配しなくていい。資金ならたっぷりある」

「まあ、すてき。内装を考えるのは楽しいもの」

「それがきみのやりたいことなのか？」彼が興味深げにきく。「田舎で過ごして領主屋敷を改装するのが？」

「あら、それだけじゃないわ。ときどきはロンドンにも滞在して、友人を訪ねましょう」夫には友人がいないらしいという事実を、アイリスはあえて無視した。「わたしは読書が趣味で、本を集めるのが好きなの。だからこまめに本屋に通って、図書室を作りたいわ。もちろんあなたの許しがあればだけど」

ラファエルがうなずく。

彼女は笑みを浮かべた。「エディンバラはいい本屋がいくつもあるので有名なのよ。だからエディンバラと、あとはできたら大陸へも行きたい。パリやウィーンに」

彼が身じろぎをした。「それは大陸の政治情勢によるな」

「もちろん、それはそうね」アイリスは手を振って、彼の心配をいなした。「どこの領地に住むか決めて屋敷の改装を終えたら、そこで一年のほとんどを過ごしましょう。庭にどんな植物を植えるか考えたり、図書室を作ったり、散歩や乗馬をしたりするのよ。あとは――」

気恥ずかしさに一瞬言いよどんで、ラファエルをちらりと見た。「できたら犬を一匹飼いたいの。小さな愛玩犬を」

「もちろんかまわないさ」ラファエルは彼女をじっと見た。「だが、わからないな。そんなに犬が好きなら、どうしていままで飼わなかったんだ？」

「兄のヘンリーの屋敷で暮らしていたから。ヘンリーと兄嫁のハリエットは厚意でわたしを受け入れてくれていたのよ。当然だけど、ジェームズの領地は爵位の相続人が受け継いだから。わたしもささやかな遺産をもらったわ。でもひとりで家を構えられるほどではなくて」

彼女は息を吸って、ちらりと笑みを作った。「ハリエットは動物が好きではないの」

「なるほど」ラファエルが灰色の目に睫毛を半分伏せたまま返す。「では約束しよう。犬は好きなだけ飼っていい」

「ありがとう」アイリスはうれしくなってため息をついた。

彼が咳払いをしたので、目を上げる。

「じつは、もう一箇所領地がある。コルシカに」ラファエルが静かに言った。

コルシカ。周りに置いている使用人はコルシカ人ばかりだし、彼はずっとそこで過ごしていたようだ。

「コルシカの話を聞かせて」

「屋敷は島の南側の入り江に面した丘の上にある。母の祖父が白い崖の上に建てたんだ。祖父はジェノバの出で領地もそこに持っていたんだが、行ったことはない。入り江は白い砂浜になっていて、子どもの頃はそこで泳いだものだ。子どもというか、実際はかなり成長するまで。馬にも乗ったな。コルシカは海の色が違うんだ。緑がかった青で、どこまでも澄んでいる。空は広くて太陽の光でいっぱいだ。そうそう、コルシカの領地では栗《くり》を作っていて、栗林の中をよく散歩した」

アイリスは彼の話に魅了された。「どうしてコルシカを出たの?」

ラファエルが彼女を見つめる。「これを終わらせるためだ」

〝これ〟が何を指すのか、彼女はきけなかった。

「これが終わったら……」彼は言葉を切った。「できればもう一度コルシカに行きたい」

アイリスの目になぜか涙が込み上げた。「わたしも行きたいわ」

馬車の中に沈黙が落ち、がたがたと道を進む音だけが響く。

しばらくして、ラファエルが首を傾げてきいた。「それで終わりかな? 家を改装し、犬を飼い、本を集め、旅行する。きみがこの先の人生に望むことは、それで全部か?」

「残念ながら、わたしは単純な女なの」アイリスはちらりと微笑んだ。「宝石や馬車は必要ないし、パーティーも噂話も好きじゃない。暖炉の前で犬を膝にのせて本を読めたら、心から幸せだと思えるのよ」

ラファエルは鼻を鳴らした。「巣ごもり好きな女性を妻にしてしまったようだ」

アイリスは頬の内側をかんだ。彼は以前、彼女を手ひどく拒絶した。だけどいまなら……。

アイリスは咳払いをした。「じつはもうひとつ欲しいものがあるの……結婚している女性なら誰でも欲しがるものだけど」

ラファエルが先をうながすように首を傾げる。

まったく、彼はなんて鈍感なのだろう。

アイリスは顔が引きつりそうになりながら、笑みを浮かべた。「子どもよ」

「だめだ」彼がさっと身を固くし、ふたりのあいだに芽生えかけていた心のつながりは切れてしまった。

きつい口調で言いすぎてしまった。

その夜ラファエルは、大きな宿の前に止まろうとしている馬車の中で妻を見つめた。昼間に彼が子どもに関する会話をにべもなく終わらせてから、ふたりはふた言以上言葉を交わしていなかった。アイリスは懸命に何事もなかったかのようにふるまっているが、屋敷の改装や図書室について語っていたときの目の輝きは消えていた。

ラファエルは物思いに沈んでいる妻の顔から、目をそらした。アイリスは何を期待していたのだろう。すでにはっきりと言ってあったはずだ。彼女だって、こんな男とは抱きあいたくないだろう。汚れた血を引き、穢れに全身を侵されている男とは。穢れは目には見えないかもしれない。だが前公爵がどんな怪物だったか、彼女もわかっているはずだ。

ダイモア家の代々の男たちが、どれほどひどいことをしてきたかも。

悪魔のような所業の連鎖を断ち切るために、自分のところで汚れた血を絶やさなければならない。父がした行為を、自分の子にしてしまう危険は冒せないのだ。

絶対に。

ラファエルは目をしばたたいて頭を振り、物思いを振り払った。一瞬シーダーウッドの香りをかいだ気がしたが、それはあり得ない。

歯を食いしばった彼は、アイリスが眉根を寄せてこちらを見つめているのに気づいた。

彼女に惑わされてはだめだ、ここで終わらせなければ。

ラファエルは妻が口を開きかけたのを無視して立ち上がると、勢いよく馬車の扉を開けた。踏み段を出していたヴァレンテが驚いた顔で彼を見る。

ラファエルは地面に飛びおりると、馬車に向き直って妻に手を差しだした。「さあ、降りて。今晩泊まれる部屋があるかどうか、確かめに行こう」

アイリスがすぐには立たずに考えこむような視線を向けてきたので、一瞬、彼の言葉に従わないつもりかと考えた。けれども彼女はおもむろに立って、差しだされた手を取った。妻の手を握ると、ずっと放したくないという正気とは思えない思いが心をよぎった。

アイリスは馬車から降りると、宿の前庭を見回した。「あなたの部下たちが騒ぎを巻き起こしているわ」

ラファエルは彼女の手を肘の内側に置いてから、目を上げた。「そうか?」

コルシカ人の従僕たちは彼とアイリス用、荷物と使用人たち用の二台の馬車を護衛するため、それぞれの馬にまたがっていた。彼らはいま、ぬかるんだ宿の庭でぐるぐると馬を走らせ、そのあいだを宿の馬番たちが右往左往している。馬に言うことを聞かせようと懸命に大声を張り上げている馬番たちを、コルシカ人たちが邪魔そうに罵っていた。

「まるでオスマン帝国の王さまか何かみたいな旅の仕方ね」妻の声には、かすかにとがめるような響きがあった。

ラファエルは誘惑に抵抗できなかった。彼女の金色の頭に向かって身をかがめ、耳元でささやく。「違う。公爵らしい旅をしているんだ」

妻が鼻を鳴らす音が聞こえたが、ラファエルは無視してそのまま宿に向かうことにした。ウベルティーノがすでに話をつけていたらしく、入り口で主人に迎えられた。

かつらをかぶり上品な茶色い衣装を着こんだ主人は、まるで裕福な商人のようだ。ところが歓迎の笑みを浮かべ深々とお辞儀をしようとした矢先に光の中へ歩みでたラファエルの顔が見え、主人はびくりとした。

「ようこそ……いらっしゃいました」ごくりとつばをのみこんで、なんとか立ち直る。だが歓迎の笑みは薄れ、その視線は魅入られたようにラファエルの顔の右側に張りついていた。

「お迎えできて、光栄でございます。公爵さまご夫妻には、われわれの最上の部屋を用意させていただきました。こちらへどうぞ。おふたりだけで食事のとれる部屋へご案内いたします」

「ありがとう」アイリスが返すと、主人が感謝の笑みを向けた。

主人は一般客たちの使う食堂を抜けて宿の奥まで入っていくと、やがてお辞儀をして、小さいが居心地のよさそうな部屋に招じ入れた。そこにはきれいに磨かれたテーブルが置かれ、暖炉では赤々と火が燃えていた。そしてふたりが椅子に座るとすぐに、メイドたちが食べ物をのせた皿を次々に運んできた。

メイドたちは食卓の準備を終えるとラファエルの顔を見て何やらひそひそささやきかわしていたが、すぐに出ていった。

あとには彼と妻だけが残った。

ラファエルは咳払いをして、赤ワインの瓶に手を伸ばした。「ワインを飲むかい?」

ところがアイリスは質問を無視して、決然と身を乗りだしてきた。「今夜はわたしと眠るつもり?」

彼は唖然として妻を見つめた。

犬と同じだ。くわえた骨は絶対に放さない。ラファエルの前に座っている女性は、彼の母親がかつて着ていたドレスに身を包んでいる。彼が熱で伏せっていたベッドから起きだして以来、ずっとそうしている。早くブロケードやベルベットのドレスを着せてやりたい。彼の妻としてふさわしいものを、なんでも贈ってやりたい。

だが彼女はいま薔薇色の唇をきつく結び、険しい表情で夫の答えを待っている。その目はどこまでも真剣だ。

ラファエルはそんなアイリスにキスをしたくてたまらなかった。彼女を椅子から引っ張り上げ、甘い唇をもう一度味わいたい。彼女が息を切らしてあえぐまで、愛しあいたい。

しかしラファエルは彼女のグラスにワインを注いで、ただ静かに返した。「もちろん、同じ部屋で眠るよ」

「一緒のベッドで?」

激しい感情を浮かべている妻の目を、ちらりと見る。「きみがそう望むなら」

アイリスは唇をきつく合わせたあと、ワイングラスを持ち上げてひと口飲んだ。

ラファエルは自分の分もワインを注いだ。

彼女がグラスを置く。「女性が好き?」

「なんだって?」彼は意味がわからない質問にいらだって、うなるようにきき返した。

アイリスが大きく息を吸う。「それとも男性のほうが好きなの?」

「ああ、そういうことか」ラファエルはようやく質問の意図を理解して、彼女の頬が赤くなるのを楽しく見守った。だがそれでもアイリスは、断固として視線をそらさなかった。「いや、女性のほうが好きだ」

「では、どうしてわたしとそういう関係を結びたくないのか、説明して」

「子どもを作りたくないからだ」ラファエルは歯を食いしばった。「父の血を残したくない。父がどんな人間だったか、きみも知っているだろう? 父の血を引く子どもなんて、きみは本当に欲しいのか?」

「でも――」

「鶏肉を食べたらいい」

「ラファエル――」

「もうこの話はしたくない」

「わたしはあなたの妻なのよ」

「そしてわたしはきみの夫だ」ラファエルは気がつくと立ち上がって身を乗りだし、妻に顔を突きつけていた。アイリスが口を開け、目を見開いている。彼は目を閉じた。だめだ。こんなふうにふるまうのは許されない。「悪かった」

ラファエルは耳障りな音をたてて、椅子を押しやった。彼女と同じ部屋にはいられない。これ以上議論を続けたら、自分を抑えられなくなってしまう。

「どこへ行くの？」うしろから、アイリスが心配そうに声をかけた。

「ちょっと歩いてくる。新鮮な空気を吸いたい」

部屋の扉を開けるとすぐ外にヴァレンテとウベルティーノが立っていて、彼はふたりに向かってうなずいた。「彼女を護衛してくれ。絶対に目を離すな」

「わかりました」ウベルティーノが代表して答えた。

ラファエルは宿の廊下を歩いていった。彼の顔を見て悲鳴をかみ殺したメイドを無視して進み、入り口に近い部屋でたむろしている地元の人々のあいだを通り抜けて、外に出る。入り口から数メートル離れたところで、彼はひんやりとした夜の空気を吸った。

ようやくほっと息を吐く。

顔を空に向けた。天空高く、月が浮かんでいる。ロンドンまでは何日もかかるため、なるべく早く着こうと遅くまで馬車を走らせたのだ。

彼は方向を変え、ブーツの下の砂利を感じながらふたたび歩きだした。宿の横にある馬屋に近づくにつれて、部下たちの話し声が聞こえてくる。

中に入ると、バルドが顔を上げた。「だんなさま」

ラファエルはうなずいた。「みんなが横になれるだけの広さはあるか？」

「はい、だんなさま」

「それならいい」ラファエルは彼の肩をぽんと叩くと、馬とコルシカ人の部下たちがくつろいでいる馬屋の中を歩いて回った。

ウベルティーノの助けを得て選んだこの男たちは、ほとんどの者が彼のもとですでに数年は働いている。よく知っている男たちのあいだを歩き回っているうちに、ラファエルは少しずつ心が落ちついてきた。馬の手入れをしたり水をやったりしている者もいれば、仕事を終えて樽に座ってパイプをくわえている者もいる。

ラファエルはひとりひとりと短くても必ず言葉を交わし、うなずきかけた。給料はたっぷり払っているが、それだけではなく彼らを人間として気にかけていると知ってもらうことが重要なのだ。

だからこそ、彼らはアイリスの命を守ってくれる。

一時間後、ラファエルはようやく宿に戻った。まず個室の食堂をのぞいたものの、アイリスはいなかった。きっともう、部屋に引き取ったのだろう。

階段を上がると、ヴァレンテとウベルティーノが部屋の外に置いた椅子に座っていた。ラファエルを見て、ふたりが立ち上がる。

彼は足を止めた。「妻は中か？」

「はい、だんなさま」ウベルティーノが答えた。「三〇分前にお休みになられました」

ラファエルはうなずいた。「お前たちは食事をすませたのか？」

ウベルティーノがにやりと笑う。「イヴォに言って、夕食を運んできてもらいました。バルドが真夜中になったら交代をよこしてくれるそうです」

「それならいい」彼は扉を開けた。

暖炉の火と小さなテーブルの上に一本だけ置かれた蠟燭の明かりしかない部屋は薄暗く、すぐにはアイリスの姿を見つけられなかった。

全身を警戒信号が駆けめぐる。

やがて、ベッドの上のふくらみに目が留まった。

ラファエルはそっと扉を閉め、掛け金をかけた。ベッドの横に立って、彼女を見おろす。アイリスの目は閉じていた。枕の上に金髪が広がり、顔は半分彼のほうを向いている。こんなにすぐ眠ってしまうとは、それだけ疲れていたのだろう。

蠟燭の光を受けて、彼女の睫毛が頰に影を落としていた。額と頰はやわらかく輝き、胸の谷間は暗く陰っている。その姿があまりにも魅力的で、心臓がずきりと痛む。

ラファエルは彼女に背を向けて、旅行鞄《かばん》の前に行った。膝をついて開けると、たたんだ部屋着やブリーチズと一緒に、スケッチブックと筆入れが入っている。彼はそれらを取りだして、まっすぐな背もたれのついた椅子をベッドの横まで運んだ。

そして腰をおろすと、言葉にはできない感情を込めて鉛筆を走らせはじめた。

アイリスは鶏が時を作る声で、目を覚ました。

見慣れない寝室に戸惑って瞬きをしたが、すぐに宿にいるのだと思い出す。同時に、ウエストの上に投げだされた腕の重みと、明らかに男性のものとわかる体から伝わってくる熱を感じた。ラファエルは昼間は彼女を抱きたくないと思っているかもしれないものの、眠っているときは体が理性を裏切っている。その証拠に、硬くなったものが彼女の腰に当たっていた。

アイリスは息を吸ったが、どうすればいいか考えつく前に彼が離れた。

「もう起きなければ。なるべく早く出発するべきだろう」ラファエルの声は起き抜けでしゃがれていた。

アイリスが体を起こして振り返ると、彼はすでにブリーチズをはいているところだった。広い背中はむき出しで、動くたびに肩の筋肉が盛り上がったり縮んだりしている。まさか腰を覆う小さな下着だけで、彼女と同じベッドで眠ったのだろうか。

そうに違いないと悟ると思わず体が震え、アイリスはもっと早く起きなかった自分のばかさかげんを嘆いた。

ラファエルはこれから着る服とブーツを両手に持つと、ようやく振り返った。顎は伸びかけた髭で黒ずみ、水晶のように澄んだ目はあいかわらず何を考えているのかわからない。

「隣の部屋で服を着るよ」

そう言うと、彼は行ってしまった。

なるほど、今日もそういうつもりなのね。

アイリスはベッドから出ると、湯を持ってきてくれた宿のメイドに手伝ってもらって、わずかな身支度を整えた。そのあいだも、夫が子どもを望まない理由について考えつづけた。支度が終わると、前夜に夕食をとった個室へ行って、卵とパンとハムの朝食をひとりで食べはじめた。いつもだったらおいしく感じるのだろうが今朝は食が進まず、じっと座ってルビーの指輪を見つめた。アイリスはフォークを置くと、指輪をはずしてテーブルの上に置いた。指輪は小さくて、すぐに失くしてしまいそうだ。ラファエルに返したほうがいいのかもしれない。

無駄な試みはきっともうやめるべきなのだ。

いや、違う。

戦いもせずに、子どもを――赤ん坊を持つという夢をあきらめることはできない。夫は彼女に触れるのも耐えられないのだと思ったが、水仙が咲き乱れている庭でキスをされて、そうではないとわかった。ラファエルは認めたがらないけれど、彼女に嫌悪感を覚えているわけではないのだ。つまり障害は、彼が子どもを望んでいないという一点に尽きた。

彼は父親の血を残したくないと言ったものの、そんなのはばかばかしい考えだ。父親は胸がむかつくような最低の放蕩者だったかもしれないが、ラファエルは違う。アイリスから見れば、彼が子どもを持ってはならない理由はなかった。彼の主張する根拠が父親だけならば。ラファエルがふつうの夫と同じようにアイリスを妻として受け入れてくれれば、この結婚ははるかにすばらしいものになるだろう。少なくとも彼女にとっては。

だからその事実を、なんとかして彼に納得させなければならない。

アイリスは新たな決意とともに、ルビーの指輪をはめ直した。

ところが出発のために宿の前庭へ出ると、ラファエルが従僕たちの馬車に乗っていくつもりだとわかってがっかりした。その日の午前中、彼女はがたがたと揺れる馬車の中でひとり寂しく過ごした。

けれども午後も遅くなってから昼食をすませると、ラファエルは今度は彼女が乗る馬車の横で待っていた。

彼は近づいてきたアイリスを見てお辞儀をすると、馬車に乗りこむのを支えるために手を差しだした。「昼食は楽しめたかな?」

アイリスは甘い笑みを夫に向け、大きな手を取った。「とてもおいしくいただいたわ」ひとりだったので、彼女には考える時間がたっぷりあった。

計画を立てる時間が。

彼女の考えを感じ取ったかのように、ラファエルの目に警戒するような表情がかすかに浮かんだ。「それならよかった」

ラファエルも乗りこむとすぐに天井を叩いて御者に合図を送り、彼女の向かいに座った。

馬車が揺れて動きだす中、アイリスは忙しく手を動かして膝掛けを脚の上に広げた。

それからふと顔を上げると、明るく夫に質問した。「これまで愛人は大勢いたの？」

ラファエルが大きく目を見開いた。「なんだって？」

「愛人よ」アイリスは片手を宙で動かして彼に説明した。「多くの男性が、結婚前にあちこちで種を蒔《ま》くっていうじゃない？　結婚したあともそうする人はいるそうだけど、できればあなたにはやめてほしいわ。そういう行為には賛成できないの。不貞は不幸な結婚生活につながると思うから」

突然聞かされた外国語を懸命に理解しようとするように、ラファエルが眉間にしわを寄せる。「結婚の誓いを破るつもりはない」

「まあ、よかった。わたしもそのつもりよ。意見が一致してうれしいわ」

彼は首を傾げ、うなり声のようなものをもらした。「わたしをからかっているのか？」

「まあ、まさか。ところで、まだわたしの質問に答えてもらっていないけど」

「どの質問だ？」

「愛人よ。何人いたの？」

ラファエルはしばらく彼女を見つめてから、ようやく答えた。「ゼロだ」

これは……予想外だった。アイリスは自制心を総動員して、驚きを見せないようにした。小さく咳払いをして、さらに質問を続ける。「あなたは童貞？」

「違う」彼は鋭く言い返した。「だがこれまでに関係を持ったのは、愛人などと呼べるような種類の女たちじゃない」

「あら」アイリスは頬が熱くなるのを感じたが、断固としてラファエルから視線をそらさなかった。彼女の結婚の将来は、この会話にかかっている。少女みたいに恥じらって、ここでやめるわけにはいかないのだ。「じゃあ、そういう人たちは大勢いた？」

彼が眉を吊り上げる。冷たい目で腕組みをしたまま微動だにしない姿に、アイリスは思わずひるみそうになった。

「つ、つまりね――」ラファエルは返事をするつもりがないのだと悟って、彼女はあわてて説明をはじめた。「もしかしてあなたには、過去に望まない子どもができてしまった経験があるんじゃないかと思って」

「ない」短い返事に嘘をついている気配はなかった。「そんなことにならないよう、万全の策を講じていた」

どんな策だろう？　アイリスはききたくてたまらなかったが、さすがに無理だった。

意気地のない女性や――もっと良識のある女性なら、質問をここで切り上げただろう。

だが彼女は違う。

「それは興味深いわね」アイリスは早口で続けた。「わたしは夫を亡くしたあと愛人を作らなかったから、そういう分野に関する経験は限られているのよ。でも、キャサリンはわたしとは考え方が違っていたわ」大きく息を吸って、こんな話をしている自分にあきれる気持ちを抑える。勇気を出して進まなければ、この結婚が真の意味で本物になることはないのだ。

「キャサリンには大勢の恋人がいたの。そして試してみる予定の……冒険的な行為について、よく話してくれたわ。きっと衝撃を受けるわたしを見て、楽しんでいたのね」

「なるほど」ラファエルは座席にもたれ、文学や天気の話でも聞いているかのように、節度を持った興味を見せている。まったく、どうして早く彼女を止めてくれないのだろう？

アイリスは突然、彼に挑戦されているような気分になって顎を上げた。「愛人の男性の部分を描写してくれたこともあったわ。とても……あからさまに。わたしが赤くなるのを見たかったんでしょう。彼女はその部分を〝イチモツ〟と呼んでいたわ」

ラファエルが顔をしかめる。

彼女は秘密を打ち明けるように、声を低くした。「キャサリンは彼女の家の居間でお茶を飲みながら、そのときどきの愛人の〝イチモツ〟について話してくれたものよ。大きくなったときの様子や、手で握ったり口に含んだりするとどんな感じかを」声がだんだんかすれてくる。「わたしはうぶだった。男性の〝イチモツ〟を口に入れて先のふくらんだ部分を舐め、つかんだ手を上下させて刺激するんだとはじめて彼女から聞かされたとき、呆然としてしまったんですもの。そんな行為があるなんて、想像したこともなかった。だけどそのうちに、抵抗を覚えなくなっていったわ。そしてだんだん……」

アイリスは急に喉がからからになって、言葉を切った。ごくりとつばをのむ。

「だんだん？」ラファエルの声が、黒い霧のようにひそやかに響いた。

彼女は体が熱くなるのを感じながら、息を吸った。「また結婚することがあったら、夫とそういう行為を試してみたいと思うようになったの。彼の〝イチモツ〟を握って、どんな感じがするか確かめてみたいって」息が苦しくなりながらも半分閉じた彼の目をじっと見つめ、視線を脚のつけ根のふくらみに落とす。そこはさっきよりも大きくなっている気がした。「いままで一度も試してみたことはないわ。男性の部分を間近から観察したことも、〝イチモツ〟に唇で触れたことも、そこに舌をはわせたことも」

アイリスは彼の顔に視線を戻して、反応を待ち受けた。

ラファエルが目を閉じて、つばをのむ。両手が膝の上に落ちた。「どうしてわたしにそんな話をする？」

「わたし……」アイリスは失望にのみこまれそうになりながら、咳払いをした。やるだけやってみなければならないのだ。「わたしには男性との経験があまりないって、あなたに知ってほしかったから。でもキャサリンが次々に愛人を作りたくなるくらい魅力的な行為について、これからはもっと発見していきたい。夫であるあなたと」息を吸って、声を張る。「あなたと一緒に、いろんなことを試してみたいの」

彼は目を開けたが、顔をそむけてしまった。彼女の視線を避け、窓の外を見つめている。

「無理だ」

三度目の拒絶。アイリスは悔しさと失望に押し流されそうだった。

けれども、踏みとどまった。「どうして？」

「子どもが欲しくない理由は、もう話したはずだ――」

「そんな理由、どう考えてもばかげているもの！」思わず声が高くなっても、アイリスは気にしなかった。「女性が好きだって言ったじゃない。わたしに二回キスをしたし、体だって反応していたわ――」

ラファエルはふたたび目を閉じた。顎の筋肉がぴくりと動く。「もうそういう話はやめてくれないか。やめないと、どうなっても責任は取れない」

アイリスは彼を見て、自制心が切れる寸前まで来ていると悟った。顎が岩のように固くこわばっているし、腕や肩の筋肉は力が入って盛り上がっている。あまりにも険しい表情に、彼女は震えそうになった。

ラファエルはやめるように言った。前にもそう言われて、彼女は二度とも従った。「やめられないわ。わたしたちは結婚したのよ。子どもが欲しかったら、あなたと作る以外にない。わたしは子どもが欲しいの。だからちゃんと説明して。どうしてわたしを抱けないのか。どうして子どもを作るべきではないと思っているのか」

彼がすばやく動けることは、アイリスも知っていた。けれども一瞬のうちに座席の背に押しつけられ顔を突きつけられると、あまりの速さに呆然としてしまった。

「なんて女なんだ。きみはわたしが石でできているとでも思っているのか？」ラファエルがささやくと、クローヴの香りの息が彼女の顔にかかった。「警告したにもかかわらず熱弁をふるいつづけるなんて、わたしを聖人だと思っているんだろう。だがよく聞くんだ。わたしは聖人なんかじゃない」

「聖人なんて必要ない」アイリスは震える息を吸って続けた。「聖人なんか欲しくないわ。わたしはあなたが欲しいのよ」

「神よ、許したまえ」ラファエルはうなるように言うと、彼女を引き寄せてキスをした。やさしいキスではなかった。舌で彼女の口をこじ開け、怒りにまかせて荒々しく中を探ってくる。情熱的に。彼が妻を抱きたがっていないなどと、なぜ一度でも思ったのだろう？

ラファエルは大きくて熱い体でアイリスを座席の背に押しつけ、彼女の下唇に歯を立てた。けれども彼女がうっとりと身をまかせようとすると、すでにその体は離れていた。

アイリスが目を開けると、彼は天井を叩いて御者に合図したところだった。そして馬車が止まりきらないうちに、外へ出ていった。

すぐに馬車は走りだした。

ふたたびひとり残されたアイリスは、あたたかいラファエルの体を失って寒くてたまらなかった。

指先を離すと、唇に指先を当てる。血がついていた。

「冷酷な影たちに心臓の火を奪われて、妹はいま死にかけているの。だからお願い。取り返してきて」アンは訴えました。

「代わりに何をくれる？」石の王に尋ねられて、アンは目を丸くしました。報酬を求められるなんて、思ってもいなかったのです。彼女が持っているものといえば、ピンク色の小石だけ。王は眉を上げて、ふたたびききました。「お前は差しだせる財産を持っているのか？」

「いいえ」アンはそう答えるしかありませんでした……。

『石の王』

その晩、ラファエルは宿の部屋を出て、階段に向かって歩きだした。馬車から逃げだしたあと、彼は一日じゅう馬に乗って進んだ。明日は朝からそうしなければならないだろう。ほかの選択肢は思いつかなかった。三日目も妻と言い争いたくなかったら、そうするしかない。彼女にいつもそばにいられたら、そのうち耐えられなくなるだろう。キス以上のことをしてほしいと、誘惑されつづけたら。

アイリスはオレンジと蜂蜜の味がした。両手の下で震えている体を感じた。周りに馬に乗った部下たちがいるのに、馬車の中で彼女を裸にして奪ってしまいたくなった。

彼女といると頭がどうにかなる。見るたびに気持ちが惹きつけられてしまう。それなのに遠ざけることもできない。そうすると考えただけで、全身が抵抗するのだ。ちゃんと守ってやれるよう、一緒にいてもらわなければ困る。

それに彼女がそばにいれば、その光でラファエルの闇を少しでも照らしてもらえる。

いま頃アイリスは、彼をぞっとするような異形の獣だと思っているだろう。

ラファエルは一階におりて、宿の奥に向かった。扉を開けて通り抜けながら、やりきれない思いで木の梁《はり》に拳を叩きつける。彼女にあんな話をされて、どうすればよかったというのだろう。男の〝イチモツ〟をあのピンク色の唇と舌で愛撫《あいぶ》する話なんかされて。彼のその部分はこれ以上ないほど硬くなって、彼女が欲しくてたまらなくなった。そうしてはならないとわかっているのに。

いつの間にか厨房につながる暗い廊下に入りこんでいて、ラファエルを見たメイドたちが飛び上がって驚いている。彼女たちは悲鳴をのみこむと、馬屋の方向を指さした。ラファエルは礼代わりにうなずき、視線やささやきを無視してそちらへ向かった。

顔の傷痕を目にした人々の反応には、とっくに慣れている。

ようやく裏口から外に出て夜の空気を吸うと、気分は少し鎮まった。顔を上向け、月と星を見つめる。

ラファエルは自分が信じるものと愛するものすべてにかけ、心から誓ったのだ。父親のようにはけっしてならないと。それなのに今日、妻と言い争ってしまった。アイリスを怖がらせ、血の気を失わせてしまったのだ。

これでは、獣と同じだ。

いや、もっと悪い。

自分は父親と同類なのだろうか。

ラファエルは頭を振って馬屋に向かった。低い建物は庭の三方を囲むように立っている。彼は入り口の古びた分厚い横木をくぐって中に入ると、馬と干し草と糞《ふん》のにおいを吸いこんだ。部下はほとんどがまだ馬の世話をしていて、その中からバルドが挨拶の声をかけてきた。ラファエルはみなに向かってうなずき、ときおり足を止めてはつややかな馬の首をなでながら、並んでいる馬房に沿って歩いていった。ちらちらと瞬くランプに照らされてどんどん奥に行くと、やがてからっぽの馬房が続いているがらんとした暗い部分に出た。立ち止まって見渡し、庭に出る別の扉を見つけた。

扉を開けて足を踏みだすと、宿の光が届かないそこには一面の星空が広がっていた。その光景はまるで、黒いベルベットに真珠が散らばっているようだ。彼はさまざまな思いを忘れ、ひたすら夜空を見つめた。

ゆっくりと心が静まっていく。

そのとき物音がした。振り向くと、頭上のナイフに光が反射した。

アイリスは重い心で部屋を見回した。ラファエルにあんなふうに置き去りにされ、この先ふたたび彼と言いあう勇気を持てるかわからなかった。

メイドが運んできてくれた心づくしの夕食が置いてあるテーブルに近づき、椅子に座る。けれどもグレービーソースがたっぷりかけられたローストチキンと野菜を見ても食欲はわかず、赤ワインのグラスを取り上げてひと口飲んだ。

最初の夫とは三年間一緒に暮らしたが、少しでも言いあって居心地が悪くなると彼は部屋から出ていってしまったので、ちゃんと話したことがほとんどない。みじめな結婚生活だった。やさしくていい夫だったものの、彼女に興味がなかったのだ。妻はたくさんいる猟犬のうちの一匹と変わりなかった。ふだんは猟番に世話をまかせ、たまに領地をぶらつきたくなったときだけ、思い出して連れだす。

それ以外のときは、すっかり忘れている。

前夫はアイリスを愛したこともいつくしんだこともなく、対等の人間として話しかけたこともなかった。ラファエルにも愛し、いつくしんでもらえるとは思っていないが、少なくとも彼は、アイリスをひとりの人間と認めたうえで話をしてくれた。それは、彼女の求める結婚生活の基礎となるのではないだろうか。

ヒューは親友の夫で、のちにアイリス自身の友となった。彼との結婚を考えたのは、母親を亡くした子どもたちのためであると同時に、彼のことが好きだったからだ。

前夫との結婚でもヒューとするはずだった結婚でも、アイリスは自分の望みについては考えなかった。ジェームズとは母親のため、ヒューとは死んだ親友の忘れ形見である彼の子どもたちのために結婚しようと思った。

けれども今度は、自分の望みをかなえたい。子どもが欲しい。言いあいではなく話しあいのできる夫が欲しい。毎日一緒に朝は散歩をし、夜は暖炉のそばでゆっくり過ごせる伴侶が欲しい。

そして何よりも、ラファエルと肉体的にも親密な関係になりたいのだ。

これらすべてをかなえたいと思うなんて、おそらく自分勝手なのだろう。ほかの人間の望みより、自分の望みを上に置くなんて。

他人より自分を優先させるのは控えめとは言えないし、女性らしくもレディらしくもない。それでも今回は自分の望みを、感情を、必要としているものを追い求めていくつもりだ。自分にも、みんなと同様に幸せになる権利があると思うから。なぜレディらしくないという理由で、自分の夢をおとなしくあきらめなければならないのだろう。

アイリスは気持ちが高ぶって座っていられず、立ち上がった。湯を持ってきてくれるように頼んで、もう寝る支度をしたほうがいいかもしれない。けれどもいま何よりも欲しいものは、清潔な着替えだ。ラファエルはこの前シャツを借りても気にしなかったのを思い出して、アイリスは今度も彼の服を使わせてもらうことにした。彼の旅行鞄を開け、シルクの部屋着を押しのけてシャツを探す。

すると、指先が硬いものに触れた。

不思議に思って取りだしてみると、スケッチブックだった。ダイモア館の鍵のかかった公爵用の寝室で見つけたのと同じものだ。

一瞬、凍りつき、まじまじと見つめる。

それからおもむろに開いて、中身を見た。

一分後、アイリスは部屋の扉を勢いよく開けていた。すぐ外にはウベルティーノとヴァレンテがいた。「夫はどこ？」

「奥さま」ウベルティーノがあいまいな笑みを浮かべながら、椅子から立ち上がった。「だんなさまから、奥さまをお守りするようにと申しつけられております」

「そう」アイリスは彼らの横を通り抜けた。「では、彼のところへ連れていって」

「あの方はお喜びにならないと思いますよ」ウベルティーノが口ごもる。

アイリスが彼の言葉を無視して階段をおりはじめたので、ふたりは追ってこざるを得なくなった。アイリスはいまにも爆発しそうな気分だった。「夫はどこへ行ったの？」

「わたしたちにはわかりかねます。お部屋に戻られては？」

「いいえ。きっと、新鮮な空気を吸いに行ったのね。庭に出てみましょう」けれども彼女はいらだちとともに、すぐに立ち止まった。この宿は昨日泊まったところよりも広く、廊下がいくつにも分かれている。「どっちへ行けばいいか、わかる？」

ウベルティーノはヴァレンテと視線を交わし、ため息をついた。「こっちです」

彼はアイリスを連れて狭い廊下を進み、厨房に入った。夜遅い時間だというのに、まだ人々が忙しく働いていた。

「失礼します」ビールをなみなみと注いだジョッキを隙間なく並べた大きなトレイを肩にのせたメイドが、驚いたような声をあげて小走りにすり抜けていく。

アイリスは一瞬その姿に気を取られ、脇に寄った。

そのとき、外で叫び声がした。

アイリスの鼓動が一気に跳ね上がる。

彼女はスカートをつまんで、裏口へと走った。たぶんあれは、馬番たちの喧嘩《けんか》だ。彼女が心配しているようなことではない。

うしろで、ウベルティーノが声を張り上げている。「奥さま！」

アイリスは冷たい夜気の中に飛びだした。

四角くて広い宿の庭を三方から囲むように馬屋が広がり、あとの一辺に宿が立っている。宿の横には古めかしいアーチ型のトンネルがあり、庭から外の道へと出られるようになっていた。馬屋の入り口と宿の裏口に吊るしてあるわずかな明かりが、あたりを照らしている。

アイリスの目の前で、馬屋の端の暗がりから何かがもつれあうように光の中に転がりでてきた。

塊がふたりの男に分かれる。

ラファエルと、ナイフを持った男だ。

ラファエルはしゃがんでいた。

男たちが次々と庭に現れ、拳やナイフで戦いはじめた。

仮面をつけた男がよろめきながら立ち上がったかと思うと、ラファエルに飛びかかった。

だがラファエルはすばやくよけ、左手を伸ばして男のナイフを持っている腕をつかんだ。間髪をいれずに右腕を男に回し、引き寄せて地面に倒す。

ふたりがひとかたまりになって転がった。

アイリスはふたりの姿を見失った。庭に入り乱れて戦っている男たちに、視界をさえぎられたのだ。彼女は急いで位置を変えた。

すぐ近くで銃声がして、彼女はびくっとした。

何者かにぶつかられて振り向くと、口元をスカーフで覆った男がいた。

アイリスが悲鳴をあげようと口を開きかけたとき――。

ヴァレンテが男の腹をめがけて突進し、跳ね飛ばした。

「奥さまは中に入っていてください！」ウベルティーノが叫ぶ。

「いやよ！」ウベルティーノにつかまれた腕を、アイリスは引き抜いた。

視界が開け、ラファエルが襲撃してきた男の上にのっているのが見えた。

彼がナイフを持った男の手をつかんで持ち上げ、地面に叩きつける。

一回。

二回。

三回目で、ナイフが男の手から離れて転がった。

男が大きく体をそらし、反動をつけてラファエルの顔にかみつこうとした。かつらがずれるのもかまわず、ラファエルの喉をつかもうと懸命に左手を伸ばしている。

ラファエルがよけようと頭をうしろに引くと、男はその隙に逃れようともがいた。

するとラファエルは荒々しい表情で歯をむき出してうなり、男の側頭部に拳を叩きつけた。

何かが折れるような音がして、仮面をつけた男が動かなくなる。

アイリスはぞっとして見つめた。まさか……。

ウベルティーノが彼女の腕を取って、静かにうながした。「さあ奥さま、行きましょう」

アイリスは庭を見渡した。すでに戦いは終わっていて、一ダースほどもいた襲撃者に公爵の部下たちが勝利を収めたのは明らかだった。

アイリスはウベルティーノに向き直って、怒りをぶつけた。「どうして夫を助けに行かなかったの？　彼に忠誠を誓っているんでしょう？」

「わたしの務めは奥さまを守ることです」ウベルティーノが真剣な表情で彼女を見た。「わたしやヴァレンテが奥さまのおそばを離れていたら、だんなさまはお許しにならなかったでしょう。奥さまが怪我でもなさっていたら、わたしたちを鞭《むち》で打たせたはずです」

アイリスは啞然としてウベルティーノを見つめ、首を横に振りながらラファエルのもとに急いだ。

彼は自分を襲った男の横に膝をついて、手のつけ根を男の鼻の下にかざしている。

「その人は……？」アイリスはきいた。

「死んでいる」ラファエルは顔をしかめながら、立ち上がった。「いったいこんなところで何をしている」ウベルティーノ？」

　彼女の護衛たちが現れる。

「この人たちは、ずっとわたしのそばにいてくれたわ」アイリスはあわてて弁護した。

「だが、きみがふらふらと襲撃のさなかに出てくるのを許した」ラファエルは険しい声で言い、哀れなウベルティーノとヴァレンテをにらみつけた。

「だんなさま——」ウベルティーノが話しだそうとする。

「言い訳は聞かない」鋭くさえぎったラファエルの顔は、震え上がるほど恐ろしかった。血が飛んだ額と憤怒《ふんぬ》にゆがんだ表情が、ランタンの光に浮かび上がっている。大柄な彼は、ふたりの男の上にそびえているようだ。「妻に何かあったら、お前たちの喉を掻き切ってやるところだ。よくも——」

「ラファエル」アイリスは夫の腕にそっと触れた。「彼にはわたしを止められなかったのよ」

「いや、止められたはずだ」ラファエルは真っ赤になっている部下たちから目をそらさなかった。「こいつらではきみを守れないなら、別の男と代わらせる」

「やめて」アイリスが叫ぶと、彼がようやく目を向けた。彼女は気持ちを落ちつけるために、深呼吸をした。「これはわたしの責任よ。わたしは犬じゃない。命令に従うようにはしつけられていないの。誰かを責めるなら、わたしにして」

ラファエルが彼女をじっと見た。「きみは部屋に戻ったほうがいい。いやな気分になるだけだ」

アイリスは怒りが込み上げ、彼をにらんだ。「ええ、そうね。でもいやな気分になるのは、あなたが思っているような理由からじゃないわ。わたしはどこにも行きません」

「好きにしろ」ラファエルは部下たちに向き直った。「ウベルティーノ、ヴァレンテと一緒に怪我をしている者がいないか調べてくれ。行方のわからない者がいるかどうかも。襲撃してきたやつらで生き残った者は、庭の隅に集めろ。手足をしっかり縛るんだぞ」

ウベルティーノはうなずいて、すぐに与えられた命令を遂行しに向かった。

ラファエルは自分を襲った男の横にふたたびしゃがむと、仮面とかつらを取った。上を向いた鼻と薄い唇をした、三〇代初めの男の顔が現れる。髪が鮮やかなオレンジ色だという以外、ごくごく平凡だ。

アイリスはうめいた。男のこめかみに血が見える。

ラファエルがうなるように言った。「やっぱりな」

アイリスは身を乗りだした。「この男を知っているの？」

「あとで説明する」夫が小声で返す。

ラファエルは死んだ男の右腕を上着の袖から引き抜き、シャツの袖をまくり上げた。

肘の内側にイルカの刺青がある。

〈混沌の王〉のしるしだ。

「いったい何があったんだ！」いま頃になって宿の主人が裏口に現れて、叫んだ。

「わたしと部下たちは、きみの宿の庭で強盗に襲われたんだ」ラファエルがゆっくりと立ち上がる。「お前はこういう商売をしているのか？　裕福な旅人を宿に招き入れ、金を奪うために殺すなどという商売を」

主人の顔は真っ白を通り越して緑色になった。「ま、まさか、とんでもない！　このような恐ろしいできごとが宿で起こってしまい、心からお詫《わ》びいたします。みなさまの怪我を手当てできるよう、すぐに医者を呼びにやりますから」

「では、急いでそうしろ」ラファエルは主人が宿の中に引っ込みながらなおも謝りつづけるのを、腕を振って退けた。

ラファエルがアイリスの肘をつかむ。「こっちだ。ほかの襲撃者たちの顔も見たい」

彼はすでに五つの死体が集められているほうに向かい、アイリスも急いで夫の足取りに合わせた。アイリスは死んだ男たちの顔をすばやく一瞥《いちべつ》しただけですぐに目をそらしたが、ラファエルはひとりひとり時間をかけて見ている。

全員を調べ終えると、体を起こしてウベルティーノを呼び寄せた。「負傷者は何人だ？」

「イヴォが頬に切り傷を負い、アンドレアが腕を折りました。ですが、そのほかは打撲と擦り傷くらいです。われわれのほうが数で勝っていましたから」

「よし」ラファエルはうなずき、足元に転がっている死体を示した。「バルドとルイジにすべての死体の服を脱がせ、イルカの刺青を探すように言ってくれ。生きている者たちにも、同様にしろ」ラファエルは生きている四人の襲撃者たちに歩み寄った。そこでもひとりひとりの顔を調べたが、結局首を横に振った。

彼はアイリスを厨房の裏口に引っ張っていった。

「誰にも見覚えはなかったの？」かすかに息を切らして、アイリスはきいた。

「ああ」ラファエルはヴァレンテに視線を向け、顎を小さくしゃくって合図した。

ヴァレンテがうなずき、庭に戻る。

厨房から出てきた宿の主人が、ラファエルがすぐそばにいるのを見て近づいてきた。「閣下」主人がごくりとつばをのむ。「医者をふたり呼びにやり、みなさまのための部屋も用意させました」

「ご苦労だった」ラファエルは主人をねぎらった。「妻は疲れているし、わたしももうこの見るに堪えない庭に用はない。部屋へ引き取らせてもらおう」

「もちろんでございます、閣下、もちろんでございますとも！」哀れな男はお辞儀をして、開いた扉を押さえた。その顔は汗で光っている。

ラファエルはアイリスを連れて、部屋に戻った。暖炉の火は赤々と燃え、テーブルの上には食事が用意されている。ベッドの横に置いてある洗面台には、あたたかい湯の入った水差しも用意されていた。

「食事以外に、甘いものもいかがでしょう」主人が尋ねる。「奥さまに砂糖菓子でも？」

「いや、いい。これでじゅうぶんだ」ラファエルは宿の主人とここまでついてきていたウベルティーノが立っているほうに向き直った。「それから、このあとはわたしの部下以外、部屋に入れないようにしてもらいたい。わかったな?」

「ですが……メイドは——」

「例外はなしだ」

「かしこまりました」主人はお辞儀をして、出ていった。

ラファエルは扉が閉まるのを待って、ウベルティーノに目を向けた。「今夜は扉の外にふたり、窓の下にふたり見張りをつけてくれ。あとは宿の入り口にふたり、裏口にふたり、食堂にふたり。疲れて居眠りするなんてことがないように、交代で休みを取らせろ。二度と不意を突かれるな。妻がいるときには、絶対に」

ウベルティーノが鮮やかな水色の目を光らせ、姿勢を正す。「はい、絶対に。わたしの名誉にかけて、そのようなまねは許しません」

ウベルティーノも出ていった。

ラファエルは上着を脱ぎはじめた。「入浴の準備をさせようか?」

「ありがとう、でもいいわ」アイリスは夫に渋い表情を向けた。「宿の主人にずいぶんひどい態度を取るのね。気の毒に、襲撃は彼のせいだと責められているんだと思っていたわ」

彼女を見る夫の目が、一瞬鋭い光を帯びる。「そう思ってくれたほうが、わたしや部下たちが人を殺したと騒ぎたてられるよりいい」

「でも、あなたたちは身を守っただけよ」アイリスは恐ろしい光景を思い出して、両腕で自分の体を抱きしめた。

「そうだ。だが、そのことを治安判事の前で説明させられるはめにはなりたくない」彼は腰をおろして、ブーツを脱いだ。「それにわれわれが死体を調べられるよう、主人を庭から追い払いたかった」

「どうして死体を調べさせたの？」

「当然、手掛かりを探すためだ」ラファエルがいかにも辛抱しているという口調で説明する。

「わたしを襲った男は、ただの強盗ではなかった」

「彼の腕にあるイルカの刺青を見て、それくらいわたしにもわかったわ」アイリスは夫と向かいあった椅子に座って、彼がベストを脱ぐのを見つめた。彼はまた、右肩をかばうようになっている。「あの男は誰だったの？」

「ローレンス・ドックリー。赤毛とイルカの刺青の位置から、やつはきみが〈混沌の王〉の宴に引きだされた夜にキツネの被り物をつけていた男じゃないかと思う」

記憶がよみがえって、アイリスは身震いした。「ディオニソスがあなたを殺させるためにドックリーを送りこんだのかしら」

「その可能性が高い。ただ……」ラファエルが眉根を寄せると、顔の右側を走る傷痕も引きつれた。

「どうしたの？」

ラファエルは彼女を見上げ、首を横に振った。「もし本当にディオニソスの仕業だとしたら、ずいぶんばかなまねをしたものだと思ったんだ」

「どうして？」

彼は立ち上がって、洗面台に向かった。「あの集会の晩、わたしはキツネなんかものともしないところをディオニソスに見せた。それにドックリーはたいした手練《てだれ》じゃない。たとえ、ならず者たちを引き連れていても。それにディオニソスにはこの襲撃が今回みたいな結果に終わる恐れがある、つまりドックリーの身元がばれる可能性があるとわかっていたはずだ。そうなったら、ディオニソスの正体をたどる手掛かりをわたしに与えることになる。ドックリーはやつとつながりがあるに違いないからな」

ラファエルがシャツを慎重に頭から抜く。

アイリスはあらわになった彼の背中の筋肉に、一瞬目を奪われた。ラファエルが腕を下げるのと同時に、左右に張り出した肩甲骨がなめらかな肌の下で見せた優雅な動きや、S字を描く背骨がブリーチズのウエストに消えていく手前で背中に作っているくぼみにも。アイリスは目の前の光景にわけもなく魅入られ、彼が服を脱ぎつづけるのを思わず期待していた。そのために、ラファエルの言ったことを理解するのがほんの少し遅れた。「つまり、ディオニソスの素性を探りだせるかもしれないのね」

「おそらく」彼は洗面器に湯を注いだ。「だが昨日の朝に訪ねてきた男たちが、ディオニソスはメンバーたちと手紙で連絡を取ると言っていた。つまり被り物の下のやつの顔を知っている者は、誰もいないんだ」

「まあ」アイリスはがっかりして、椅子に力なく座った。

ラファエルが妻の落胆を感じ取ったかのように、振り返って彼女を見つめる。「それでもロンドンに着いたら、ドックリーの友人や知りあいに聞き込みをするつもりだ。ディオニソスが思いもよらない失敗をしている可能性だってある」

アイリスは彼の言葉に耳を傾けながら、手の甲であくびを押さえた。夕方まで馬車に揺られていたし、そのあと賊たちの襲撃にも遭い、長い一日だった。

「疲れただろう。もう寝る支度をしたほうがいい」煙がたゆたうような声で、彼が言う。

アイリスは考えをめぐらせながら、夫を見つめた。筋肉の浮きでた広い背中といかにも意志の強そうな顎の線に目を向け、夕食の席での言いあいを思い浮かべる。そして宿の厨房に入っていったとき、彼に何を言うつもりだったかを思い出した。

「その前に、じつはあなたと話しあいたいことがあったのよ」

何を言われるかわかっているかのように、ラファエルが体をこわばらせた。「なんだ?」

アイリスは立ち上がって、ベッドまで行った。端に脱ぎ捨ててあった黒い部屋着をどかし、スケッチブックをあらわにする。それを手に取って、最初のページを開いた。

彼女のスケッチが現れる。

眠っている彼女を描いたスケッチが。

アイリスは自分の姿をじっと見つめた。鉛筆を使って、非常に熟練した筆致で描かれている。鼻筋を表している一本の鋭くたしかな線や、下唇の繊細な陰影、額に当たっているやわらかな光の表現などに非凡さが表れている。

絵の中のおだやかに眠っている彼女は、美しかった。アイリスは自分を美しいと思ったことが一度もない。美しいという言葉は、社交界の花と称えられる美女のためのものだと思っていた。舞踏室に入ってきた瞬間に、人々が息をのみ静まり返ってしまうような美女のためのものだと。

でも、このスケッチの中の彼女は美しい。

紙の隅に、夫のイニシャルが記されている。

つまり、夫の目にはこう見えているのだ。

顔を上げると、ラファエルが澄んだ灰色の目に警戒するような表情を浮かべていた。

「旅行鞄にこれが入っていたの。あなたのものよね？」

ラファエルがうなずく。

アイリスは彼に近づいた。「とても上手なスケッチだわ。誰に絵を教わったの？」

彼がつばをのむ。「父だ」

彼女はうなずいた。「お父さまのスケッチブックも見たわ」

それを聞いたとたん、彼が眉間に深いしわを刻んだ。「なんだって？」

「お父さまの寝室に入ったときに。あそこにあったの」アイリスは息を吸った。「お父さまの絵は好きじゃなかった。でもあなたの絵は好きよ」彼を見上げる。「わたしの絵ばかりだけど」

ラファエルは答えなかった。氷の彫像のように立ち尽くし、何も言わない。その目が彼女に向けられていなかったら、話を聞いていないのだと思うところだ。

アイリスはその沈黙にだんだん腹が立ってきた。

「このスケッチブックは、わたしの絵でいっぱいだわ」こわばった声で繰り返す。「馬に乗っているところ、歩いているところ、踊っているところ。口を開けて笑っているものもあれば、ただ微笑んでいるものもある。顔の向きだって、横を向いていたり正面を向いていたり」彼女は次々にページをめくった。「あなたはわたしをつけ回していたのね。何カ月も。どうしてなの？」

ラファエルは瞬きをした。怒りをぶつけられた反応が、ただの瞬きとは。「〈混沌の王〉のメンバーに会うために出かけた舞踏会で、きみに会った。わたしは……きみが心配だったんだ」

「心配だった？」アイリスはあきれて両手を上げた。「心配だったというだけじゃ、わたしの顔ばかり描いていたことの説明にはならないわ」

彼が背を向けた。「興味深い題材だと思った」

「嘘をつかないで！」アイリスは夫の前に回って、目を合わせた、彼の鼻の穴は広がり、きつく結ばれた唇は一本の線のようになっている。ラファエルはうしろに下がろうとしたが、彼女は詰め寄った。「わたしになんて関心がないと思わせようとしたわね。わたしは重荷でしかなく、だから親密な関係になるつもりはないって。でも違ったんだわ」彼女はささやいた。「わたしがそう思っているあいだ、あなたはスケッチブックをわたしの絵でいっぱいにしていた。単に心配だとか興味深い題材だというだけで、人はこういうまねはしない」

言いたいことを一気に吐きだすと、アイリスは彼の裸の胸に触れそうなくらい距離を縮めた。氷のような夫の目を探るように見上げる。ただしその目はいま、ちっとも氷のようには見えなかった。

まったく違う。

アイリスは背伸びをして、スケッチブックを彼の胸に押しつけた。落ちないように手のひらで押さえる。「本当のことを言って、ラファエル。いまここで。言い逃れや嘘はもうたくさん。あなたがわたしに感じているものは何？　愛情なの？　それともただの無関心？」

彼がようやく動いた。スケッチブックをアイリスの手から取り上げ、椅子の上に放る。それから片腕を彼女に回し、もう片方の手で髪をつかんで、のけぞらせるように抱き寄せた。アイリスは彼の広い肩につかまって、必死に体を支えた。「いいか、よく聞け。わたしがきみに感じているものは、無関心とは一番遠いものだ」

そう言うと、ラファエルは唇を重ねて彼女をむさぼり、熱い舌に唇を割られたアイリスは、喜んで彼を迎え入れた。

「何か人が知らないようなことを知っているか？」石の王がききました。

「いいえ」アンはささやきました。

「魔法が使えるとか？」石の王が嘲ります。

「いいえ」アンは目をつぶりました。「いま見えるままのわたししか、差しだすものはないわ」

「では、お前にやってもらいたいことがある。妹の心臓の火を取り返してやったら、一年と一日のあいだ、わたしの妻になると約束するか？」

アンはごくりとつばをのみました。なぜなら石の王の黒い目は冷たく、その声は体が震えるほど厳しかったからです。それでもアンは答えました。「はい」と……。


『石の王』

アイリスは赤ワインの味がした。きっと夕食のときに飲んだのだろう。そしてラファエルの頭から、すべての理性が消し飛んだ。心を縛っていた鎖が切れ、全力で抑えこんでいたすべての感情が自由になる。ラファエルは彼女とのキスにおぼれた。いまや自分の妻となったアイリスの感触と味に。彼女はやわらかく甘くあたたかい。いくら味わっても足りなかった。力のかぎり抱きしめ、二度と放したくない。彼女を求める衝動があまりにも強く、怖くてたまらない。彼女だって、気づいたらおびえるに決まっている。

だが、それが問題なのだ。アイリスはまるで気づいていない。床入りだかなんだか知らないが、ただそれを成就させようとしているだけだ。

彼女にむき出しの腕をつかまれると、ラファエルの中の獣が身を震わせて伸び上がり、地面を引っ掻きはじめた。

ああ神よ、アイリスが欲しくてたまらない。

しかし、これだけは覚えておかなければ。彼女に種を蒔いてはならない。己の中の獣に屈することなく、人間である証《あかし》の理性を保つのだ。

呪われた父親と、同じところまで身を落としてはならない。

ラファエルはもぎ離すようにキスを終わらせた。ブリーチズの中でふくれ上がったものが脈打っているのを感じながら、彼女の頬から耳へ唇を滑らせる。「さあ、来てくれ」

大きく開いたままどこか焦点を結んでいない青灰色の目が、彼を見上げてゆっくりと瞬く。

ラファエルは彼女が何か言いはじめる前に——彼に逆らうのか同意するのかわからないが——ふたたび唇を重ねた。そして彼女をとらえたまま、ゆっくりとうしろに下がった。ようやく脚の裏側がベッドにぶつかる。彼は唇を離して、アイリスを見おろした。ルビーのように赤い唇はしっとり濡れてかすかに開き、頬はピンク色に上気している。

なんというそそられる光景だろう。

「ラファエル」懇願するように名前をささやかれて、彼の中で何かが壊れた。

こんなことをしたいわけではない。正しい行動ではないとわかっている。それでもこうする以外に道はなく、これでじゅうぶんであるよう祈るしかない。

内なる衝動にさらに抵抗したら、自分は死んでしまう。

アイリスの腕をなで上げ、肩を通って首まで手を滑らせる。ラファエルは結い上げられた金色の髪に触れた。「わたしのために、髪をおろしてくれないか？」

アイリスが息をのみ、それからうなずく。

そして嵐のあとの空の色の目をラファエルと合わせたまま、腕を上げ、髪からピンを一本ずつ抜きはじめた。やがてずっしりと重そうな髪がカーテンのように肩に流れ落ちると、ラファエルは身をかがめてその髪を集め、首筋に顔をうずめて彼女の香りを吸いこんだ。

わたしのものだ。

アイリスが身を震わせ、彼の髪に指を差し入れるのを感じる。「ラファエル」

ラファエルは顔を上げた。

彼女が手を離して、服を脱ぎはじめた。顔を伏せて胴着のフックをはずしているが、その動きはぎこちなかった。紳士なら横を向き、女性に落ちつく時間と慎み深く服を脱ぐプライバシーを与えるだろう。

だが自分はそんな高潔な男ではない。アイリスのすべてが欲しいのだ。彼女の失敗や個人的な瞬間、恥ずかしく思っていることや心配ごと、すべてをひっくるめてアイリスが欲しい。世間から隠しているものまで、すべてが欲しいのだ。まさにこういう瞬間が、指をもつれさせているこの瞬間が欲しい。

親密きわまりないこの瞬間が。

アイリスが胴着を腕から引き抜いた。ひもをほどいてスカートを床に落とし、蹴り飛ばす。夫を見上げると、次にコルセットのひもに取りかかった。

ほどいた髪は豊かでウエスト近くまであり、彼女の動きに合わせて揺れている。

きれいだ。

アイリスは美しい。

ゆるめたコルセットを頭から抜くと、あとはシュミーズと靴下と靴だけだった。胸の先端が薄い生地を押し上げているのが見える。

身をかがめて靴を脱ごうとしたアイリスを、ラファエルは止めた。「いや、わたしにやらせてくれ」

彼女のウエストをつかみ、持ち上げてベッドに座らせる。

ラファエルは丁寧に靴を脱がせて堅木の床に落とすと、左のふくらはぎをなで上げた。部屋は静まり返っていて、アイリスが息を吸ったり吐いたりする音だけが響いている。彼は彼女に見つめられながらシュミーズの裾から手を入れ、膝のうしろのあたたかい部分に触れた。

ガーターのリボンを見つけて、引っ張る。

アイリスが鋭く息を吸った。

素肌を探り当てると、ラファエルは彼女を見上げた。シュミーズの下はいまにも燃えだしそうに熱かった。こうして脚のあいだに立っていると、彼女のにおいがしてくる気がする。彼は片方ずつ靴下を脱がせたあと、親指を土踏まずから足の甲、そして繊細で美しいくるぶしへと滑らせていった。ふくらはぎはこのうえなく優雅で、これこそ自然が作りだしたもっとも美しく完璧な曲線だ。いつか、一糸まとわぬ姿を描いてみたい。

リボンをほどかれると、アイリスの口からひそやかなささやきがもれ、彼はぞくりとした。思わず鼻の穴がふくらみ、これ以上待てないという切迫感に駆られる。ラファエルは彼女の体を持ち上げてベッドの奥へと運び、頭と肩を枕の上にのせた。それからシュミーズをまくり上げて彼女の開いた腿のあいだにはい進むと、そこに体を落ちつけた。

すると、目の前に欲しくてたまらなかったものが広がっていた。ぷっくりとしたピンク色の魅惑的な部分と、それを縁取る繊細な濃い金色の巻き毛が。ラファエルはショックと驚きにあえぐ声を無視して、震えている脚を左右の腕に抱えこむようにして膝を立てさせた。ちらりと見上げると、アイリスが大きく見開いた目で問いかけるように彼を見つめていた。どうやら紳士だった最初の夫は、妻にこんなまねをしたことがないらしい。

なんてばかな男だ。

ラファエルはかがみこんで、目の前のごちそうに取りかかった。

鼻をなだらかな丘に押しつけ、彼女の女らしい香りを吸いこむ。彼は思わず腰を回すようにして高まったものをベッドにこすりつけながら、舌を伸ばしてアイリスを味わった。ぴりりとして、かすかに塩けがある。

ああ、これが彼女の味なのだ。

舌が触れた瞬間、アイリスは細い悲鳴のような声をあげ、体をよじって逃れようとした。だがラファエルは彼女の腰を両手でつかんで、逃がさなかった。彼女のやわらかい肉に顔をうずめ、そっと歯を滑らせながら、笑みがこぼれそうになる。アイリスは驚き、怒り、ショックを受けているかもしれない。だがそれでも、これが気に入っている。

彼にいまされていることを、おそらくとても。

アイリスの喉の奥から、かすかなうめき声がもれた。すすり泣いているような声が。このうえなくエロティックで、愛《いと》しくてたまらなくなる。アイリスが腰を持ち上げて彼の口に自分をこすりつけるさまは、もっともっととねだっているようだ。ラファエルは口を大きく開けてむしゃぶりつき、深く息を吸った。舌をとがらせ、顎が痛くなるくらい深く彼女の中に差しこむ。アイリスが声をあげ、彼の髪に差し入れた指に力がこもった。

ラファエルはいったん舌を抜いて、上部の小さな突起に移った。そっと歯ではさんで引っ張ると、彼女が一瞬固まったあと全身を震わせた。あえぐように息をしている。彼は口を開けて、舐めた。そっと。やさしく。

だがしっかりと。

それと同時にラファエルは指を二本、彼女の中に押しこんで、濡れた内壁が締めつけてくる感触を楽しんだ。彼女のにおいが濃くなり、興奮が高まっているのだとわかる。

彼の下でアイリスがやわらかい腿をじれったそうにばたつかせながら、背中をそらした。声は出していないが、彼にはわかる。

アイリスがいまどんなふうに感じているか。

ラファエルはシルクのようになめらかに濡れた彼女の内側で指を曲げ、壁をこするようにその指を引いた。

入り口近くまで来たところで、ふたたび勢いよく押しこむ。敏感な突起を吸いながら、繰り返し指を動かした。

するとうめき声が静かな部屋に大きく響き、アイリスは彼に体を押しつけたかと思うと突然震えだし、蜜をあふれさせた。なすすべもなく翻弄されているその姿を見つめながら、ラファエルは彼女の絶頂に酔った。自分の下腹部も重く張りつめ、痛いくらいに脈打っている。

ラファエルは横を向き、彼女が荒く息をつくのを聞きながら、やわらかい内腿にキスをした。

それからアイリスの脚のあいだで膝立ちになり、ブリーチズと下着の前立てを開けた。手を伸ばして彼女の蜜をすくい、うるおった手でそそりたった自分のものをつかむ。

ラファエルは絶頂の余韻にまだぼうっとしているアイリスを見つめた。薄いシュミーズから胸が透け、脚はしどけなく開いて悦《よろこ》びにふくらんだままの部分をあらわにしている。

その姿を見つめながら、ラファエルは自分をこすり上げた。

ずっしりと重く垂れさがったものが熱くなり、悦びが高まる。彼はアイリスからすくい取ったものを自身に塗り広げると、そこをきつく握って激しく手を動かしはじめた。

だが彼の欲望に本当に火をつけたのは、アイリスの目だった。彼女が瞼を開き、嵐の名残をとどめ、すべてを見通しているような青灰色の目を彼に向けたとき、ラファエルは一気に絶頂まで駆け上がった。

歯を食いしばって、頭をうしろに投げだす。それでも力が入って細くなった目を必死に彼女に向け、その姿をとらえつづけた。

高まったものが爆発し、彼女の象牙色の腿に熱い精をまき散らすあいだも。

アイリスは目を覚ましたまま横たわり、ラファエルの深く規則正しい呼吸に耳を傾けていた。

彼はさっき、アイリスがいままで感じたことのないすばらしい悦びを味わわせてくれた。それでも、彼女の中には入らなかった。

ラファエルは精を彼女の上に放ったのだ。彼女の中ではなく。

アイリスは涙をこらえ、暗闇を見つめた。

子どもは欲しくないとラファエルは言った。その点について、彼は正直だった。それなのに彼女は、いざとなったらラファエルも本能に負けるのではないかと、心のどこかで望みを抱いていたのだ。

なんてばかだったのだろう。

音をたてないように気をつけながら、ゆっくり息を吸う。

問題は……アイリスのほうは子どもが欲しくてたまらないことだ。欲しくて欲しくてたまらない。せめてひとり。ひとりでいいから欲しい。

ひとりいれば満足すると誓う。抱きしめ、胸元に抱えられる赤ん坊が、ひとりできないというのなら、話は別だ。たとえばジェームズとの結婚では、子どもは持てないものとあきらめていた。彼女は三人目の妻だったが、彼は前のふたりの妻とのあいだにも子どもがいなかったし、乗馬中に負った怪我のせいで行為を最後までやり通せないことも、ときどきあった。だから子どもができないまま三年が過ぎたとき、彼女はそういうことなのだと受け止めた……。

アイリスはため息をついた。今度の結婚はうまくいかせたい。ラファエルとの結婚は。そして彼の子どもが欲しい。

けれどもどうすればその夢をかなえられるのか、彼女にはまったくわからなかった。


翌朝アイリスが目を覚ますと、ひとりぼっちでベッドにいた。部屋にいるのは彼女だけで、ラファエルの姿はどこにもない。

彼女は顔をしかめたが、湯を運んできたメイドが扉を叩いたので、彼について考えている暇はなくなった。急いで洗面をすませ身支度を整えて部屋を出ると、廊下にウベルティーノとヴァレンテがいた。

ウベルティーノがお辞儀をする。「おはようございます、奥さま」

アイリスはうなずいた。「朝食はどこでとればいいのかしら?」

「では、わたしたちがそこまでお連れしましょう」ウベルティーノが申しでた。

だが彼が前に立ちヴァレンテがうしろについたところを見ると、彼らの役割は明らかにアイリスの護衛だ。

彼女は心の中でため息をついた。ドックリーに襲われる前でさえ、ラファエルは襲撃を恐れていたのだ。護衛が必要なのは認めるしかないにしても、こんなふうに大男ふたりにつきまとわれていては、何もできなくて退屈きわまりない。

食事用の個室にラファエルがいるのではないかとアイリスは期待していたが、彼の姿はなかった。

頭を振り、ひとりで食事をとる。ハムとチーズとパンの、冷たい朝食だ。

ふたたび護衛にはさまれて馬車へ向かったときには、今日も寂しく過ごすことになるのだろうと、彼女はなかばあきらめていた。

そしてその予想は、当たっていた。

ある意味、はずれていたとも言えるが。

ウベルティーノが申し訳なさそうに言ったのだ。「奥さま、わたしがご一緒させていただきます」

「あら、ありがとう」アイリスは感謝しているように聞こえるよう、明るく返した。結局、夫が彼女を避けているのは、従僕の責任ではないのだから。

アイリスは憤慨に息を弾ませながら、馬車に乗りこんだ。ラファエルはロンドンまでずっと、彼女を避けつづけるつもりなのだろうか？　ロンドンまで、少なくともあと一昼夜はかかるというのに。もしかしたら、今夜は別の部屋で眠るつもりかもしれない。

そう思うと、悲しくなった。昨日の夜の行為をアイリスは楽しんだが、それは彼も同じはずだ。彼女にもそれくらいはわかった。男女間のああいう行為に熟練しているとは言えないものの、三年間結婚していたのだから。

ラファエルはとても満足した様子で眠りについた。

それなのに、なぜ彼女を避けるのだろう？

一日じゅう、気がつくとその疑問が心に浮かんできた。ウベルティーノとしゃべったり、館の図書室から持ってきた本を読んだりする合間に。実際は、夫が何を考えているのか見当もつかない中で本を読んでも、ちっとも集中できなかったのだが。

ようやく馬車がその夜泊まる宿の前で止まったとき、アイリスは指先を落ちつきなく膝の上に打ちつけていた。神経質になっているときにしてしまう癖で、幼い彼女の教育をまかされていた年寄りの女家庭教師に見つかったら、手を叩かれていただろう。ラファエルは昼食も部下たちととった。

だからウベルティーノに連れられて入った部屋で夫を目にすると、アイリスはほっとした。

暖炉の前にいたラファエルが振り返って、ウベルティーノにうなずく。「ご苦労だった。下がっていい」

コルシカ人の従僕は、お辞儀をして出ていった。

アイリスは眉を上げて、きいた。「今夜はわたしと過ごすの？」

「もちろんだ」彼女がなぜ険しい口調なのか理解できないというように、ラファエルがいぶかしげな声を出した。

アイリスはあきれて天井を仰ぎたくなった。「もちろんだなんて、わたしにはわからないわ。今日一日、わたしにまったく話しかけなかったくせに」

彼が顔をしかめる。「アイリス――」

扉を叩く音がして、ラファエルは口をつぐんだ。宿のメイドが、にぎやかな足音とともに夕食を運び入れる。メイドは暖炉の前の小さなテーブルに手早く料理を並べると、お辞儀をして出ていった。

ラファエルがアイリスに目を向け、椅子を引く。「さあ、座って」

彼女は言われるがままに座って、夫が向かいの椅子に腰をおろすのを見守った。

テーブルにはグレービーソースをかけたローストビーフにじゃがいもを添えたものがふた皿とパンとバター、それにスパイスをきかせた煮リンゴが並んでいる。ワインの瓶も用意されていて、ラファエルが彼女のグラスに注いだ。

「ありがとう」アイリスは元気を出そうと、まずひと口飲んだ。ひどい代物だが、いまは味は重要ではない。「わたしと離れて暮らすつもり？」

ナイフとフォークを取り上げ肉を切ろうとしていたラファエルは、彼女の質問に手を止めた。「いや、もちろんそんなつもりはない」

アイリスは口を結んで、肉を咀嚼《そしゃく》した。少なくとも、肉はなかなかおいしい。「それならなぜ、今日一日わたしから離れていたの？」

彼は肉を切り終えたところだったが、ため息をついてナイフとフォークを置いた。「きみとは口論したくない。離れていたのは、きみの誘惑に抵抗できないからだ。昨日の夜で、それがよくわかった」

アイリスは傷ついたものの、息を吸って気を取り直した。「昨日の夜のことは、すてきだったと思うけど」

ラファエルが眉を上げて、彼女を見る。「すてき？」

アイリスは頬が熱くなった。「そうね、とてもすばらしかった」咳払いをする。「ああいうことを、またしたいわ――それ以外のことも」彼が体をこわばらせて口を開きかけたので、あわててつけ加えた。「いいえ、そういう意味じゃないの。その……子どもができるような行為という意味ではなくて」

こちらを見つめる彼の顔には、表情がない。「きみはそれで満足できるのか？」

「できると言ったら、嘘になるわね。子どもが欲しいと思う気持ちは変わらないもの。でも、あなたはどうしてもいやだと言うし……」アイリスは目を閉じた。なんと親密な会話なのだろう。「わたしはちゃんとした本物の結婚生活を送りたい」彼女は目を開けて、静かに言った。「あなたが子どもを望まなくても、一緒に過ごしたい。肉体的にも親密でいたいし、昨日みたいな悦びをこれからもあなたと分かちあいたいと思う」

アイリスは顎を上げ、頬が燃えるように熱くなっているのを無視して彼と目を合わせた。

ラファエルの表情がふっとほころんだ。「きみは、もっと多くのものを得る価値がある」

彼女は首を横に振った。「いいえ。わたしたちが結婚した状況はふつうではなかったし、ああいう状況じゃなかったら結婚しようとも思わなかったかもしれないわ。でもいまは、あなたとちゃんと結婚生活を築いていきたいと思っているの」

彼の口の端が、ねじれるように持ち上がる。「では今夜は、ご要望どおりきみをベッドに連れていかせていただこうか」

彼女は問いかけるように眉を上げた。「ご要望どおり？」

ラファエルの口の端が、さらに持ち上がる。「いや、大変名誉なことで、わたしは内心では狂喜乱舞している」彼がグラスを取り上げ、口元を隠した。「どうだろう。この答えなら満足してもらえたかな？」ラファエルはワインを口に含みながらも、彼女から目を離さなかった。

アイリスは脚のあいだが反応して熱くなるのを感じた。目に氷のような表情を浮かべていないときの夫は、あらがいがたいほど魅力的だ。こんなふうにリラックスして、口の端に笑みを浮かべているときも。彼が声をたてて笑ったらどんなふうに見えるのだろう。

けれども彼はいま、彼女の返事を待っている。「最高の答えだったわ」

「よかった」ラファエルがグラスを置いた。「では、食事を楽しもう。ワインはひどいが、肉はいける」

アイリスは気恥ずかしさに小さく笑みを浮かべながら、彼の言葉に従った。「コルシカって、とてもあたたかいところなんでしょう？」

ラファエルが口に入れた肉をのみこんで、答える。「たしかにイングランドよりあたたかいな」

「あっちではワインを作っているの？」

「ああ、作っている」彼はふたたびワインを口に運んで、うめいた。「コルシカではワイン作りのこつをイタリア人からもフランス人からも聞けるから、とてもいいワインができるんだ。わたしの領地にも小さなブドウ畑があって、収穫量はそれほど多くないが、自家製のワインを作っている」

「本当に？　そのワインを飲んでみたいわ」アイリスは自家製のワインなんて想像もできなかった。でも考えてみれば、醸造所を持っているようなものなのだろう。ワインではない酒の醸造所を持っている貴族なら大勢いる。

「ああ、ぜひ飲んでもらいたい。栗の木の下で、ピクニックみたいにパンを食べながらワインを飲んだらいい」

アイリスは眉間にしわを寄せた。「そのときは、あなたも一緒でしょう？」

「ああ、もちろん」ラファエルが顔を伏せて皿の上にひとつだけ残ったじゃがいもをつつき、咳払いをする。「ワインを飲みながら、海を見おろす白い断崖を見せてあげよう」

「すてきね」彼女はささやいた。

彼が顔を上げ、強い視線を彼女に向けた。「アイリス……」低くかすれた声が、ひどく官能的だ。

アイリスは彼の声が好きだった。

彼女は椅子から立って、テーブルを回った。

ラファエルが立ち上がろうとして、椅子をうしろに押しやる。けれどもアイリスは、彼の肩に手を置いて止めた。

そして彼の膝の上に座ると、傷痕のある頰に手を当てた。「キスしてくれる?」

ラファエルは燃えるような激しい表情を目に浮かべると、身をかがめてかすめるようなキスをした。からかうように、そっと。

アイリスが口を開けると、彼はその下唇を軽くかんだあと、本格的なキスに入った。舌を差し入れ、彼女が反応して絡めてくるまで戯れるように動かす。

ラファエルは彼女に腕を回すと、ぐっと抱き寄せた。

アイリスは彼に守られているような気がした。その広い肩で、彼はどんなものでも受け止めてくれる。背中に当てられた両手の熱い感触に、安心感が広がった。

アイリスは欲望が込み上げ、体をよじった。これだけでは足りない。

それに彼は、もっと親密な触れあいを求めてもいいという許しをくれたのだ。キスから身を振りほどき、彼の上着を引っ張る。「脱いで」声がかすれた。

「ベッドへ行くんだ」ラファエルがにこりともせずに言う。

彼女は立ち上がってベッドまでうしろ向きに進んだが、すぐに上がる代わりに胴着のフックをはずしはじめた。

それを見た彼もゆっくりと立ち、瞬きもせずに彼女を見つめながら、上着を脱ぎだした。アイリスは脱いだ胴着を、椅子の上に丁寧に置いた。

次にスカートのひもに取りかかると、彼はベストのボタンをはずしはじめた。ベストを脱ぎ終えたラファエルに見守られる中、アイリスはスカートも脱いで椅子の上に置き、彼を見上げた。

ラファエルはクラヴァットをほどいていた。

彼のがっちりとした首があらわになるのを見つめながら、アイリスはコルセットのひもをほどいた。彼のシャツの前が開いて胸に密集した黒い巻き毛がのぞくと、一瞬息が止まりそうになった。

アイリスはなんとかコルセットを脱いだ。

ラファエルがシャツを頭から引き抜くと、アイリスはすばらしい胸に見とれた。ぼうっとしつつも、傷がだいぶよくなっているのに気づく。もうすぐ抜糸しなければならないだろう。

なめらかな肌に傷をつけてしまったのが、残念でならない。

アイリスは靴を脱ぐために、身をかがめた。

ちらりと彼を見ると、ベッドに腰をおろしてブーツを脱ぎ、靴下を引き抜いていた。

けれども彼女がガーターをはずそうとシュミーズを持ち上げると、彼の動きが止まった。

顔を上げると、ラファエルがこわばった表情で彼女の腿に視線を据えていた。

ブリーチズの前立てに指をかける彼を見つめながら、アイリスは靴下をおろした。

ラファエルがブリーチズを脱いでいるあいだに、もう片方の靴下もおろす。

あと彼が身につけているのは腰を覆う小さな下着だけで、股間の部分は生地が内側から押し上げられて突っ張っていた。

アイリスは呼吸が乱れ、胸が張って熱くなった。

身をかがめて、シュミーズの裾をつかむ。

ラファエルは下着のボタンをはずしている。

アイリスはシュミーズを頭から抜いて、一糸まとわぬ姿になった。

ラファエルが下着を蹴り飛ばすと、左の腰にイルカの刺青があるのが見えた。ゆっくりと歩きはじめた彼の動きにつれて、脚のあいだのものが揺れる。そこには力がみなぎりはじめていた。

アイリスは男らしさの象徴である部分からどうしても目を離せず、とうとう自分が何を望んでいるのかを悟った。

「横になって」自分でも聞いたことのない声だった。ゆったりとして物憂げな、あたたかい蜂蜜のような声。

脚のあいだが熱を帯びてくる。

ラファエルが首を傾げてこちらを見つめてきたので、従ってくれないかもしれないという考えがちらりと頭をよぎった。黒髪に灰色の目をして顔と肩に傷痕のある彼は、闇を統べる神のようだ。背が高く痩せているが、腕にも脚にもしなやかな筋肉がついていて力強い。見る者に畏怖の念を抱かせ、力を振るうのに慣れている存在。そんな彼が、人間ごときの命令を聞いてくれるだろうか？

けれどもアイリスの懸念はすぐに吹き飛んだ。彼がベッドにはい上がると、枕に頭をのせて大の字になったのだ。オスマン帝国の権力者のように堂々と。

アイリスはベッドの横に立って、髪を留めているピンを抜きはじめた。一本ずつベッド脇のテーブルの上にある磁器製の皿に落とすたびに、からんという小さな音が静かな部屋に響いた。

ラファエルが彼女の胸を見つめていたかと思うと、さらに脚のつけ根のすぐ上にある三角形の部分へと視線をおろしていった。

彼がごくりとつばをのむ。

彼女の髪が、ぱさりと背中に落ちた。アイリスは頭を振って髪を広げたあと、手を差し入れて一日じゅう引っ張られていた頭皮をもみほぐした。

それからベッドに上がる。

アイリスは大きく広げられた脚のあいだまではい進んで座ると、彼を男性たらしめている部分に顔を寄せ、じっくりと観察をはじめた。

熱い視線を浴びた彼のペニスがびくんと揺れるのを見て、アイリスは微笑んだ。かつてキヤサリンは、さまざまなペニスについて話してくれた。細いもの、太いもの、皮がたるんでいるもの、左に曲がっているもの、右に曲がっているもの。アイリスにはそういうたくさんのペニスを見た経験はないが、ラファエルのものがきっと一番美しいという気がしてならなかった。いまそれは脚のつけ根の斜めの線——少なくとも痩せている男性には必ず見られるというその線に沿って、横向きに寝ている。

ペニスのすぐ横に、イルカの刺青があった。彼女の親指ほどの小さな刺青だ。アイリスは彼の肌を彩る黒い線を指でなぞったあと、より興味を引くものに注意を戻した。

まっすぐ伸びたペニスには、曲がりくねった血管がからみついていた。真ん中が一番太くて充実しており、そこから赤みがかった先端へと続いている。

先端の濡れた部分にそっと触れると、彼がまたぴくりと動いた。

ちらりとラファエルの顔を見上げる。

彼はアイリスを見つめていた。傷痕のせいで引きつれている部分をのぞいて真一文字の口を見ると、ぎりぎりのところで踏みとどまっているようだ。

アイリスは微笑み、ゆっくりと前に乗りだしてペニスを舐めた。

ラファエルが鋭く息を吸う。

彼女は戦利品を見つめながら、質問した。「どんなふうにされるのが好き？」

「どんなふうでも。きみのしたいことならなんでもいい」彼の声はしゃがれていた。

アイリスは顔をしかめた。「でも、あなたの好みを知りたいのよ」

痛いところに触れられたかのように、ラファエルは目を閉じた。「では握ってくれ」咳払いをして続ける。「きみの手でしっかりと」

「こう？」握った瞬間に、アイリスは驚いた。男性の体の一部がこんなにも硬くなるなんて、考えたこともなかった。それなのに表面はとてもやわらかくて熱い。

「握った手を上に向かって動かして」彼が指示する。

手の中のペニスが脈打ったので、アイリスは心配になって彼を見た。

「そんなことをしたら、痛くない？」

ラファエルが唇をゆがめる。「いや、全然」

「だけど、口は使わないの？」そう言いながらアイリスは握った部分に視線を落としたので、彼がため息をついたときの表情を見逃した。

「きみがしたいのなら、そうすればいい」ラファエルが静かに言った。「だが、そんな必要はないんだ。口を使ったりするのは娼婦のすることで、レディらしくないとされている」

その言葉が、かえってアイリスに火をつけた。

「そうなの？」彼を見上げながら、頭をおろしていく。

ラファエルの鼻の穴がふくらみ唇が開くのをちらりと見届けたあと、彼女はこれからする行為に集中した。

まず先の部分を口の中におさめ、はずれないように唇に力を込めた。それから先端部分にくまなく舌をはわせる。恥ずかしげにちろりと舐めるのではなく、舌の真ん中を当ててしっかりと。

味は……とくにない。体のほかの部分と一緒だ。ただし芳香がある。とりわけ真ん中あたりに麝香のような男らしい香りが強くして、アイリスはうっとりした。

うっとりするのも、レディらしくないのかもしれないけれど。

ぽんと音をたてて先端部分から口をはずし、今度はその下に続く長い部分をキスでたどった。舌を当てたり唇ではさんだりしながら、まず根元まで到達する。そこで本当は周りに密集している黒い毛に鼻をうずめてみたかったのだが、さすがにやりすぎかと思い、角度を変えてふたたび舐め上げるだけにした。やがてそそりたったもの全体が、しっとりと濡れる。

ラファエルはこらえきれなくなったように腰を跳ね上げたあと、じっと動かなくなった。

顔を上げると、腕で目を覆っていた。

「まったく、きみという人は。このままでは殺されてしまいそうだ」

そのつぶやきに、アイリスは思わずくすりと笑った。

ラファエルが腕の下から目をのぞかせ、彼女に向けてうめく。それから力なく頭を枕の上に落とした。「頼む……」

「んん？」アイリスはペニスをくわえたまま、もごもごときき返した。歯を立てないように気をつけながら、口の中のものを吸ってみる。

「ああ、すごい」ラファエルがうめいた。「お願いだ……手を上下させてこすってくれ。そうだ。そんなふうに。しゃぶるのもやめないで」

まるでとらわれの身であるかのように彼に懇願され、アイリスは思わず腿をこすりあわせた。

言われたとおり、ペニスを握った両手を上下に動かしながら、口におさめた先端を舐めたり吸ったりするのを繰り返した。

やがてラファエルが腰を動かしはじめた。

彼を見上げると、頭をうしろに投げだしているせいで首の筋が浮き上がっていた。突然ラファエルが彼女の髪をつかみ、口をはずさせようとして引っ張りだした。

けれどもアイリスは、まだやめたくなかった。いま、自分は圧倒的な力をラファエルに振るっている。それに、このまま彼のにおいと味に満たされていたい。そこでますます強く吸い、両手を激しく上下させ、彼が突き入ってくる感触を舌で味わった。

ラファエルが痛みでも感じているかのようにうめき、腰を震わせる。

それと同時に、苦みのある熱い液体が口の中に広がった。

彼の精だ。

アイリスはとっさにのみこんでから、たじろいだ。だがもうどうにもならないので、気にしないことにして彼のペニスに触れる。そこは赤みを増していて、まだかなり硬かった。

「おいで」ラファエルの声は耳障りなほどしゃがれていた。

重そうな瞼の下から見つめられ、アイリスの心臓がどきりと音をたてて跳ねる。欲望のためではない。彼への気持ちが胸にあふれた。

もしかしたら、彼に対して抱いているのはただの好意ではないのかもしれない。

こんなことには慣れていて、裸で歩き回るのなんかまるで平気だというふりをして、アイリスはベッドからおりてテーブルに向かった。そこに置いてあるおいしいとは言えないワインを取り上げ、口の中に残る味を消すために長々と喉に流しこむ。グラスを唇に当てたまま振り向くと、ラファエルが熱い目で彼女を見つめていた。彼が手を差し伸べる。

アイリスは息をのんで、夫のもとへ戻った。ベッドに上がって隣に横たわる。そして急いで彼の肩に頬をのせた――怪我をしていないほうの肩に。けれどもすぐに、顎を持ち上げられた。

ラファエルが口を開いたまま、むさぼるように唇を重ねてきた。

「上にのってまたがって」彼は唇を合わせたままささやくと、上半身を起こしてヘッドボードに寄りかかった。

そして彼女を腿の上に引っ張り上げ、首筋に口をつけた。首筋をキスでたどられ、アイリスの胸の先端が硬くなる。

ラファエルは彼女の胸を手で包むと、先端を口に含んで強く吸った。

うっとりしたアイリスの体から力が抜け、がっくりと頭が肩の上に垂れた。彼は寂しく順番を待っていたもう片方の胸も忘れず、次にそちらに口を移した。

ラファエルは大きな両手を彼女の腰の両脇に置いてやさしく握っていたが、やがてその手に力を込めてアイリスを持ち上げると、片脚にまたがらせるように位置を変えた。

アイリスをおろしながらその脚を曲げていき、彼女のもっともやわらかい部分に膝が当たるようにした。やがてやわらかい襞《ひだ》が左右に分かれて、彼の膝がめりこんだ。

アイリスは目を見開いた。

「体を揺らして」彼女を見つめながら、ラファエルが言う。

アイリスは彼の腿をつかんで体を支えると、脚のあいだをゆっくりと彼にこすりつけはじめた。その動きに合わせて、胸が揺れる。

「気に入ったか?」ラファエルが容赦のない表情できいた。

「ええ、とても」アイリスは唇を舐めた。

「たしかに気に入ったみたいだな」ラファエルが低い声でつぶやいた。「頰が薔薇色になっているし、唇はぷっくりと腫れて赤い」彼は妻が奔放に腰を揺らすさまを、見おろした。

「それにきみは濡れている。脚にそれを感じるよ。もうすぐいきそうか?」

アイリスは頭を振った。「わたし……わからないわ」

「いままで、自分でしたことはないのか?」

アイリスはショックを受けて、目を見開いた。そんな話は……たとえ夫とでもするつもりはない！

けれども彼の目を見れば、すべてを悟っているのだとわかった。ずっと昔、処女だったアイリスが自分で自分を悦ばせるのを見てきたかのように。

「見せてほしい。どんなふうにするのか」ラファエルがうなるように言った。

アイリスは息をのみ、夫の言葉に従った。右手を下に滑らせ、熱く濡れている場所に中指を潜りこませる。

思わず息が止まった。彼が冷静な目を向けている前で、こんなまねをしているのが信じられない。自分でしているところを見せろと言われて、そうしているなんて。彼女はいまにも達しそうだった。絶頂がすぐそこまで来ているのがわかる。指の動きを加速させると、彼女の香りがふたりのあいだに立ちこめた。

口が大きく開き、動かしていた腰が止まった。体の中心がかつと熱くなってあたたかいものが全身に広がり、ぼうっとして何も考えられなくなる。

ラファエルは彼女を引き寄せて、何度もキスをした。「きれいだった。とてもきれいだったよ」

それから上半身を起こして上掛けを引き上げると、横たわってアイリスを抱きしめた。

暖炉の火が音をたて、短くなった蠟燭が瞬く。アイリスは眠りに引きこまれながら考えた。陰のあるこの奇妙な夫に対する気持ちは、やはり単なる好意ではないのかもしれないと。

11

石の王は塔の中にいったん引っ込み、ふたたび出てきたときには奇妙な鎧《よろい》を身につけていました。真っ黒で、どうやら薄い石の板をつなぎあわせて作られているようです。体の表面を覆う石畳みたいな鎧は光をまったく反射せず、動くと乾いた骨がぶつかりあうような音をたてました。

「わたしが出かけているあいだ、塔の中で待っているといい」王はアンにそう言うと、北に向かいました……。

『石の王』

翌日の夜、ラファエルはがたがたと揺れながら走る馬車の中から、窓の外に目を向けた。馬車はロンドンのはずれに差しかかっていた。

アイリスを見ると、外に並ぶ店に吊るしてあるランタンの光を受けて、繊細な横顔が明るくなったり暗くなったりしている。今日一日、彼女は静かだったが、ポリュビオスの本を読んだりして楽しく過ごしていたようだ。

自分の向かいに背筋を伸ばして座っている上品な女性が、昨日の夜は口で悦ばせてくれたなんて、とても信じられない。

今朝目が覚めたとき、彼にやわらかい四肢を絡めて眠っているアイリスを、前の晩のできごとを思い出しながらしばらく見つめていた。濃いピンク色をした唇をかすかに開き、蛾《が》の羽根のように繊細な睫毛を頰に落としている姿を。美しくて強い意志を持った彼女との結婚は、思っていたよりずっと親密なものになった。たしかにラファエルは、彼女にそばにいてもらいたいと望んだ。身勝手で卑劣な彼は、ひとりぼっちで暗闇に住むのがいやになったのだ。ただしアイリスには、ともに過ごす相手になってもらうだけのはずだった。だがどうやら彼は、自分をだましていたらしい。彼女がどれほど魅力的かということについても、自分自身の粗野な欲望についても。

欲望について思い出したことで、ラファエルは落ちつかない気分になった。

アイリスを怖がらせてしまっただろうか。ふた晩続けての彼の行為は、快楽をひたすら追求する生々しいものだった。彼女にはとうてい受け入れられなかったかもしれない。

ラファエルは顔をしかめ、妻から目をそらした。正直言って、彼にはちゃんとした女性との経験がほとんどなかった。こんな顔では無理だからだ。

自分みたいな過去を持つ人間に、そんな贅沢は許されない。

だから卑しい本能が抑えきれないところまで高まったときは、金で解決してきた。

だがもしアイリスにショックを与え嫌われてしまったとしても、そのほうがいいのかもしれない。彼女はまたすぐ夫を求めようという気にはなれないだろう。そうしたら彼はそのあいだに態勢を立て直せる。

しかしいまこの瞬間も、ラファエルはいつの間にかかすかに前のめりになっていた。体が自然と、彼女に近づこうとしているのだ。一度アイリスという果実を味わってしまったことで本当の飢えを知るとともに、その飢えを彼女でしか満たせなくなったかのように。

ラファエルは目を閉じた。

ついこのあいだまで欲望を自制できていたのだから、いまだってできるはずだ。アイリスへの欲望に屈するのは、危険きわまりない。汚れた血を絶つという決心が脅かされるだけでなく、果たさなければならない使命を遂行する妨げになる。

アイリスの魅力を前にすると、彼は魔法にかけられたようになすすべもなくうっとりしてしまう。おとぎ話に登場する王子が、妖精の魔法で一〇〇年もの眠りについてしまうように。

ラファエルは現実の世界とそこでなすべき義務を忘れてしまう危機に瀕していた。

そうなってはならない。ロンドンに着いたらまず、ドックリーの交友関係を洗おう。そしてラファエルの暗殺を命じたのが誰かを見つけだす。

ディオニソスの正体を突き止め、やつを永遠に葬るために。

「ようやくロンドンに着いたわね」アイリスの声が、彼の物思いを破った。

「ああ」

彼女が心配そうにこちらを見る。「ヒューと兄に、できるだけ早く連絡しないと」

ラファエルは妻を自分だけのものにしておきたいという衝動に一瞬駆られたが、彼女の言うとおりだとわかっていた。「もちろんだ。だが明日まで待ったほうがいい。今日はもう遅いから」

「きっとヘンリーはもう、わたしが拉致されたことをヒューから聞いているわ。いま頃は、噂がロンドンじゅうに広まっているかもしれない。だからできるだけ早く連絡するのが一番だと思う」

ダイモア館にいればアイリスを誰とも分かちあわずにすんだのにという思いが、ラファエルの頭にちらりと浮かんだ。

だが、そんなふうに考えるのはばかげている。彼女を永遠に隠しておくわけにはいかないし、自分にはやらなければならないことがある。「では着いたらすぐ、ふたりに手紙を書けばいい。そして明日になったら、兄上のところへきみを送っていくよ」

「ふたりになんて言えばいいかしら？」アイリスが唇をかんで、ためらいがちに言った。「少なくとも、ヘンリーには真実を教えてはだめだと思うの。わたしがあんな堕落した集会に連れていかれたと少しでももれたら、わたしの評判はめちゃくちゃになるわ。公爵夫人であろうとなかろうと」

「たしかにそうだな」それに、ラファエルが〈混沌の王〉に関わっているという事実が知れ渡っても困る。いまこの秘密組織の存在を世間に明かしたら、潜入できるチャンスはなくなってしまう。「では、どう言うのがいいだろう？」

「拉致されたという事実は、なかったことにはできないと思うの。その噂はもう広まっているでしょうから」アイリスが考えこみつつ言う。

ラファエルは黙ってうなずいた。

「それに……あなたがわたしを救ってくれたという部分も、そのままでいいんじゃないかしら？　ただし〈混沌の王〉からではなく、追いはぎからということにして」彼女が急いでつけ加える。「あなたは助けだしたわたしを屋敷に連れ帰った。そしてわたしの評判が危ういと気づき、求婚した」

「なんという騎士道精神にあふれた男なんだ、わたしは」彼は茶々を入れた。

アイリスが首を傾げ、いたずらっぽい笑みを浮かべた。「だけどあなたがしてくれたのは、結局そういうことですもの。わたしを助けるために結婚すると主張したんだから。実際、とても騎士道精神あふれる行いだったわ」

ラファエルは微笑んでいる妻から目をそらした。アイリスはロマンティックな幻想を抱いているが、彼はおとぎ話に出てくる王子さまなどではない。そういうものからはるかに隔たった存在だ。

彼の一族が所有する屋敷に面した広場に、馬車が差しかかる。

「着いたよ」ラファエルは静かに知らせた。

濃い灰色の重厚な石造りのシャルトル・ハウスは広場の北側全体を占めており、見る者を威圧するような雰囲気を放っている。だが子どもの頃にここで過ごした時間はごくわずかで、ダイモア館のようないやな記憶はしみついていなかった。

少なくとも、それが救いだ。

馬車が速度を落として、止まる。

妻が振り向いた。「ここなの?」

「そうだ。一度きみを連れて中に入るが、わたしはまた出かけなくてはならない」

アイリスが眉間にしわを寄せた。「どうして?」

ラファエルはいらだちを抑えた。「やらなくてはならないことがあるからだ」

従僕が飛びおりた反動で、馬車が揺れた。

「こんな時間から、〈混沌の王〉の調査をはじめるわけじゃないでしょう?」彼女の表情におびえがにじんだ。「ラファエル――」

馬車の扉が勢いよく開き、顔をのぞかせたウベルティーノがお辞儀をした。

ラファエルは邪魔が入ったことに、思わず感謝した。

先に踏み段をおりて、アイリスに手を差し伸べる。「シャルトル・ハウスへようこそ」

アイリスは目の前の巨大な屋敷を見上げた。「ずいぶん……大きなお屋敷ね」

「祖父は倹約という言葉を知らない人だったからね」ラファエルは彼女の小さな手を自分の曲げた肘にかけさせ、玄関に向かった。

玄関には、完璧に整えたかつらをつけ、黒と銀のお仕着せに身を包んだすらりと背の高い男が立っていた。「シャルトル・ハウスへようこそお帰りくださいました、だんなさま」

「ご苦労」ラファエルは男をねぎらうと、アイリスを中にうながした。玄関の間に入ると、彼女はきょろきょろあたりを見回した。「執事のマードックだよ」執事のほうに視線を向けて、彼は教えた。「マードック、わたしの妻となった新しい女主人だ」

執事はほんの一度瞬きをしただけだった。「奥さま」彼は床に鼻がつきそうなほど深く、お辞儀をした。

彼が体を起こすと、アイリスはあたたかく微笑んだ。「よろしくね、マードック」

執事のいかつい顔の頬骨の上が、うっすら赤く染まる。彼の妻はアナグマのような老人でも魅了できるのかと、ラファエルは少しだけ不機嫌になった。

「ドンナ・ピエリはいるか？」咳払いをして、執事にきいた。

マードックが直立不動の姿勢に戻って答えた。「ステュクスの間におられます」

「わかった」

ラファエルは妻の鋭い視線を感じながら、玄関の間の奥にある階段へ彼女を導いた。異国産の赤い大理石でできた階段に沿って、重厚な手すりが弧を描いている。壁からにこりともせずに見おろしている彼の先祖たちは黒髪と黒い目の者が多く、大仰なほどたくさんの宝石で身を飾っていた。

二階に上がるとラファエルは踊り場と同じく幅の広い廊下を進み、薄い灰色に塗られた背の高い両開きの扉の前で足を止めた。

扉を開けると、中には黒髪に白い筋のまじった小柄な女性がいた。頭のてっぺんに小さなレースのキャップをかぶった彼女は、金のブロケード張りの椅子に背中を立てて浅く腰かけ、膝の上にのせた丸い刺繍枠を小さな金縁の眼鏡越しに見つめながら、針に通した糸を引いている。

ラファエルの胸がぽっとあたたかくなった。

女性がふたりを見て眉を上げ、かすかなイタリア語訛《なま》りで言った。「ああ、わたしの甥《おい》っ子じゃないの。よかった。生きて戻ったのね」

アイリスは女性の言葉に驚いて、瞬きをした。ラファエルに生きた血縁の人間がいるなんて思ってもいなかったが、どうやら目の前にいる女性は彼の親族らしい。

そして彼女は明らかに、ラファエルが生きていることを注目すべき事実とみなしている。

アイリスはすばやく夫に目を向けたが、彼はすでに氷のような壁を張りめぐらせて心を閉ざしていた。彼女は腹が立ってしかたがなかった。あの集会で行きがかり上、彼女を助けだしていなかったら、ラファエルは何をするつもりだったのだろう？　命の危険が伴うような計画でも立てていたのだろうか？

その驚くべき考えにアイリスはきつく眉根を寄せ、横顔を向けて座っている小柄な女性を見つめた。

ドンナ・ピエリがひとりで過ごしていた広い居間は、黒と金でまとめられていた。白く塗られた壁には金のコリント式柱頭がついた黒い大理石製の装飾用付け柱が規則的に浮きだしているし、あちこちに置かれた繊細な椅子は金のブロケード張りで、奥に見える暖炉を囲んでいるのは精巧な黒い大理石製のマントルピースだ。

天井には絵が描かれているが、よくある神や智天使《ケルビム》が雲のあいだで戯れているものではなく、渡し守であるたくましいカロンが死者を船に乗せて黄泉の国へとステュクス川を横切っている場面が題材になっている。アイリスは体がぶるりと震えた。この絵を描いた画家は、ずいぶんと朱色を好んでいたようだ。

だがこの部屋は、彼女が最初にラファエルに対して抱いた印象とぴったり合っていた。ここは冥界の王にふさわしい。

ラファエルに視線を戻すと、彼は身をかがめて女性の頰にキスをしていた。ふだんはほとんど感情を表に出さない彼にしては、驚くほど愛情のこもった行動だ。

彼が体を起こす。「大げさですね、伯母さん《ジア》。生きているに決まってるじゃありませんか」

年配の女性が鋭い目を甥に向けた。「お前が北への旅から生きて戻るか、本当にわからなかったんだもの。心配していたのが大げさだと言うなら、勝手に言っていなさい」

ラファエルが顔をしかめた。「ジア」

「あの集団に対するお前の執着について話しあうのは、いまはやめておきますよ」彼女は手を振った。「ところで、このお嬢さんは誰なの?」

「妻です」彼がアイリスに向き直ると、水晶のような目が蠟燭の光を反射してきらりと光った。「アイリス、死んだ母の姉でドンナ・パウリナ・ピエリだよ。伯母さん、妻のアイリスです」

年配の女性が立ち上がって正面を向いたので、アイリスははじめて彼女の顔をちゃんと見た。ドンナ・ピエリの上唇は、左端が縦に裂けている。口蓋裂だ。

アイリスは笑みが揺らがないように注意しながら、腰をかがめてお辞儀をした。「お会いできてうれしいですわ」

「こちらこそ」ドンナ・ピエリもお辞儀を返し、体を起こしながら魅力的なイタリア語訛りで返した。彼女の背はアイリスの顎までしかなかった。ドンナ・ピエリは甥に顔を向け、繊細な眉を持ち上げた。「正直言って、驚いたわ。突然だったし、ラファエルはけっして結婚しないと思っていたから」

伯母と甥のあいだで無言の会話が交わされるのを、アイリスは見守った。ラファエルがふたたびお辞儀をする。「すみませんが、これからまた出かけます。古い……友人に会わなくてはならないので」

アイリスは眉をひそめた。彼は〈混沌の王〉について調べに行くに違いない。おそらくドックリーの周辺を探るのだろう。馬車で彼を止めたつもりだったが、思いとどまってはもらえなかったようだ。

でも、こうなると予想しているべきだった。〈混沌の王〉にとりつかれているラファエルは、復讐をすべてに優先させる。

「なんですって、ラファエル？」ドンナ・ピエリが舌打ちをする。「いま着いたところじゃないの。外套《がいとう》だってまだ脱いでいないのに。お前のかわいそうな妻に、なんという野蛮人かと思われますよ。せめて夕食をとってからにしなさい」

「すみません。でも急ぎの用なので」ラファエルがちらりと向けた視線で、アイリスは彼の用が〈混沌の王〉に関係したものだと確信した。「遅くならずに戻れたら、また顔を見せますよ。それが無理だったら、明日の朝にお会いしましょう。では行ってきます」

彼は足早に部屋から出ていった。

アイリスは懸命に笑顔を保った。

「まったく、あの子ときたら」ドンナ・ピエリは頭を振りながら舌打ちをすると、螺鈿《らでん》細工の小さな箱に刺繍糸をしまった。金縁の眼鏡をはずし、腰につけた鎖に引っかける。「あの子の礼儀はまったくなっていないわ。だけど、それはわたしの責任でもあるわね。母親が死んだあとあの子を育てたのは、わたしなんだから。あの子はまだ一〇歳だったのよ」

「お母さまがそんなに早く亡くなられていたとは、知りませんでした」

「本当に早すぎたわ」ドンナ・ピエリが生き生きとした紅茶色の目でアイリスを見上げた。「妹は肉体的にも精神的にも強くなかったから。さあ、ついてきて。長旅で疲れて、おなかもすいているでしょう？　食事をしながら、甥とのなれそめや結婚することになったいきさつを教えてちょうだい。驚くほど短いあいだに結婚することになったいきさつをね。でもその前に、部屋に行って顔や手を洗いたいわよね」

「ええ、そうさせていただけるとうれしいです」アイリスは心から感謝した。昼食をとるときに馬車から降りたが、それから何時間も経っている。埃まみれでよれよれになっている自分を、まずなんとかしたかった。

「わかったわ」ドンナ・ピエリは金色の椅子のそばのテーブルに置いてある小さなベルを取り上げて、鳴らした。

すぐにメイドが入り口に現れた。「ご用でしょうか?」

「ベッシー、奥さまを公爵用の寝室にお連れして」ドンナ・ピエリはそう言いつけたあと、眉根を寄せてアイリスにきいた。「それでいいかしら? 夕食をとっているあいだに、公爵夫人用の部屋を用意させることもできるけど」

「ありがとうございます。でも夫と同じ寝室のほうがいいですわ」アイリスは笑みを浮かべて返し、ベッシーについて廊下に出た。

階段をのぼって三階に行き、メイドのあとから飾り鏡や肖像画の並んだ広い廊下を進んでいくと、一番奥に両開きの扉があった。

メイドが扉を片方だけ開け、お辞儀をする。「だんなさまのお部屋でございます」

アイリスは中に入って、きょろきょろと見回した。広い寝室には裏庭に面していると思われる窓が数個並んでいるが、いまは床までの濃い金色のカーテンが引かれている。中央には大きな四柱式のベッドがあり、ずっしりと重そうな黒のベルベットの天蓋がかかっていた。壁にも巨大な暖炉にも彫刻を施した暗い色の板が張りめぐらされていて、暖炉の前には肘掛けと脚が金色に塗られた赤いベルベット張りの椅子が数脚置かれている。窓の下にあるテーブルはクリーム色の筋が入った血のように赤い大理石で作られており、とても美しい。向きを変えたアイリスは、飛び上がりそうになった。入り口の横の壁に、ラファエルの父親の肖像画がかかっていたのだ。水色の衣装に身を包んだ彼は、手を上げて背後の景色を示している。ダイモア館の敷地内にある大聖堂の廃墟と思われる場所を。

アイリスは身震いをして、目をそらした。

ベッドのそばの壁に飾られている額装された小さなスケッチに、ふと目が留まる。ラファエルが描いたものかもしれないと思いながら近づいたアイリスは、絵を見て息をのんだ。スケッチには、横向きの女性の頭部が赤いチョークで描かれていた。目を伏せた彼女の顔立ちは古典的で力強く、髪はほんの二、三本の線で表現されている以外、頭に巻いた布らしきもので覆われている。明らかに油絵のための下書きで、しかも熟練した描き手によるものだった。

今日からここが自分の家になるのだと、アイリスは急に実感した。公爵夫人として、ここで暮らすのだ。

こんなに壮麗な屋敷の女主人になるのだと思うと、落ちつかなかった。

「洗面台に水をご用意しました」うしろからベッシーの声がした。振り返ると、メイドが洗面の準備を整えていた。「よろしければ、お手伝いさせていただきます」

アイリスは咳払いをして、微笑んだ。「ありがとう。そうしてくれると、うれしいわ」もちろんアイリスには、自分のメイドがいた。けれども拉致されたときに離れ離れになってしまったし、パークスはベッシーみたいにすてきな格好をしていない。

アイリスはラファエルの母親の部屋で見つけた外套を脱いだ。使用人としてよく訓練されているベッシーは新しい女主人の服装を見ても瞬きひとつせず、顔と首を洗うアイリスを手伝い、彼女の髪を梳かしてゆったりとしたシニヨンにまとめた。

「手紙を書きたいのだけど、道具はあるかしら？」アイリスは身支度を終えると、メイドにきいた。

「もちろんでございます」ベッシーは色とりどりの木で象嵌された小さなテーブルに彼女を連れていって、それを開くと書き物用の机になるところを実演した。開いた机には紙、羽根ペン、インク、吸い取り用の砂など、手紙を書くのに必要なものがすべてあった。

「ありがとう。手紙はすぐに届けてもらいたいから、書き終えるまで待って従僕に渡してもらえる？」

「かしこまりました」

アイリスは椅子に座ると、ほんの少し考えこんだあと、ヘンリーとヒューに短い手紙をしたためた。ダイモアと結婚することになった事情については、どちらにも同じように記す。いくつかの鍵となる点について真実をゆがめたが、いまのところはこうしておく以外にない。おそらく兄もヒューも、二週間ものあいだどこにいたのか、彼女が直接会って説明するまで満足しないだろう。

アイリスは手紙をたたんで封筒に入れると、封をして宛先を書き、立ち上がってベッシーに渡した。

「手紙を従僕に渡しに行く前に、小食堂へご案内しましょうか?」ベッシーがきく。

「そうね、お願い」

下の階にある小食堂は、小さくもなんともないことが判明した。ここが小さいなら大食堂はどれだけ広いのだろうと、アイリスは考えずにはいられなかった。どっしりした大きな脚のついた幅の広い黒っぽい木のテーブルの一番奥で、勢いよく火が燃えている暖炉を背にドンナ・ピエリが座っている。

彼女はアイリスが入っていくと、すぐに顔を上げた。「話しやすいように、こっちに来てわたしのそばに座ってちょうだい」

従僕がドンナ・ピエリの右横にある椅子を、アイリスのために引く。そこにはすでに食器が用意されていた。

アイリスが座るとすぐに、スープの入った器を持った従僕が横に現れた。

息を吸って感謝の笑みを向け、レードルでスープをすくう。

「さっそくだけど」アイリスがスープを皿に入れ終わるのを待って、ドンナ・ピエリは口を開いた。「甥とはどうやって出会ったのかしら?」

アイリスはスープをひとさじ口に運んだあと、馬車の中でラファエルと練り上げた話をはじめた。「じつは、かなりふつうではない状況でした。カイル公爵の結婚式から帰る途中で、わたしの乗った馬車が追いはぎに襲われたんです」

「まあ、大変だったのね」ドンナ・ピエリが驚いた顔で体を起こしたので、アイリスは嘘をついているのがうしろめたくなった。

だが真実は、もっとずっと恐ろしい話なのだ。

アイリスは拉致されたときのことを思い出して、鋭く息を吸った。従僕たちの叫び声、銃声、無力感や恐怖といったものが、まざまざとよみがえる。

笑みを作ろうとしたが、どうしてもできなかった。「賊たちはわたしの頭に袋をかぶせて馬に乗せると、いっせいに馬を駆って走りだしました。恐怖に固まっていたのでどれくらい経ってからかわからないんですが、しばらくして、ラファエルの馬車が反対側から偶然通りかかって」アイリスは気持ちを落ちつけるために、ワインをひと口飲んだ。「彼は従僕たちと一緒に、わたしを追いはぎから救いだしてくれました。わたしはおびえきっていて何もできる状態ではなかったので、ラファエルがそこからすぐだったダイモア館に連れていってくれたんですけど、そのあとは……おわかりでしょう？　彼の屋敷に数日滞在して静養させてもらうあいだに、彼がひどい噂でわたしの評判がめちゃくちゃになるのを避けるにはひとつしか方法がないと言ってくれたんです。そして教区牧師さまに屋敷まで来ていただいて、式を挙げました」

アイリスは目を伏せて、唇をかんだ。昔から嘘をつくのが苦手なのだ。それが欠点だとは、どうしても思えなかったが。

「ロマンティックな話ね」ドンナ・ピエリが言う。

アイリスは顔を上げるという間違いを犯してしまった。

小柄な女性の向けている、あやしむような視線が目に入る。

アイリスはつばをのんだ。頭が真っ白になって、どう返せばいいのかまるで思い浮かばなかった。「ええ……」

「わたしの甥が、世間からどう言われるか心配してくれたというの？」ドンナ・ピエリがワインをすする。

アイリスはたじろいだ。たしかにラファエルは、人の意見など気にするようには見えない。

「そうなんです……」

「まあ」

従僕が目の前のスープ皿を下げに現れると、アイリスはほっとした。続いて別の従僕が、バターで焼いた魚の切り身を盛った大皿をテーブルに置いた。

アイリスは咳払いをして、ドンナ・ピエリが魚の切り身を選ぶのを見守った。「ラファエルはコルシカで育ったそうですね」

ドンナ・ピエリは彼女に視線を向けただけで、黙っている。話題を変えようとしたのを見透かされたのだとアイリスが思いかけたとき、そんな試みを面白いと思ったのか、彼の伯母がにっこり笑った。「いいえ、正確にはあそこで育ったとは言えないわね。あの子がコルシカに来たのは一二歳になってからだから。その前は、あの子もわたしもこの国に住んでいたのよ。ダイモア館に」

ラファエルの父親は、跡継ぎである息子を一二歳で遠くにやってしまったことになる。なんて奇妙なんだろう。貴族たちはふつう、息子の教育に口を出せるよう、目の届くところに置いておきたがるものなのに。

「いったいなぜ――」質問しかけたアイリスをドンナ・ピエリは鋭い視線で制し、話を続けた。

「コルシカは美しい島よ。まるで楽園みたいな場所。それでも、ラファエルが陰鬱で寒々しいイングランドに戻らなければならないと言ったとき、あの子と一緒に来るのはわたしの務めだと思った」ドンナ・ピエリはかすかに身を震わせた。「だけどいまは、この国に長くとどまらないほうがいい気がしているの。甥は復讐に執着しすぎている。そんなのは健全とは言えないわ」

「復讐ですって？」アイリスはナイフを置いて、慎重に尋ねた。「あなたはラファエルが復讐を計画していることを、知っているんですね」

ドンナ・ピエリが舌を鳴らし、当然だというように彼女を見た。「では、あなたも知っているのね。〈混沌の王〉のことを」

アイリスはうなずいた。

彼の伯母は頭を振りながら言った。「レナードが死んだという知らせを受け取ったとき、イングランドに戻って爵位を継ぐべきだとラファエルに言ったの。あの子の権利ですもの。ところがロンドンに着くと、あの子は〈混沌の王〉がいまでもダイモア家の領地にある大聖堂で集会を開いていると知ってしまった。やつらがまだ活動を続けていると」

「もう解散していると彼は思っていたんですか？」

「ええ」ドンナ・ピエリはワインをすすった。「あの子はやつらを壊滅させ根絶やしにしなければならないと思っているの。そうするのが自分の義務だって」彼女は唇をゆがめた。「ばかばかしい。あの子は〈混沌の王〉に――あの子の父親に――じゅうぶん苦しめられてきた。すべてを忘れて、さっさとコルシカに帰るべきなのに」

アイリスは眉を上げた。ドンナ・ピエリには、彼がそうするはずがないとわかっているのだ。ラファエルは目標を定め、固く心を決めている。

彼女は咳払いをすると、話題をふたたび変えることにした。「コルシカでは、ラファエルと一緒に暮らしていたんですか？」

「ええ、もちろん。わたしはあの子の一番近い血縁ですもの。コルシカでは、海は鳥の羽根みたいなきれいなターコイズ色なのよ。こっちで見るような重苦しい灰色じゃなくて。コルシカには山も浜辺もあって、空には太陽が輝いている。ラファエルは子どもの頃、野蛮人みたいに鞍《くら》をつけずに馬を乗り回していた。丘陵地帯にふらふらと出かけて何週間も帰ってこなかったこともあって、あの子がちゃんと戻って自分の生まれついた貴族というものになる日が来るのか、絶望したこともあったわ。あの子は怒りでいっぱいだった。どうしようもないくらいに」ドンナ・ピエリの声はひとりごとのように低い。あるいは記憶の小道をひっそりとたどっているかのように。

アイリスは考えこんだ。子どもだったラファエルは、何に対してそんなに怒っていたのだろう？　その答えを知るのが怖いような気がして、眉をひそめた。

アイリスはワインで口を湿らせてから、質問した。「あなたはラファエルの一番近い血縁だと言われましたよね」

ドンナ・ピエリが瞬きをして背筋を伸ばす。その仕草は誇りに満ちていた。「わたしはイタリアの伯爵の娘よ。父はジェノバに領地を持っていたけれど、わたしはコルシカの領地を母から受け継いだの。妹のマリア・アンナも、コルシカにある領地を相続したわ。だから妹は、ラファエルの父親と結婚する必要なんかなかった。まったく。コルシカに来て、わたしと一緒に暮らせばよかったのよ。そうしていたら幸せに暮らせたのに」ドンナ・ピエリは頭を振って、ワイングラスに手を伸ばした。

「妹さんはどうやってダイモア公爵と出会ったんですか？」アイリスはきいた。ジェノバは、花嫁を探しに行くには遠い場所だ。

「ラファエルの父親は大陸周遊旅行の途中だと言っていたわ」ドンナ・ピエリがまったく信じていないという表情で肩をすくめる。「レナードに出会って求愛されると、妹は彼の優雅で異国風の物腰に魅了されてしまったの。わたしたち家族は、彼について何も知らなかった。彼の評判も、どうして自分の国で花嫁を探さないのかも。妹は彼と結婚なんかするべきじゃなかった。絶対に。彼は本物の怪物だったんだから」

アイリスは心臓の鼓動が速くなるのを感じた。ドンナ・ピエリの言葉の端々から、彼への憎しみがうかがえる。激しい後悔と深い悲しみも。

アイリスは、ハンサムではあるけれどごくふつうの顔をしていたラファエルの父親の肖像画と、裸の子どもたちの絵でいっぱいだったスケッチブックを思い浮かべた。

それから、スケッチブックの最後のページに描かれた絵も。モデルの少年はラファエルに似ていた。

ぶるりと体が震える。

アイリスはダイモア公爵ラファエル・ド・シャルトルを最初に見た夜から心を離れなかった疑問を口にした。「ラファエルの顔の傷は、誰がつけたんですか？」

けれども彼の伯母は首を横に振った。「わたしからは話せないわ。ラファエル本人にききなさい」

三〇分後、ラファエルはグラント家の屋敷の玄関の真鍮《しんちゅう》のノッカーを扉に叩きつけていた。暗い周辺を見回しながら、人が出てくるのを待つ。グラント兄弟が住んでいる地区は高級住宅街と比べてやや格の落ちる場所で、屋敷自体も時代遅れの様式の小さめの建物だ。兄弟が〈混沌の王〉に属すことで利益を得ているとしても、派手に暮らしている様子はない。

少なくとも、いまはまだ。

扉が開き、血走ってうるんだ目をした執事が顔をのぞかせた。「なんでしょう？」

「わたしはダイモア公爵。ロイス子爵に会いに来た」

彼の身分を聞いて、執事は背筋を伸ばした。「失礼いたしました。だんなさまはいま出かけておられます」

「では、ミスター・グラントに会いたい」

「こちらへどうぞ」

執事は暗い廊下を進み、狭くてほとんど明かりのついていない階段をのぼった。二階に着き、食堂に入る。

そこではアンドルー・グラントが長いテーブルにひとりで座り、ローストビーフの夕食をとっていた。暖炉の火は燠になっており、部屋を照らしている蠟燭は二本しかない。これは倹約なのだろうか？　それとも無気力な心の状態を表しているのだろうか？

人が入ってきた気配に顔を上げたアンドルーは、ラファエルを見てびくっとした。「ダイモア！　どうしてロンドンにいるんだ。この前会ったときは、しばらくあっちにとどまるつもりだって雰囲気だったじゃないか」

ラファエルは肩をすくめ、勧められるのも待たずに椅子に座った。「いや、こっちに戻る予定だった。用があるんでね」

アンドルーはワインをあおった。「新妻も一緒か？」

「どうして妻について知りたがる？」

アンドルーはただ首を横に振り、皿の上の分厚い肉に目を据えナイフを入れた。「結婚したんだから、領地でしばらく過ごすつもりだろうと思っただけだ。ハネムーン代わりに」

ラファエルは眉を上げ、アンドルーをじっと見た。

アンドルーは黙ったまま肉をかんでのみこんだが、いつまでも沈黙が続くのでラファエルと目を合わせないわけにいかなくなった。「まあ、そうだな。きみがどんなに冷たいやつか、肝に銘じておくべきだった。冷たいといっても、昔は違ったがね。子どもの頃は心やさしい少年だったからな。きみの父親がすべてを変えてしまったんだ」

探りを入れているようなアンドルーの言葉を、ラファエルは無視した。

「ダイモア館に来たあと、ロンドンへ発《た》つ前に誰と会った?」代わりに質問する。

「誰とも。ワインを飲むか?」ラファエルがじれったそうにうなずいたので、アンドルーは従僕に合図をして続けた。「ダイモア館に寄ったときは、もうロンドンに向かう途中だった」

ではディオニソスはどうやって彼の裏切りを知り、暗殺者を送りこんだのだろう? だがラファエルを殺させようとしたのは、アイリスと結婚したこととは関係がない可能性もある。あるいは、ディオニソスがラファエルをずっと見張らせていたか。

あとはドックリーが勝手に行動したという可能性もないとはいえないだろう。

「どうしてそんなことをきく?」従僕がラファエルの前にグラスを置くのを待って、アンドルーがワインを注いだ。

ラファエルは彼を見た。「ロンドンに来る途中で襲われた」

アンドルーが肉を切り分けながら眉を上げる。「追いはぎか?」

「ローレンス・ドックリーとやつが雇ったならず者九人に」

アンドルーが固まった。「ドックリー？」従僕に視線を向け、唐突に手を振って下がらせる。扉が閉まるのを待って、彼はラファエルに向き直った。「馬面の女相続人と結婚した赤毛のろくでなしか？」

「そうだ」

「やつに人を殺せるなんて、思いもよらなかったな」アンドルーは首を振った。「それで、どんなふうに襲われた？」

ラファエルはグラスの脚を指ではさんで揺らした。「夜を過ごすために入った宿の馬屋の中庭で、突然襲われたのさ。ドックリーは自らわたしの背中を刺そうとした」

「あいつは汚いやつだからな」アンドルーがかぶりを振り、背もたれに寄りかかった。「やつは失敗したってことか」

ラファエルは黙ってうなずいた。

アンドルーが落ちつかない様子になる。「それで、やつはいまどこに？」

「地獄だ」ラファエルは短く答えた。

「なんてこった」アンドルーの顔から血の気が引いた。「やつはディオニソスの命令で動いていたに違いない」

「当然そうだろう」

「わたしたちはきみに警告しようとしたんだ」

ラファエルは肩をすくめ、ワインを飲んだ。

アンドルーが目を見開いて彼を見る。「信じられない。きみは怖くないのか？　やつは自分では指一本動かすことなく、きみを殺すための男を何人も送りこめるというのに」

「ディオニソスも人間だ。みんなと変わらない。つまり、暗殺者を送りこむためには、そいつとどうにかして連絡を取る必要がある。わたしのところに来たあと、きみの兄さんかリーランドが手紙か何か送っていなかったか？」

「どうかな……わからない……」アンドルーが考えこみながら、言葉をとぎれさせた。「もちろん、食事や宿泊のために何度も宿に入った。だがふたりの様子にずっと目を光らせていたわけじゃない。部屋だって別々だったし」食べかけの肉を見おろして、つばをのむ。「ジェラルドと同じ部屋に泊まるのは好きじゃないんだ。子どもの頃から。そのわけはきみも知っているだろう」彼は顔を上げたが、その目は泳いでいた。

ラファエルは誰かの手で肺をつかまれたかのように、胸が苦しくなった。

ゆっくりと慎重に、ワイングラスを口元まで持ち上げる。

ワインは味がしなかった。

「もしかしたら、きみは覚えていないかもしれないな」アンドルーの声は低く、ささやいているようだ。「子どもの頃に出ていってしまったから。入会の儀式の直後に。だがわたしは逃れられなかった。父や兄やほかのメンバーたちのもとにとどまらなくちゃならなかったんだ。何年も。彼らにとって……大きくなりすぎるまで」彼はグラスをつかんでひと息に飲み干すと、ふたたびワインを注いでラファエルにゆがんだ笑みを向けた。「まあ、それもみんな過去のことさ。そうだろう？」

ラファエルはアンドルーを見つめた。彼と同じように、自分もどこかが壊れてしまっているように見えるのだろうか。

グラスを置いて、質問する。「ではジェラルドもリーランドも、ディオニソスに手紙を送った可能性があるというわけだ」

「ああ……そうなるな」アンドルーは眉間にしわを寄せて考えこんだ。「でも、それじゃおかしい。ディオニソスは手紙を受け取ったあとドックリーに連絡して、きみのあとを追わせたってことだろう？　あり得ないな。ドックリーが馬で追いかけたとしたって、きみに追いつくまで何日もかかったはずだ」彼は目を上げた。「きみはいつ襲われたんだ？」

ラファエルは顔をしかめた。「二日目の夜だ」

アンドルーが手を振る。「ほらな。無理だってわかるだろう？　どうしてそんなに早く追いつけたのか、説明がつかない」

ラファエルは眉をひそめた。「きみたちのうちの誰かが、ディオニソスでなければな」

アンドルーが動揺したような笑みを浮かべる。「からかうなよ。ジェラルドは違うし、リーランドは人の上に立つよりついていくほうが性に合っている。そしてわたしは……」アンドルーの顔が奇妙にゆがむ。「考えるだけでもばかばかしい」

「そうかな？」ラファエルは彼をじっと見つめた。「どうしてばかばかしい？　ディオニソスは力を求めている人間のはずだ。被り物がなくては、無力なのさ。きみはその人物像にぴったり当てはまる」

アンドルーは激しく瞬きを繰り返した。「冗談だろう？」

「被り物の下のディオニソスを見たことがあるか？」

「ない。もちろんない」アンドルーが反射的に返す。「見たことがある者はひとりもいないんだ」

ラファエルはうなずいた。「きみはあの集会の最中に兄さんと一緒にいたか？　あるいはリーランドと。きみたち三人が、離れることはあったか？」

アンドルーは目をそらし、神経質にグラスをもてあそんだ。「わたしはジェラルドとは一緒に行動しない。絶対に。だがリーランドとはしょっちゅう会う。彼はモグラの被り物をつけているんだ。ジェラルドはシカだが……この前の集会では見かけなかった……」兄がディオニソスである可能性にはじめて思い当たったかのように、アンドルーは眉根を寄せた。

じつの兄弟をだましとおすためには、抜け目がないうえに神経が図太くなければならない。だがラファエルは、ディオニソスが抜きんでて賢く邪悪な男であると知っていた。

「きみは？」ラファエルはきいた。

「何が？」

「被り物だよ。どんな被り物をつけている？」

「ネズミさ」アンドルーは目を伏せたが、口の端を持ち上げた。「父がくれたんだ。ジェラルドにも。父が考えるわが子の性格を表しているものを」彼は顔を上げたが、その目にはいまにも崩壊しそうなもろさがのぞいている。「父はわたしのことをたいした人間にはなれないと考え、一度も認めてくれなかった。ジェラルドもそう思っている」

ラファエルは打ちのめされたようなアンドルーの目を見ているうちに、いつの間にか歯を食いしばっていた。シーダーウッドの香りが漂ってきた気がして、無意識のうちに立ち上がる。

椅子が堅木の床にこすれて、いやな音をたてた。

アンドルーが驚いたように見上げる。

ラファエルはうなずいた。「きみの兄さんと話す必要がありそうだ」

「待ってくれ――」アンドルーが背後で叫んでいる。

だがラファエルは、すでに廊下に出ていた。

それ以上一秒だって、とどまるのは無理だった。打ちのめされた少年の記憶に押しつぶされてしまう。

12

アンは七日七晩、塔の中で待ちつづけました。いつでもたっぷりのシチューが煮えている鍋と、いつでも冷たく甘い水でいっぱいの水差しを見つけたので、食べるものは心配ありません。アンは毎朝塔の周りを散歩して、北の地平線に目を凝らしました。そしてようやく八日目に、石の王の姿が現れました……。

『石の王』

アイリスは公爵夫人用の続き部屋に座っていた。奇妙なことにこの部屋にはギリシャ神話の死後の楽園であるエリュシオンをテーマにした装飾が施されていて、四方の壁にはギリシャ人を思わせる人々が花の咲き乱れる野原でくつろいでいる姿が描かれていた。けれどもギリシャ神話をもとにした題材には、もっとひどいものもたくさんある。タルタロスの山頂に向かって永遠に大岩を押し上げつづけなくてはならないシーシュポスなどというものが描かれていなかったことに、感謝すべきだ。

彼女は入浴をすませてさっぱりとし、清潔なシュミーズに身を包んでいた。シュミーズは自分の下着や服を手に入れるまでの当座しのぎに、ベッシーから借りたものだ。着替えに不自由する二週間を送り、アイリスは清潔な服が着られることをもうけっして当然と思うまいと、心から誓っていた。きれいに梳かしてもらった髪をそのままおろしているのが、ささやかながら心地いい。

いま座っているワインレッドの椅子はゆったりと大きくてクッションがやわらかく、座って暖炉の火を見つめていると、瞼がどんどん重くなる。けれどもいまは、なんとしても目を開けていなくてはならない。

夫と話をするために。

もっと早くしなければならなかった質問を、彼にぶつけるために。

ようやく夫が帰ってきた気配がした。

外の廊下の床をかつかつと打ちながら進んでくるブーツの音がする。やがて隣にある公爵用の続き部屋の扉を開け閉めする音が聞こえ、言葉を交わす声がしたあと静かになった。

アイリスは立ち上がって歩いていき、続き部屋同士をつないでいる扉を開けた。

ラファエルが顔を上げる。彼はシャツ一枚になり、ブーツを脱いだところだった。「アイリス、どうしたんだい？」

彼の声は霜のように冷たく、目はガラス玉のように何も映していない。何日も見ていなかったこんなラファエルの姿に、彼女は一瞬、自分の部屋に戻ろうかとも考えた。

こういうときの夫は理解できなかった。悲しいのか怒っているのか絶望しているのか、まったくわからない。もしかしたら、ただ退屈しているだけなのかもしれない。彼女には見分けがつかず、そのことに懸念が募っていた。妻というものは本来、夫が安心して秘密を打ち明けられる相手であるべきなのではないだろうか？　ただしジェームズとは感情的に深く関わる関係ではなく、彼は慎重に妻との距離を置いていた。

だがそんな結婚は、もういやだ。

その一念でアイリスの心は決まった。ラファエルの部屋に入り、うしろ手に扉を閉める。中に入る前は、この部屋の壁にも絵が描かれているのだろうと漠然と考えていたが、まるで違った。公爵用の部屋は暗い赤色に塗られている。乾いた血の色に。そして羽目板沿いや壁から浮きでている付け柱に細く刻まれている金色がアクセントになっていた。天井は全体が金で、そこに渦巻きや精緻な模様が浮きだしているさまはオスマン帝国の王宮を思わせる。

「アイリス？」ラファエルが彼女を見つめながら、返事をうながした。

どうして彼の領域に侵入したのか、理由を聞きたいのだろう。

アイリスは暖炉の前の椅子まで行って、腰をおろした。「今夜は、どこへ行っていたの？」

傷痕で引きつれていないほうの口の端が下がって、彼の顔が奇妙にバランスの崩れた様子になる。「ロイス卿のところへ。だが留守で、代わりにアンドルーと話してきた」

ラファエルは部屋の外にブーツを出しに行くと、口をつぐんだまま戻ってきた。

アイリスはいらだって顔をしかめた。「それで？」

彼は椅子に座ってブリーチズの膝の留め金をはずし、靴下の上端に手をかけた。「ドックリーについて質問した」

ラファエルは顔を伏せたまま脱いだ靴下を脇に放り、彼女には目を向けようともしない。アイリスは彼の足を見つめた。指の長い大きな足だ。ふつう男性の足をハンサムとは言わないが、彼の足はハンサムと言っていい。

彼が不機嫌な声を出した。「何をしに来たんだ、アイリス？」

彼女は視線を夫の顔に移動させた。「どうして急に冷たくなったのか、理由を知りたいの」

彼女に対して横向きに座っていたラファエルがつばをのみ、喉仏が上下するのが見えた。膝のあいだで両手を握りあわせ、頭を垂れる。「アンドルーのことは……子どもの頃から知っている」

アイリスは眉根を寄せた。彼はいったい何を言いたいのだろう……？

突然閃《ひらめ》いて、目を見開く。「あなたのお父さまが、彼の絵を描いたの？」

「なんだって？」振り向いた彼の顔には、当惑の表情が浮かんでいた。「いや、もちろんそんなことは——」急に言葉を切って、口をゆがめた。その喉からカラスの鳴き声みたいな奇妙な音がもれる。

まさか、ラファエルが……笑っている。アイリスはぞっとしてたじろいだ。

だが彼は、彼女のことなど見ていなかった。「待てよ、もしかしたらそうだったのかもしれない。だが、わたしは知らない。たしかに、父がアンドルーを描いていた可能性はある。

彼は……」ラファエルは力なく首を横に振って、目を閉じた。「もう行ってくれ。今夜はきみの相手をしてあげられそうにない」

　アイリスは息を吸った。いま引き返したら、彼との関係はこれからも変わらないだろう。ラファエルはずっと、彼女と距離を置きつづける。

　そんなことは、許せない。

　アイリスは膝の上で手を握りあわせ、背筋を伸ばしてまっすぐ夫を見つめた。「あなたの顔に傷を負わせたのは誰なの、ラファエル?」

　引っぱたかれたかのように、彼がのけぞった。「やめてくれ」

　アイリスは立ち上がった。「やめないわ。このままあなたという人間を理解させてもらえなかったら、どうやってこれからふたりの生活を築いていけるというの?」

　ラファエルは首を横に振りながら立ち上がると、簞笥に向かった。「きみは知らないほうがいい」

「いいえ、知りたいわ。お願い、話して」アイリスは彼のあとを追った。

　ラファエルが振り返り、彼女を腕の中に閉じこめて顔を突きつける。「どうして噂話に耳を傾けない? 好きなものを選べばいいじゃないか。レディの名誉を汚したために決闘を挑まれ、傷を負った。息子を見るのもいやになった父に切りつけられた。ダイモア家の呪いでこんな顔に生まれついた。よりどりみどりさ。噂はいくらだってあるのに、きみの好奇心を満足させるには足りないのか? まだまだ知りたいというのか?」

アイリスは手を伸ばして、彼の頭を引き寄せた。眉を割っている傷の上端に唇を当て、下に向かって滑らせていく。瞼を通り、頬骨を越えて、永遠にねじれたままの唇の端から、顎にできたくぼみまで。

「お願い、話して」彼の傷痕に向かってささやいた。

ラファエルが胸の奥から息を吐きだすようにうめいて、彼女の髪に顔をうずめた。「アイリス」

「どうかお願い」

彼の肩に力が入り、息遣いが乱れる。

だがラファエルはとうとう口を開き、割れた黒曜石のようにきしむ声をしぼりだした。「自分でやったんだ」その言葉が喉を焼いたかのように、急いで息を吸う。「自分で傷つけた」

アイリスの心臓が止まった。

いろいろな可能性を考えたが、これだけは予想していなかった。なんということだろう。「あなたは……」咳払いをして、ようやく言葉を継ぐ。「あなたはそのとき何歳だったの、ラファエル？」

「一二歳だ」

アイリスは心が破れるというのがどういうことか、はじめて知った。胸に鋭い痛みが走り、悲しみと衝撃と戦慄があとからあとからわいてくる。「どうして？」

ラファエルは彼女の髪に顔をうずめたまま、首を横に振った。アイリスには彼の顔が見えなかった。

でもようやくここまで聞きだして、引きさがるわけにはいかなかった。とてつもなく重大な瞬間なのだと、全身で感じる。

「どうしてなの、ラファエル？」

彼は身をかがめると、彼女の膝をすくい上げて横抱きにした。

アイリスが肩につかまると、彼は二歩でベッドまで行きつき、彼女をその上に丁寧に横たえた。そしてブリーチズ、下着、靴下と次々に脱ぎ捨てていく。アイリスは美しく力強い体を隠すものが何もなくなるまで、夫を見つめていた。裸になったラファエルが横に来る。

アイリスが両腕を広げると、彼はふたたび彼女を抱き寄せた。

ラファエルのあたたかい胸に頬をつけると、心臓の音が聞こえた。じっと横たわって静かに息をしながら、今夜はもう質問をやめたほうがいいのだろうかと迷う。

そのとき、彼が話しはじめた。

「子どもの頃、父に溺愛されていたんだ。なんて美しい子かと言われ、王子さまみたいに甘やかされていた。それこそもう、猫かわいがりだったよ。なでたりさすったり、すごかった。そして父は、きみも知っているとおりディオニソスだった。つまり……」

彼の息遣いがふたたび乱れる。

アイリスは少しずつ慎重に向きを変え、夫を抱きしめて頭をなでた。

彼の頭の重みが、胸の上にずっしりとかかる。

ラファエルがごくりと音をたてて、つばをのんだ。「父は子どもが好きだったのさ。当時のわたしは知らなかったが。気づくわけない。幼すぎたからね。温室育ちで、そんなことがあるなんて思いつきもしなかった」

アイリスは音をたてないように静かに息を吸ったが、本当は叫びたかった。大声で泣きたかった。

でもラファエルは彼女が頼んだから、必死でこの話をしてくれているのだ。彼女だって全力で聞きとおさなくてはならない。

「一二歳になるまで、父はそういうふうには触れなかった」ラファエルがしゃがれた声で続ける。「一二歳になったら〈混沌の王〉に入会することになっていて、わたしはそれを大変な名誉だと思いこんでいた」

ラファエルが喉を締めつけられたかのように、あえぐ。

アイリスは目を閉じて、手の震えを必死に抑えながら彼の髪をなでた。

「最初は……」彼が息を吸った。「最初は刺青だった。痛いだろうとわかっていたが、絶対に泣くつもりはなかった。実際、泣かなかったよ。何も知らないわたしは、それがばかみたいに誇らしかったものだ。そのあと、父に連れられて集会に行った。そうしたら……」彼がつばをのむ音が、静かな部屋に大きく響く。ふたたび話しだしたものの、なめらかに言葉が出なくなり、何度もつかえた。「わけがわからなかった。男たちが子どもたちを、女たちを傷つけていた。だがワインを飲まされて……。それから父が……わたしを館に連れて帰った。父の部屋に」ラファエルが鼻にしわを寄せ、口を開ける。まるでそこに漂う香りを吸いたくないとでもいうように。「父の部屋はいつもシーダーウッドの香りがしていたよ。そこで父が言ったんだ。入会の儀式には、もうひとつすませなければならないことがある、と」

アイリスは嗚咽《おえつ》がもれそうになり、唇をかんでこらえた。ああ、まさか。まさかそんな。けれども彼女が心の中でいくら否定しても、ラファエルがしゃがれた声で語る過去を変えられるはずもなかった。「父は、父は、わたしを愛していると言った。わたしは彼の美しい王子さまだと。そして父はわたしの顔を枕に押しつけた――シーダーウッドの香りのする枕に」彼は音をたて、必死に息をしていた。空気が薄すぎて、そうしなければ吸えないとでもいうように。「そして、わたしを犯した」

アイリスはしゃくり上げた。もう音を抑える余裕もなく、手放しで泣いた。ラファエルを支えるように、頬を重ねて。

彼に話しつづける勇気を、自分に聞きつづける勇気を与えるように。

ラファエルが彼女の胸に顔を伏せ、口早にその先を語る。「ことがすむと、父はごろりと転がって離れ、眠ってしまった。それで……逃げだしたんだ。厨房に。半狂乱で。父に犯されているあいだずっと考えていたのは、こんなことはもう絶対にいやだということだった。そのとき、ふと頭に浮かんだ。父はいつもわたしを美しい子だと褒めていた」

「ああ、ラファエル」胸が苦しくてたまらず、アイリスはささやいた。涙がわき上がって、何も見えない。

巨大な手で揺さぶられているように、彼の体はがたがたと震えていた。「だからどうにかして醜くなれば、父は二度とわたしに触らないんじゃないかと思った。そのとおりだろう？　それで大きな肉切り包丁を見つけて両手で握り、目の上を切りつけた。えぐりだすつもりで」

「ああ、神さま」彼女はうめいた。ラファエルはどんな気持ちだったんだろう？　小さな少年が絶望と恐怖に駆られて、そこまでするなんて。彼が自分を殺してしまわなかったのが、不思議なくらいだ。

アイリスは傷痕のある頰を指先でなぞった。ラファエルの目は無事だ。少なくとも、えぐりだしはしなかったのだ。

「見てのとおり、その試みは成功しなかった。だが、やろうとしたこと自体はうまくいった。朝になって料理人がわたしを見つけた。父はわたしを見ると――顔についた大きな傷を見ると――ぞっとしてわたしへの興味を失った。翌週には伯母に連れられてコルシカに行き、父のもとへは二度と戻らなかった」

「伯母さまがいてあなたを助けだしてくださって、本当によかった」アイリスはすすり泣きながら、つかえつかえささやいた。

ラファエルは彼女の胸に顔をつけたまましばらくじっと息をしていたが、やがて顔を上げ、アイリスを見た。

ラファエルの目に涙はなく、顔に表情もない。

そんな彼を見ていると、アイリスの胸に新たなすすり泣きが込み上げた。彼の心の傷には分厚い氷が張っていて、それが溶けて傷が完全に癒えることはないのだ。

体を起こしたラファエルが、ベッドの横にあるテーブルの上のハンカチに目を留める。「泣かないでくれ」ラファエルは疲れたような声を出して、彼女の頬を拭いた。「もう遠い昔のことだ」

アイリスは目を閉じた。違う。単なる遠い昔のできごとではない。心の傷はずっとラファエルとともにある。彼はこれからも、毎日痛みを感じながら生きていく。

首を横に振って、傷痕に引っ張られてゆがんでいる彼の口にそっと触れる。「わたしも心が痛いわ、ラファエル。痛くて痛くてたまらない」

ラファエルは両手の親指で、彼女の顔をなでた。「もうわかっただろう？　どうしてこの血を残したらいけないのか」

アイリスはショックを受けて目を見開いた。「なんですって？」

「この体には、父の血が流れている」いやなにおいをかいだように、彼の鼻腔《びこう》が広がる。「この世に存在することを許されない、汚らわしい血だ。いまの話を聞いて、きみは嫌悪感を覚えなかったのか？　どうしてこの血を絶やさなくてはならないのか、理解できたはずだ」

「たしかに……あなたのお父さまの行為には、嫌悪感を覚えるわ」アイリスは慎重に言葉を選んだ。少しでも間違ったことを言えば、おしまいだ。「あなたのお父さまにも嫌悪感を覚える。でもラファエル、あなたとお父さまは別の人間よ」

「そんなことは関係ない」彼は首を横に振った。「また怪物が生まれる危険を冒すより、わたしとともにこの血を絶やすほうがいい。父みたいな怪物は、もうたくさんだ」

アイリスは彼の目をのぞいた。水晶のように澄んだ灰色の目に浮かぶ冷たい決意の奥に、巧妙に隠された心の痛みが見える。「ラファエル……」

「だめだ」彼は彼女の頬に手のひらを当てた。「もう心は決まっている。自分の運命は一二歳のときからわかっていた。きみに説得されて、決めたことを覆すつもりはない。今夜だけでも、議論を忘れられないか？　今夜はもう言いあうのはいやだ」

アイリスはここで彼の言うとおりにするべきではないとわかっていた。いくら彼が疲れて見えようと、とことん話しあうべきだ。

でもラファエルは、彼女のために過去をさらけだしてくれたのだ。思い出すのもつらい、悲劇に満ちた過去を。彼が恥じ、憎悪している過去を。

アイリスはうなずいた。それ以外にどうできただろう？　ラファエルは恐ろしい心の痛みに耐え、過去を打ち明けてくれた。いまは彼に逆らい、非難すべきときではない。痛みを伴う議論をするべきときではないのだ。

いまはただ、彼を慰めよう。

「そうね、わたしも言いあいたくはないわ」

アイリスは膝をついて体を起こし、ラファエルをじっと見つめた。広い額を、ローマ風の鼻を、冷え冷えとした目を、ここよりもいい世界で別の人生を送っていたら美しかったであろう唇を。

ここにいるのは彼女の夫だ。何事にも真剣で知性にすぐれ、尊大でありながら傷つきやすく、陰鬱で心の内をなかなか見せない。

夫について知れば知るほど、愛してしまいそうになる。ダイモア公爵ラファエル・ド・シャルトルを。

それに、彼はもうわたしのものなのだ。

だから大切にいつくしまなければならない。

そして彼女は、心してそうするつもりだった。

アイリスは身をかがめ、前とは違う気持ちでラファエルの傷にキスをした。まずは傷が作った顎のくぼみに、それから上に続いている部分にも。いまの彼女は、この傷がどうしてできたか知っている。この傷にまつわる彼の記憶と精神的苦悩は、恐ろしいものだ。でも傷痕自体は皮膚の一部にすぎない。ほかの部分より少しでこぼこしているが、皮膚であることに変わりはない。

アイリスはそのことをラファエルに伝えた。唇で、舌で、息で。永遠に皮肉っぽい笑いを浮かべたままの唇を舐め、ナイフの刃が彼の頰を切り裂いた痕を上に向かい、閉じた目にキスをして無事だったことに感謝を捧げ、最後に眉がとぎれているところまで到達する。

アイリスは何を考えているかちっともわからない愛しい顔を両手で包み、体を引いて見つめた。

そしてラファエルが瞼を上げ氷のような目をまっすぐ彼女に向けると、にっこり笑ってキスをした。目を閉じて彼の唇に唇をこすりつけ、シルクのようななめらかさと、傷と接している部分のかすかな盛り上がりを感じる。戯れるように下唇を舌でなぶると、彼が体をこわばらせるのがわかった。

ラファエルが彼女を抱きしめてゆっくりと体を入れ替え、自分が上になってキスの主導権を握る。

下唇を軽くかんで引っ張られ、舌を当てられると、アイリスはすぐに降伏して口を開いた。降伏したのは、彼女の質問にラファエルがちゃんと答えてくれたからかもしれない。そのせいで彼がつらい思いをしたから。アイリスの好奇心を満たすために、彼が耐えてくれたから。それはささやかな行為だし、結局はそれで何かが変わるのかはわからない。

けれども少なくとも、ラファエルの過去を知ることはできた。いまのアイリスは、その苦悩の源を知っている。彼の記憶は恐ろしいものだが、共有できたのはうれしい。彼を理解したいから。彼のすべてを。いいところも悪いところも。

どれほど衝撃的なことでも。

だからアイリスは唇を開いて、彼を受け入れた。入ってきた舌を、そっと吸う。

ラファエルの欲望に、渇きに、ふたりのあいだで高まっている熱に降伏して。

彼が必要としているものをすべて与えてあげたいのだと、伝えるために。ラファエルが彼女を閉じこめるように、腰の上に片脚を回した。絶対に逃がすまいとしているようだ。

アイリスは薄いシュミーズ越しに、彼のものが押しつけられるのを感じた。それは脈打ちながら、どんどん存在感を増している。ラファエルが両脚で彼女の腿をはさんで締めつけ、体を動かす……。

彼のものはいま、アイリスのひそやかな部分のすぐそばまで来ていた。入ってきてほしいと心から願っている場所のすぐそばに。まるで直接肌を合わせているように、生々しく夫を感じる。アイリスは自分の中からあふれだした蜜でシュミーズが湿りつつあるのを感じた。もう少しだ。もう少しで入ってきてもらえる。彼女は必死で体をそらし、脚を開こうとした。けれども男の力にはかなわなかった。

ラファエルは絶対に自分の意志を曲げない。アイリスが欲求不満にすすり泣くような声をあげると、彼はふたりのあいだに手を入れて、シュミーズのリボンをほどいた。首の部分だけ閉じたまま胴着の前が開き、胸があらわになる。

ラファエルは頭をおろして、胸の頂を口に含んだ。

アイリスはうめきながら体をよじった。彼の与えてくれないものが欲しくて、息が荒くなる。

ラファエルがもう片方の胸に口を移し、彼女が高まる欲望に叫びだしそうになるまでなぶった。

彼は片方の胸を舌で舐めたりはじいたりしながらもう片方を指でこね、同時に合わせた腰をこすりつけてくる。やがてアイリスのシュミーズは、少しずつ脚のあいだに押しこまれていった。布越しに敏感な突起をこすられつづけたために、あとからあとから蜜があふれだし、薄いシルクをしっとりと濡らした。静かな部屋に、彼のたてるなめらかでやわらかい音だけが響いている。彼は体を重ね悦びを与えながらも、けっして彼女の自由にはさせなかった。

その行為にやさしさはなかったが、おそらくそれは、やさしくする方法をラファエルが知らないからだろう。そう思うと、快感はどんどん高まっていくのに、アイリスは泣きたくなった。たぶん、ラファエルはこういうやり方しか知らないのだ。肉体をこすりあわせ、互いの熱を高めることしか。

この先も、夫から得られるのはそれだけなのかもしれない。

そしてアイリスは、それで満足できるかどうかわからなかった。

けれどもいまは、先のことなんか考えられない。崖の縁に立ち、虚空に身をおどらせようとしているいまは。

絶頂は、痛みとして感じられるほど激しいものだった。体が、心臓が、激しく揺さぶられ、虚空に飛びだしたまま時が止まる。呼吸もできなければ、体も動かない。やがて彼女は息を吹き返した。絶頂の余韻で、手足の隅々まであたたかく気だるい。

目を開けると、ラファエルが上半身を起こし、合わせた腿のあいだに突き入っているところだった。彼が濡れたシルク越しに、高まったものを前後させている。

一回。

二回。

三回。

やがてラファエルが体を硬直させた。唇をゆがめ、どこかうつろでつらそうな目をして。アイリスを見つめながら、彼は彼女の腿のあいだで達した。

ラファエルは朝の九時半という貴族にはあるまじき早い時間に朝食の間へ入り、伯母のやわらかい頬にキスをした。「おはようございます、ジア」

「ようやく起きてきたのね」伯母が金縁眼鏡の縁越しに甥を見て、そっけなく言った。朝食の皿がすでに食べかけであるところを見ると、彼女が少なくとも一時間以上前から起きているのは明らかだ。

「怠惰になっているんだと思いますよ」伯母の向かいの席に座りながら、ラファエルは返した。

それとシルクのようになめらかな四肢と寝乱れた金髪を持つ女性の抱擁に、もうしばらく身をまかせていたいという気持ちに負けてしまったから。

だがすぐに妻に恥ずべき過去を打ち明けた前の晩の記憶がよみがえり、あわてて部屋から逃げだした。

事実を知ったアイリスが明るい光の下で青灰色の目にどんな表情を浮かべて彼を見つめるか、まだ向きあう覚悟がなかったのだ。

伯母が鼻を鳴らし、郵便物に目を通した。「お前は隠遁《いんとん》生活を送っていたのに、ずいぶんたくさんの招待状が届いていること。わけがわからないわ」

「爵位のせいでしょう」ラファエルは冷めた口調で返し、コーヒーを注いだ。

従僕が薄く切った肉と卵料理の皿を運んでくる。

「まあ、そうでしょうね。気の利いた会話ができるおかげということは、絶対にないから」伯母は決めつけた。

ラファエルはちらりと口の端を持ち上げてすぐに戻し、卵とハムを皿に盛った。「誰から来ているんですか？」

伯母が鋭い視線を彼に向ける。「この中には二通しかないわ。これまでに来た分はわたしの机にまとめてあるから、取ってこさせたほうがいいかしら？」

「そうしてください」

彼女は従僕に合図をして、招待状を取ってくるように言いつけた。

従僕が戻るのを待つあいだ、ラファエルは伯母の視線を感じながら朝食を口に運んだ。

「お前が結婚するところを見られるとは思わなかった。本当にうれしいわ」伯母が口調をやわらげた。

ラファエルはハムをじっと見つめた。彼の過去について知ったいま、アイリスが結婚を続けたいと思うかどうかはわからなかった。「うれしい？」

「ええ。あの娘はお前に合っていると思うし」

自分がアイリスにふさわしいか疑問に思っている彼は、辛辣な言葉を返しかけた。だがちょうどそのとき、従僕が戻ってきた。

「見てちょうだい。こんなにたくさん」ジア・リナが目の前に置かれた封筒の山を集めながら言った。「じゃあ、見てみましょう。それともお前が自分で見る？」

ラファエルは首を横に振り、ハムをのみこんで言った。「どんな催しか、教えてください」

「じゃあ、そうするわ」伯母が一通目を取り上げる。「これは午後の音楽会ね――」

ラファエルは手を上げて、さえぎった。「すみませんが、夜の催しだけにしてください」

「それなら何通かよけられるわね」ジア・リナが招待状に目を通し、条件に合わないものを取り分けていった。「これなんかどうかしら。トゥーレーヌ伯爵夫人が孫娘の社交界へのデビューを記念して開く舞踏会」

「やめておきます」ラファエルはハムを小さく切った。

「そう。では、クインシー卿の屋敷で開かれる仮面舞踏会は？」

「それもやめましょう」

「では、次。また舞踏会で、バートン卿夫妻が主催するもの」

「それがいい」

ジア・リナは彼に目を向け、眉を上げた。「本気なの？　たった二日後よ」

「かまいません」ラファエルは伯母の手から招待状を取ると、自分で目を通した。これならちょうどいい。たしかバートン卿の奥方は、ロイス子爵の奥方と仲がよかったはずだ。ロイスもきっと舞踏会に出席するだろう。ラファエルが現れるなんて予想もしていないあの男の不意を突き、ドックリーとディオニソスについて聞きだすのだ。ロイスの話が弟と食い違えば、興味深い事実が明らかになるかもしれない。

何ひとつ見逃がさない鋭い視線を向けている伯母に、ラファエルは目を向けた。「わたしの代わりに返事を書いてもらえませんか？　出席するという返事を」

「アイリスも連れていくの？」

「もちろんですよ」目を覚ました彼女が夫への態度を変えていなければ。

ラファエルは立ち上がった。ウベルティーノと会って、コルシカ人の部下たちが不自由なく過ごしているか確かめなければならない。

「舞踏会用のドレスがいるわ」伯母が厳しい口調で言う。「仕立て屋まで着ていく服だって必要なくらいですもの」

ラファエルは当惑して、伯母を見た。「なんのことでしょう？」

伯母が懸命に自分を抑えるかのように、天井を仰ぐ。「わたしがあの娘を買い物に連れていきましょう。とりあえず着るものは、わたしのメイドのものを借りるとして」

「ありがとうございます」彼は一瞬ためらったあと、言葉を継いだ。「買い物が終わったら、彼女を連れて別の用に向かうつもりです」

「別の用って？」

「彼女の兄上を訪問するんですよ。わたしたちの結婚を知らせるために」

モグラがコーヒーを飲みながら馬についてぺちゃくちゃとしゃべりつづけるのを、ディオニソスは誠実な表情を作って聞いていた。

ふたりはいま、ロンドンのコーヒーハウスでくつろいでいた。店はさまざまな職業の男たちでにぎわっていて、自らの資金を増やそうと意欲的に試みている銀行家がいるかと思えば、通路をはさんだ男と猟犬の繁殖について熱心に論じあっている議員がいる。向こうに見えるのはブーツにまだ泥がついているところからして、毎年律儀にロンドンに出てくる田舎紳士だろう。

店内では客にコーヒーを運ぶため、若い店員たちが俊敏な身のこなしでカウンターを起点に行ったり来たりしている。そしてそれに負けない速さで、噂やニュースも飛び交っていた。カウンターではエプロンをつけた大柄な男が淡々とした表情で、熱くて真っ黒な液体を次々とジョッキに注いでいる。

ディオニソスはあたりを見回して、ここに集っている色つやのいい太った鳩《はと》たちは、この世界で本当に起こっていることを知らないのだと考えた。

連れの注意が自分からそれたのに気づいたのか、モグラの目に不安そうな表情が浮かぶ。

ディオニソスは身を乗りだして、彼に笑みを向けた。

モグラが自信を取り戻して、笑みを返す。

キツネは死んだ。その知らせを昨日受け取ったが、暗殺の失敗という失態が原因でなかったら、ディオニソスも彼の死を悼んでいたかもしれない。ただしドックリーが生きたままとらえられずに殺されたのは、さいわいだった。生きて尋問を受けていてもダイモアがすでに知っている以上の情報は与えられなかったとはいえ、それはそれだ。

ドックリーがダイモアとその新妻を殺すのに成功してくれていれば簡単にすんだのだが、そううまくは運ばなかった。彼を追ってロンドンに来たダイモアは、いま頃狂気に駆られた猟犬のように彼の痕跡を探し回っているだろう。だからディオニソスは、次にどう動くべきかを慎重に考える必要がある。ダイモアの裏をかき、的確に弱点を突かなくてはならない。そうしなければならないのが、残念だ。別の状況で出会っていれば、ダイモアとは仲間になれていたかもしれない。友だちとは言わないまでも。ディオニソスには友だちがひとりもいない。

結局、ダイモアとは多くのものを共有しているのだ。

塔に戻ってきた石の王の額は血だらけでしたが、その目は落ちついていて、片手に丸い石を彫って作った奇妙な小さい鳥かごのようなものをさげていました。鳥かごからは、虹色の光が差しています。

「お前の妹の心臓の火だ。妹が元気になるよう、持って帰ってやるといい。だが忘れるな。お前の約束したことを」石の王はアンに念を押しました……。

『石の王』

13

「マダム・ルブランが途中まで仕上げたドレスを何着か用意していて、本当に運がよかったわ」その午後、ボンドストリートの最高級の仕立て屋をあとにしたドンナ・ピエリは、アイリスに言った。「気に入るものがあったならいいんだけど」

「もちろん、ありましたわ」アイリスは幸せな気持ちでため息をついた。

あれほどの腕を持つ仕立て屋でドレスをあつらえられるのは、うれしいことだった。これまでだってそれなりの衣装をじゅうぶんにそろえていたとはいえ、かぎりある予算内でのやりくりを強いられていた。ドレスを作るときは必ず数シーズンは着られる形に仕立て、長持ちするように丁寧に着ていた。それなのにいま出てきたこの店では、舞踏会用のものに加えて六着も新しいドレスを注文したのだ。

舞踏会用に選んだドレスは日の出を思わせる淡いピンク色で、さざ波のような模様が入ったシルクは光の具合によって薔薇色からピンク、オレンジに近い色まで繊細に変化し、アイリスはひと目で恋に落ちてしまった。

「今日は、一緒に来てくださってありがとうございました」人でごった返す通りを歩きながら、アイリスは言った。

ふたりのすぐうしろには、ヴァレンテとイヴォが影のようにつき添っている。ボンドストリートみたいな場所へ行くのに護衛は必要ないとアイリスは思ったのだが、明らかにラファエルの命令を受けているコルシカ人の従僕たちは、頑として譲らなかった。そこでアイリスも、彼らと言い争うよりついてくるのを認めたほうが簡単だとあきらめたのだ。

そんなふうにひと悶着《もんちゃく》あって出かけてきたうららかな春のボンドストリートは、ロンドンじゅうの人々が繰りだしているのではないかというくらいににぎわっていて、どっちを向いても人がそぞろ歩き、店の主人たちが並べた商品を眺めている。そこでアイリスたちは人々の邪魔にならないよう、角を曲がったところで馬車を降りなければならなかった。

「わたしも楽しかったわ」ドンナ・ピエリが魅力的なイタリア訛りで返す。「気難しい子でいらいらさせられるときもあるけど、ラファエルはかわいい甥っ子よ。あの子にとって、愛情を受け入れるのは簡単なことではないの」

「それは、わたしも気づいていました」アイリスは考えこみながら隣の女性に目を向けた。

ラファエルは、伯母が彼をコルシカに連れていってくれたのだと言っていた。父親に恐ろしい仕打ちを受けたすぐあとに……。

思い出しただけで、アイリスは心が痛んだ。

ドンナ・ピエリは自らの顔を切り裂いたラファエルを助けたが、甥がそんな行動を取った理由は知っているのだろうか？

ドンナ・ピエリがアイリスの肘に手をかける。「あの子は昔からこんな感じで、もの静かな子だった。周りで起こることをじっと観察して、どうすればいいかひとりで決める。けちけちと笑いを自分の中にためこんでいるんだって、妹がしょっちゅう手紙に書いてきたものよ」

幼い頃でさえラファエルはあまり笑わなかったのだと知って、アイリスは眉をひそめた。なんて奇妙なんだろう。「妹さんのことが、とてもお好きだったんですね」

「ええ、とても」ドンナ・ピエリが顔を横に向け、アイリスと目を合わせた。静かな光をたたえた彼女の茶色い目には、悲しみが浮かんでいる。「わたしにはもう、家族といえばあの子しかいない」彼女はふたたび前を向き、ふたりは人の迷惑を考えずに騒々しく笑いながら歩いているふたり組の若者をよけた。「わたしたちはふたり姉妹でね。本当は弟もいたのだけど、歩けるようになる前に熱病で死んでしまったの。マリア・アンナとは、とても仲がよかったのよ。あの子はすごくきれいだったから、若い頃は求婚してくる男が大勢いたわ。わたしはこんなだから——」そう言って、上唇を示す。「ひとりもいなかったけど」

アイリスは、どう返せばいいのかわからなかった。慰めの言葉をかけたいが、そんなものは求められていない気がした。目の前の女性からは毅然とした誇りが伝わってきた。おそらく彼女は口蓋裂についてこれまでいやというほど不快なことを言われつづけ、もう何も聞きたくないのだろう。たとえ同情的な言葉でも。

交差路に差しかかると、みすぼらしい格好のふたり組の少年が飛び跳ねるように近づいてきた。箒《ほうき》をくるくる回しながら、アイリスたちの進む先をきれいにする駄賃を求めた。ドンナ・ピエリが財布を開けて、二ペニー取りだした。こうした子どもの掃除人は、金を出し渋るとスカートに泥をはねかけてくることがある。ここはおとなしく払っておくのが、妥当な判断だった。

通りを渡ると、ドンナ・ピエリは話を続けた。「マリア・アンナはラファエルを、それこそ目に入れても痛くないほどかわいがっていたの。よく長い手紙をくれてね。息子がどれだけ大きくなったか、どんなものを食べているか、はじめて歩いたときやポニーに乗ったときはどんな様子だったか、ありとあらゆることを知らせてきた。心から愛していたのよ。手紙を読むと、それがよくわかったわ」彼女は口をぐっと結んだ。「だけど、夫については一度も触れなかった。それがよくないしるしだとは思っていたけれど、マリア・アンナの死を知らせる手紙を受け取るまで、どれだけ深刻なことなのかわたしは気づいていなかった」

アイリスは隣にいる女性の慎重な言葉に隠された意味について、眉根を寄せて考えこんだ。

「妹さんの死は突然だったんですか？」

ドンナ・ピエリの口の両端が下がった。過去に起こった不幸なできごとに対する怒りで、目が強い光を放つ。「ええ。妹が具合を悪くしているなんて、わたしはまったく知らされていなかった。もちろんすぐにイングランドに向かったけれど、着いたときには埋葬も終わっていたわ。あの子はずっと調子がよくなかったんだって、妹の夫は言っていたけれど。イングランドの気候が合わず、肺炎になって急に悪化したんだって」

「お気の毒でしたわ」アイリスは言った。ドンナ・ピエリはどれほどつらかっただろう。愛する妹が死んだという知らせを受けて異国に来てみれば、すでに葬儀は終わり妹の死をちゃんと悼むこともできなかったなんて。

ドンナ・ピエリは小さくうなずいて、慰めの言葉を受け入れた。「わたしはこの国の言葉があまりしゃべれなかったし、妹の夫が好きじゃなかった。でも甥が母親の家族を知ることができるよう、ここにとどまるのが果たすべき務めだと思ったのよ」

憎んでいる男と暮らす毎日は、どれほどつらかっただろう。アイリスは身震いした。愛する妹の早すぎる死と関わりがあるのではないかと疑っている男と、同じ屋根の下で過ごさなくてはならないなんて。

「とても大変だったでしょうね」

ドンナ・ピエリが肩をすくめる。「そうだったとも言えるし、そうではなかったとも言えるわ。妹の夫だった公爵を相手にするのは退屈だったけど、ラファエルはかわいかったから……」

「子どもの頃の彼は、どんなでした？」

「はじめて見たとき、あの子は鉛筆を持ってテーブルの上にかがみこんで、絵を描いていたのよ。結んだ黒髪がくるくるとカールしながら背中に流れ落ちていてね。声をかけると顔を上げたんだけど、あまりにもマリア・アンナにそっくりでびっくりしたわ。大きな灰色の目、赤い口、完璧な卵形の顔。本当にきれいな子だった」ドンナ・ピエリの唇に、かすかな笑みが浮かぶ。「あの子を知るにつれて、わたしはラファエルを育てることに喜びを感じるようになったの。小さいのにすごくまじめで頭がよくて。人の顔や馬の絵なんかを上手に描くから、本当に驚いたものよ。それにわたしが最初に着いたとき、あの子はしがみついてきたの。わたしが誰かなんて、覚えていなかったはずなのに。きっと死んだ母親を思い出したんでしょうね」ため息をついたドンナ・ピエリの顔から、笑みが消えた。「あの子を助け、守ってやりたかった。それなのに失敗してしまった」

アイリスは目を伏せた。涙が込み上げ、地面がゆがむ。「自分の顔を切り刻んでしまった彼をあなたがコルシカに連れていってくれたんだと、ラファエルは言っていました。それは彼を助けたことになるのではないでしょうか」

年上の女性は黙ったまま、歩きつづけた。

「できるかぎりのことはしたわ」しばらく経って、ドンナ・ピエリは口を開いた。「じゅうぶんではなかったし遅すぎたけれど、あのときはそれが精いっぱいだった」

アイリスは息を吸った。「あなたはとても勇敢だったと思います」

「ありがとう」ドンナ・ピエリは足を止めて、アイリスを見上げた。「もうわかっているでしょうけど、あの子はきっとあなたを近づけまいとするわ。そういう子だから。でもそれを許してはだめよ」

「わかりました」アイリスはつばをのんだ。ラファエルの伯母はただ思い出話をしてくれたのではないと、急に悟ったのだ。これから彼を頼むと、託してくれたに違いない。「けっして、おとなしく遠ざけられたりはしません」

最後の角を曲がると、これから乗る馬車が見えた。ところが、すぐうしろに別の馬車が止まっていた。

そしてその横には、アイリスの兄のヘンリーが立っていた。


ラファエルはボンドストリートに沿って速度を落として走る馬車の窓から、外を見つめた。ジア・リナとの買い物を終えたアイリスと、ここで落ちあう約束なのだ。だが通りはひどく混みあっていて、なかなか前に進まなかった。

馬車がゆっくりと止まった。

何事かと窓を開けた彼は、ジア・リナとアイリスが建物のそばに立っているのを見つけた。アイリスは男と話していて、その周りをヴァレンテとイヴォがうろうろしている。ラファエルは男が何者か、調べに行くことにした。

馬車の扉を開けて、飛びおりる。コルシカ語で御者台から呼びかけてくるウベルティーノにアイリスたちがいることを知らせ、彼は歩道へ急いだ。

通行人をよけながら小走りに近づいたところで、男が叫ぶのが聞こえた。「なんだって？」ジア・リナは不機嫌そうにしているし、アイリスは懇願するような表情を浮かべている。ラファエルは彼女を守りたいという衝動がわき上がるのを感じながら、妻と伯母のあいだに立ち、アイリスの腕をつかんだ。

白いかつらと栗色の衣装をつけた男が彼に顔を向け、にらみつける。「きみは誰だ？」その青灰色の目を見たとたん、ラファエルは男の正体に気づいた。怒りに目を細めているこの男は、アイリスの兄に違いない。

彼は会釈した。「ダイモア公爵ラファエル・ド・シャルトルだ。きみは？」

「ヘンリー・ラドクリフ」アイリスの兄が挑むように顎を上げる。彼は頭ひとつ分ラファエルより背が低く、年齢も四〇歳に近いように見えるが、臆する様子はまるでない。

ラファエルはその態度に好感を覚えずにはいられなかった。

「それなら会えてよかった。だが、話は人がいないところでしないか？　個人的なことを人前で話すのは、好きじゃないんでね」ラファエルは頭を傾け、遠巻きにしてささやきかわしている人々を示した。

大勢に見られていたと気づいて、ラドクリフが目を見開く。「いいだろう。ふたりともわたしの馬車に乗ってくれ」

ラドクリフがジア・リナの馬車のうしろに止まっている馬車を示す。

「ありがとう。そうさせてもらうよ」ラファエルはジア・リナに向き直った。「ひとりで帰ってもらってもかまいませんか？」

「もちろん、かまわないわ」ジア・リナが自分の関わる価値のない騒ぎだとでもいうように、つんとした表情で答える。彼女はもう一度ラドクリフをにらんだあとアイリスに声をかけると、ヴァレンテに助けられて馬車に乗った。

ラファエルは屋敷へ戻る伯母につき添うようヴァレンテに指示をして、アイリスに向き直った。「行こうか」

「ええ」アイリスは短く返したが、声が少し震えている。

ラファエルは唇を引きしめた。彼女は兄にひどいことを言われたのだろうか？

アイリスを馬車に乗せると、彼女の腕をつかんだまま隣に座った。

最後にラドクリフが乗りこんできて、向かい側に座る。彼はラファエルがアイリスに手をかけているのに気づいて鋭い視線を向けてきたが、何も言わなかった。

沈黙のまま馬車は進み、アイリスの緊張が高まっていくのがラファエルにも伝わってきた。

五分後、馬車はこぎれいだがそれほど大きくはない屋敷の前で止まった。

最初に馬車を降りたラファエルは、すばやくあたりを見回した。

このあたりは高級住宅街とは言えない。ラファエルはアイリスを助けおろし、ラドクリフを待った。ラドクリフについて玄関前の階段を上がると、若いメイドが玄関を開けた。

彼の傷痕を、メイドが凝視した。

「ぼうっと見ていないで、サラ」アイリスがメイドをたしなめる。

ラドクリフが咳払いをした。「書斎にお茶を持ってきてくれ」それからラファエルに向き直ってうながす。「こっちだ」

二階の一番奥にあるラドクリフの書斎は、帳簿や書類や本でいっぱいの手狭な印象の部屋だった。たいていの貴族の書斎と違って、ここは明らかに文字どおりの仕事部屋だ。兄は一族の財政を立て直したのだとアイリスが言っていたのを、ラファエルは思い出した。

さっきまでより敬意を覚えながら、ラドクリフを見る。

「そこに座ってくれ」ラドクリフが机の前にある二脚の椅子を、ぶっきらぼうに勧めた。

ラファエルがアイリスを見ると、さっさと座っていた。

「ここに書いてあることは本当なのか？」ラドクリフは妹をにらみつけ、手紙らしきものをひらひら振りながら詰問した。「昨日の夜これを受け取ったときは、でっちあげだと思った。わたしをかつごうとしているんじゃないだろうな、アイリス？」

「まさか」彼女は頑固な表情で顎を上げ、否定した。「手紙でもさっきボンドストリートでも説明したとおり、ラファエルとわたしは一週間前に結婚したのよ」

「お前はその事実を、いつ教えてくれるつもりだったんだ?」

ラファエルは咳払いをした。「アイリスが直接説明できるよう、今日ここに連れてくる予定だったんだ。そのために、ボンドストリートで待ちあわせをしていた」

「ふむ」ラドクリフは顔をしかめ、ふたたび妹に目を向けた。「ヒューとは何があった?彼がどこの馬の骨とも知れない女と結婚したと、街じゅうの噂だぞ」

「どこの馬の骨とも知れない女の名前は、アルフっていうの」アイリスは淡々と返した。

「とてもすてきな結婚式だったわ。わたしがロンドンを発ったとき、ヒューと結婚するためではないとお兄さまはわかっていたと思うけれど」

カイル公爵と結婚するつもりはなかったのかもしれないが、彼女は彼の名前を呼ぶたびにやさしい声になる。そう気づいて、ラファエルは何かを殴りつけたい衝動に駆られた。おそらくはカイルを。

「まったく」ラドクリフが顎をこすりながら、ぶつぶつとつぶやく。「わたしはお前が幸せになるところを見たいだけなんだ。わかっているだろう、アイリス」

「まあ」思いもよらなかったとでもいうように、アイリスが小さく声をあげた。

ラファエルはため息をついた。「ラドクリフ。わたしはアイリスが結婚に同意してくれたことを、光栄に思っている」

ラドクリフは体の前できつく両手を握り、眉根を寄せた。「だがこっちとしては……寝耳に水だった」

メイドが紅茶をのせたトレイを運んできたのを見て、彼がほっとした表情になる。

五分後、机の隅が片づけられ、紅茶の用意が整う頃には、ラドクリフも少し落ちつきを取り戻していた。

アイリスが紅茶を注いで、兄に渡した。「そんなに複雑な話ではないのよ」彼女は驚くべき冷静さでそう言うと、ダイモア館からロンドンに向かう道中で夫と練り上げた作り話をはじめた。

だが彼女の話には、そのときにはなかった尾ひれがいくつか加えられていた。

ラファエルは新しく義兄になった男の疑わしげな顔を見つめた。明らかに頭の切れるこの義兄は、何かがおかしいと気づいているのだ。ラドクリフは紅茶を飲みながら妹の話に耳を傾け、ときおりラファエルに鋭い視線を向けた。

アイリスが話し終えると、部屋は沈黙に包まれた。

ラファエルも紅茶を渡されていたが、口はつけなかった。机の向こうに座っている男と目を合わせ、相手の出方を待つ。

「どうやら結婚は変えられない事実のようだな」ラドクリフは息を吸って言い、ラファエルに質問した。「きみの妹への気持ちを聞かせてもらえないか?」

ラファエルはうなずいた。「とてもすばらしい女性だと思っている。そう思わなければ、妻にすることはなかった」

ラドクリフはさらにその先を待っていたが、ラファエルが口をつぐんだまま黙っていると、ため息をついた。「では、お前の結婚が長く幸せなものになるよう祈っているよ、アイリス。ハリエットにも知らせておく。妻はきっと、きみたちの結婚を祝う夜会か音楽会を催したいと言うだろう。どれだけ突然でも」

アイリスが椅子から立った。机を回ってきた妹に抱きしめられ、ラドクリフが驚いた表情を浮かべた。「ありがとう、ヘンリー。お兄さまの祝福がわたしにとってどれだけ大きい意味を持つか、わかるでしょう?」

「ああ、そうだな」彼女の兄はようやくそれだけ口にすると、小さく笑みを浮かべ、妹の背中をぎこちなく叩いた。「お前は自分の部屋に上がって、荷物をまとめたほうがいいんじゃないか? そのあいだに、わたしはお前の夫と話がある」

アイリスが心配そうな視線を、ちらりとラファエルに向けた。

彼はおかしくなった。妻は夫が中年男性にのされてしまうとでも思っているのだろうか?

結局アイリスはただうなずいて、もう一度兄と夫を見つめてから出ていった。

ラファエルはラドクリフに向き直り、どんな言葉を浴びせられるのか待ち受けた。

ふたりきりになったとたん、ラドクリフの顔から笑みが消えた。「わたしは妹の話をひと言だって信じていない」

「まあ、そうだろうな」ラファエルは落ちついて返した。

「本当の話を聞かせてもらえるか?」

「いや」

ラドクリフが口をきつく結ぶ。「妹を誘惑したのか？」

ラファエルは目を合わせて答えた。「いや」

すると彼女の兄はその答えに虚を突かれたようで、混乱した表情になった。ラファエルがこんなに突然妹と結婚した理由を、ほかに思いつかないのだろう。

だとしても、ラファエルには関係ないことだ。

ラドクリフがようやく立ち直って、首を横に振った。「まあいい。とにかく、これだけは言っておく。わたしは爵位を持っていないし、裕福でもない。だがそんなことには関係なく、きみが妹をどんな形であれ傷つけたら必ず後悔させてやる」

「覚えておこう。当然そう言われると思っていた」ラファエルはうなずき、立ち上がってラドクリフに手を差しだした。「アイリスを一生大切にするつもりだ」

ラドクリフは一瞬驚いた顔をしたあと、表情をやわらげた。そして笑みを浮かべながら立ち、ラファエルの手を握った。「そう聞けて、うれしいよ」


一時間後、アイリスはシャルトル・ハウスに戻る馬車の中で夫と向かいあっていた。「ヘンリーはあなたとどんな話をしたの？」

ラファエルの顔からは、何を考えているのかまるで読み取れない。「兄上は、わたしがきみの面倒をちゃんと見るか確かめたかったんだ」

アイリスは眉をひそめた。「それだけ？」

ラファエルが肩をすくめる。「ああ」

兄と夫はそれ以上のことを話しあったはずだという気がしてならなかったが、ラファエルが具体的な内容を打ち明けるとも思えない。

なんにしても、ヘンリーが妹の突然の結婚をあれほど気にかけてくれていたことに、アイリスは少し驚くとともにうれしい気持ちがしていた。七つ年上のヘンリーとは仲が悪かったわけではないが、近しい関係だったとも言えない――少なくとも目に見える形では。だから兄が心から彼女を気にかけてくれているのだとわかって、心があたたかくなった。

馬車がシャルトル・ハウスの前で止まり、ラファエルが彼女を助けおろした。彼は肘を差しだして彼女がつかまるのを待ち、玄関前の階段を上がった。

「きみに見せたいものがある」扉が開くのを見つめながら、ラファエルが言った。

「お帰りなさいませ。奥さまのお客さまが、ステュクスの間でお待ちです」執事のマードックがお辞儀をして伝えた。

ラファエルが眉をひそめた。「誰だ？」

マードックが目を見開く。「カイル公爵とおっしゃっていましたが――」

「まあ、ヒューだわ！」アイリスはスカートをつまんで、二階に駆け上がった。

「アイリス！」

ラファエルが叫ぶ声が聞こえたが、彼女は止まらなかった。彼女が拉致されたと知って、ヒューはひどく心配していたはずだ。

ステュクスの間の扉を勢いよく開ける。

ヒューが振り返った。

彼はずっと、暖炉の前を行ったり来たりしていたようだ。黒い目の下にはくまができているし、大柄な体は緊張している。元兵士の彼の部下がふたり、部屋の両端に控えていた。

「アイリス！　ああ、よかった」ヒューが声をあげた。

アイリスが近寄ると、結婚を考えている男女にしてはいつもばかばかしいほど堅苦しかったヒューが、両腕を広げて彼女を迎えた。

腰に腕を回したアイリスを、彼があたたかく抱きしめる。

「アルフはきみを心配するあまり、気が違ってしまいそうだったんだぞ」ヒューの声が頭上でとどろく。

アイリスは彼を見上げた。「アルフも来ているの？」

ヒューが首を横に振った。「子どもたちを守るために家にいる。きみが拉致されたあと――」

「アイリス。こっちに来るんだ」部屋の入り口から、低くかすれた険しい声が響いた。

振り返った彼女に回されたヒューの腕に、力がこもる。

入り口にウベルティーノとバルドとイヴォを連れたラファエルが立っていた。灰色の目が氷のように冷たく光を反射している。

彼は激怒しているのだ。

ラファエルの視線が、アイリスから彼女を抱きしめている男に移った。「彼女を放せ。わたしの妻だ」

凍りついたように厳しくこわばっているラファエルの顔を見ているうちに、なぜかアイリスの心に、彼が声をたててうれしそうに笑うのを一度も聞いたことがないという思いが突然わき上がった。カラスの鳴き声みたいな奇妙な音をたてるのは聞いたが、あれは楽しくて笑ったわけではない。恐ろしいできごとのあと、彼は二度と笑えなくなってしまったのだろうか？　息子の笑う能力を、父親が完全に破壊してしまったのだろうか？

アイリスは胸が痛くてたまらなかった。

彼女の目の隅に、ヒューの部下のライリーとジェンキンズが目立たないように近寄ってきているのが映った。

だがラファエルは気づいて、ふたりの動きを目で追っている。

急に、剣呑《けんのん》な雰囲気が部屋に立ちこめた。

アイリスはヒューを見上げて、彼の胸をそっと叩いた。「大丈夫よ」

彼女はヒューの腕の中から慎重に抜けだすと、ラファエルのもとに戻った。

ラファエルがヒューから目を離さないまま、妻の腕をつかんだ。「何をしに来た、カイル？」

ヒューは一見リラックスしている様子だが、黒い上着の下の肩が緊張しているのはアイリスの目にも明らかだった。「友人のアイリスがどうしてきみと結婚することになったのか、調べに来た。昨日の夜、受け取った手紙からは、何もわからなかったからな」

アイリスは咳払いをした。「とにかく、お茶でも飲みましょうか」

ラファエルは彼女が横に来てからはじめて妻に目を向け、低い声で言った。「今後の平和な結婚生活のために教えておくが、わたしはお茶が大嫌いだ」

アイリスは彼を見上げ、甘く微笑んだ。「まあ、これからはちゃんと覚えておくわね」

一〇分後、アイリスはぎこちないながらも休戦したラファエルとヒューとともに、上品なケーキやタルトののった大皿が置かれたテーブルについていた。彼女は大皿の上のものが男たちにとって適切なもてなしか、確信が持てずにいた。ラファエルの料理人とはまだ顔を合わせていないが、こんな小さなケーキで男たちの胃袋を満たせると思っているのなら、誇りを傷つけないように少し注意しなければならない。

コルシカ人たちとヒューの部下は部屋の両側に分かれて陣取っていて、その光景はこれほど深刻な雰囲気でなければ笑いたくなるものだった。

アイリスは紅茶を注いだカップをヒューに渡してから、彼も紅茶が好きではなかったと思い出した。

だが男たちが主導権を争ってばかげた意地の張りあいを続けるつもりなら、どちらにも紅茶を飲ませて好きにならせたほうがいい。

険しい表情を崩さないラファエルにもカップを渡すと、アイリスは自分のカップを持って椅子の背にもたれた。砂糖をひとつだけ入れた熱いミルクティーを口に含む。完璧だ。

アイリスはレモンカードタルトとおぼしきものを取った。

「それで？」ヒューがうながし、タルトを楽しんでいる彼女の至福のひとときを台なしにした。

ラファエルの口が、いつもよりひどくねじれた。「アイリスはきみの妻になったと思われて、〈混沌の王〉に拉致されたんだ。復讐のために。やつらを全滅させられていなくて、残念だったな」

なんということだろう。ラファエルはヒューを挑発している。

「どういう意味だ？」ヒューが腰を浮かせかけたので、〈混沌の王〉が存続していると知った怒りでわれを忘れ、ラファエルに殴りかかるのではないかと、アイリスは心配になった。

「いま言ったとおりさ」ラファエルがゆったりとした口調で返す。彼はヒューに殴りかからせたいのだろうか？「きみの注意が足りなかったんだ。やつらは新しいディオニソスを戴《いただ》いて、すっかり勢いを取り戻している」

「まさか、そんなことが……」今度こそヒューは立ち上がったが、それは部屋の中を歩き回るためだった。「国王陛下に知らせなければならない。アルフと子どもたちは大陸にやらねば」彼は顔をしかめた。「彼女は気に入らないだろうな。だが妻や子どもたちに危険が及ぶと思うと、耐えられない」

ヒューはそこでラファエルをじっと見た。

「〈混沌の王〉のことを、どうしてそんなに知っている？」ヒューの目がすっと細くなる。

「それに、どうやってアイリスを見つけたんだ?」

「やつらの集会に参加していたのさ」ラファエルは言葉を切り、大嫌いな紅茶をひと口飲んだ。明らかに、ヒューをいらだたせるためだ。「やつらは彼女を辱めたあと、殺すつもりだった」

〝そこをわたしが助けだした〟というラファエルの声に、ヒューが信じられないという顔で発した問いかけが重なる。「きみはやつらの一員なのか?」

ふたりの男は喧嘩をしている二匹の犬のように、にらみあった。

アイリスは咳払いをして、男たちの注意を引いた。「そのあと、わたしが彼を撃ったの」

ヒューが驚愕した表情になる。「どうしてそんなことを?」

「ラファエルがわたしを助けようとしているなんて、知らなかったのよ」彼が素っ裸だったことは言わないほうが賢明だと、アイリスは考えた。重要でない細かいことは省くに限る。

「そのときはわたしも、彼が〈混沌の王〉の一員だと思っていたから。でも違った。ラファエルはやつらに近づくために、仲間のふりをしていたの」

「わたしを撃つなんて、彼女は勇敢だった」ラファエルが意外にもアイリスを褒めた。「狙いもなかなか正確だったしね。危うく死ぬところだったよ」

「あの拳銃は弾が右にずれるんです」ウベルティーノが使用人は主人たちの会話を聞いていないふりをするものだという暗黙の了解を破って、口をはさんだ。「そうでなければ、だんなさまは確実に死んでいたでしょう」

奇妙なことに、なぜか彼も満足げだ。

ヒューは顔をしかめて目をしばたたき、頭を振った。それからラファエルを見る。「それなのに、彼女と結婚したのか？」

ラファエルが両手を横に広げる。「どうしてせずにいられる？」

ふたりは長いあいだ見つめあっていた。

どちらからともなく、タルトに手を伸ばす。

ヒューが腰をおろして、質問を再開した。「きみは集会になんの用があったんだ？」

「やつらを倒すための一歩として、入会し直そうとしていた」ラファエルはヒューを見つめながら、タルトをかじった。「昔、父に入会させられたが、直後にコルシカへ行ってあっちで育ったから、実質的にメンバーだったことはない。だからもう一度入会して、今度こそやつらを根絶やしにしてやりたいと思っている」

「それはわたしの仕事だ」ヒューが顔をしかめた。「きみがあそこにいて、アイリスを助けてくれたのはさいわいだった。だがこの先は――」

「きみの意見を聞きたかったら、そう頼んでいる」ラファエルはなめらかな口調でさえぎると、タルトのくずを膝の上から払った。冷たい視線をヒューに向けて続けた。「〈混沌の王〉を倒すのはわたしの仕事だ。わたしの父は、何十年もやつらを率いていた。やつらを相手にする権利は、わたしのほうがある」

「こっちには国王の承認とうしろ盾があるんだぞ」ヒューが言い返した。

「なるほど。その承認もうしろ盾も、前回はたいして役に立たなかったようだがな」ヒューはラファエルをにらんだ。「わたしはわたしで、やつらをつぶす作戦を実行する。それにきみも参加してくれるのなら歓迎するが。正直言って、協力してくれたら大助かりだ。わたしたちふたりが自尊心を捨てて力を合わせれば、やつらを倒せる可能性がはるかに増すはずだ」

ラファエルはゆっくりと立ち上がると、手を差しだした。「会えてよかったよ、カイル公爵どの」彼がそう思っていないのは明らかだった。

ヒューが渋い表情で立ち、その手を握る。「検討してみてくれ、ダイモア」

彼は頭をぐいと動かして部下たちに合図すると、部屋から出ていった。

アイリスは詰めていた息を吐くと、ラファエルを見上げた。「ヒューの申し出を受けるでしょう？」

ラファエルが、彼女に手を差し伸べる。「いや」

アイリスは手を取らずに、彼を見つめた。「あなたたちが力を合わせれば、やつらを倒せるチャンスが広がるのに？」

彼は肩をすくめた。「そんなことは関係ない。わたしはひとりでやる」

「ラファエル」アイリスは怒りと欲求不満の涙が込み上げるのを感じた。ヒューと手を組むのを断るなんて、ラファエルはばかだ。ヒューはこれまで何カ月もやつらを追ってきたのだし、王のうしろ盾と援助がある。

ひとりでやろうとすれば、ラファエルが失敗する確率が高くなる。

ひとりでやったら、ラファエルは死んでしまうかもしれない。

ラファエルに何かあったら、わたしは耐えられないだろう。絶対に何も起こってほしくない。彼はいつも陰気な表情で、笑わず、石のようだと思うこともある。けれどもそんな外見の下では溶けた溶岩みたいに感情が渦巻いているのだと、いまは知っている。

彼の身に何も起こってほしくない。彼に特別なことを望んでいるわけではないのだ。ただアイリスと一緒にいて、幸せになることを学んでほしい。

そして、いつか笑う姿を見せてほしい。

それなのに、ラファエルが気にかけているのはばかげた復讐だけ。

アイリスは彼の手を無視して、立ち上がった。「お願いよ、ラファエル。わたしのために、どうかヒューと協力して。あなたがこんなふうに自分を危険にさらす必要はないわ」

「さあ行こう、アイリス」彼が静かに言った。

「聞こえないの？」彼女は夫の上着の前を両手でつかんだ。もう少し力があったら、彼を揺さぶっていただろう。「あなたに死んでほしくないのよ」

「きみは意味もなく動揺している」石みたいだったラファエルの表情に、かすかないらだちがまじる。

「あなたは自殺しようとしているんだわ」声が高くなったが、アイリスはもう彼に感情的になっていると思われてもかまわなかった。「わたしがこんなふうに心配のあまりどうかなりそうになるのも、当然でしょう?」

彼がかたくなな表情で口元をゆがめ、目をそらす。「これはわたしの戦いなんだと言っただろう――」

「わかったわ!」アイリスはどうしようもなくなって両手を上げた。「これはあなたの戦いで、あなたの人生でただひとつ意味のあることなのよね。でも、どうしてそれを成し遂げるために死ななくちゃならないの?」涙が込み上げ、声から力が抜ける。「教えてよ、ラファエル。お願い。〈混沌の王〉を倒すために、どうしてわたしをひとり残して死ななくちゃならないの?」

「アイリス!」彼が怒鳴った。

アイリスはびくっとした。彼が声を荒らげるなんて、これまで一度もなかった。

ラファエルが息を吸って視線を落としたあと、ふたたび彼女と目を合わせた。「なぜならそれが彼を永遠に葬るための唯一の方法だからだ」

アイリスはぞっとして目を見開いた。「彼? お父さまのことを言っているのね。ラファエル、お父さまの罪深い行いのせいで、あなたが死ぬ必要はないのよ。そうしなければならないと思っているの?」

ラファエルが眉間に深いしわを刻んで、彼女を見つめた。アイリスは一瞬、彼の殻を突き破ることができたのではないかと思いかけた。彼女の問いかけに答え、ふたたび心を通わせてくれるのではないかと。

だが結局、ラファエルは目をそらした。「別に自殺をしようとしているわけではない。だがもしわたしが死んでも、きみはひとりぼっちにはならないだろう。兄上や友だち、それにカイルもいるじゃないか」

アイリスは下を向いて、手の甲ですばやく涙をぬぐった。彼らが夫の代わりになると、ラファエルは本当に思っているのだろうか。

「お願いだ」彼の声は空中を漂う煙のようだ。「きみと言い争いたくない。わたしと一緒に来てくれないか?」

アイリスだってラファエルと言い争いたくはなかった。心が痛くなり、疲れて悲しい気分になるだけだから。どうすればいいかわからなくなって、彼の腕を取った。

ラファエルは彼女を連れて居間を出て、階段をのぼった。アイリスはどうにかして彼を説得できないか、懸命に考えをめぐらせた。なんでもいい、彼がしようとしていることを止められる言葉はないだろうか。

ラファエルが急に足を止めたので、彼女は顔を上げた。公爵夫人用の続き部屋の前だ。

アイリスは眉をひそめて、夫を見た。

ラファエルは彼女がどんな反応を示すか不安らしく、まだ眉間にしわを寄せている。妻と言いあって、彼も悲しんでいるのかもしれない。「きみに見せたいものがあると言ったのを、覚えているかい?」

そういえば、屋敷に入る前にラファエルはそう言っていた。彼女がヒューのところへ駆けつける前に。ふたりで言い争う前に。「ええ」

ラファエルは彼女の部屋の扉を開けた。「見てごらん」

アイリスが一歩中に入ると、ヴァレンテが暖炉の前の床に座っていた。すぐそばに置いてあるバスケットを見つめながら、間抜けな笑みを浮かべている。

アイリスは振り返ってラファエルを見た。「何が入っているの？」

彼がヴァレンテとバスケットのほうに顎をしゃくった。「行って、見てみるといい」

そのとき、動物の弱々しい鳴き声がした。

彼女は口を開け、スカートを持ち上げて駆けつけた。するとやわらかい毛布が敷かれたバスケットには、小さな金色の子犬が入っていた。愛くるしい子犬が、哀れっぽい目で彼女を見上げている。

アイリスは小さな生き物に一瞬で心を奪われたが、同時に怒りも込み上げた。ラファエルは、彼がいなくなっても子犬がいれば寂しくないと思っているのだろうか？

子犬はくんくん鼻を鳴らし小さな声をあげながら、バスケットから出ようとしている。けれども脚が短すぎて失敗し、ひっくり返っておなかをさらした。この子犬は雌だ。

アイリスは心を決めた。いくら腹が立っても、この子犬に責任はない。

息を吸って、ヴァレンテとは反対側の床に膝をついた。「まあ、なんてかわいいの」

そう言ったとたん、なぜか涙が込み上げた。

アイリスは子犬を持ち上げて、もぞもぞと体をくねらせている小さな生き物を胸に抱き寄せた。子犬がすぐに、ピンク色の舌で彼女の顎を舐めはじめた。

アイリスはうるんだ目をラファエルに向けた。「この子の名前は?」

彼が首を横に振る。「まだついていないと思う。きみが考えてやるといい」

彼女は落ちつきなく動いている子犬を慎重に抱えて立ち上がり、夫のところへ行った。

「ありがとう」

つま先立ちになって、ラファエルの唇にキスをする。さっき彼に言ったことを、ふたたびそのキスに込めて。彼に受け取ってもらえなかった気持ちを、何度でも差しだすつもりで。

死なないで。わたしといて。ずっと。ずっと。

ラファエルがアイリスの腕をそっとつかみ、やさしくキスを返してきた。そして身をかがめ、命綱にすがるように彼女を抱きしめた。

ずっと一緒にいたいと、彼も思っているかのように。

けれども子犬がきゃんきゃん鳴きはじめると、唇を離してうしろに下がった。

その様子には、未練のかけらも見えなかった。

ラファエルが寝室から出ていく。

アイリスは目をつぶって、悲しみと涙を閉じこめた。そしてシルクのような感触の子犬の頭に唇をつけて、ささやいた。「あなたの名前は、タンジーよ」

14

アンはエルの心臓の火を大切に抱えて、出発しました。石ころだらけの荒れ地を三日三晩歩いてようやく小さな家に帰り着くと、ベッドにじっと横たわったエルの体は冷たく灰色で、かすかに息をしているだけでした。けれどもアンが石の鳥かごを持って近づくと、突然、心臓の火が飛びだして、エルの胸の中に消えました。すると虫の息だったエルが、深々と息を吸ったのです……。

『石の王』

バートン家で舞踏会が開かれる夜、アイリスは夫の手に支えられて慎重に馬車に乗りこみ、やわらかい座席に座った。淡いピンク色のさざ波模様のシルクのドレスは、すばらしく美しかった。フランス風のドレス《ローブ・ア・ラ・フランセーズ》で袖口には白いレースがたっぷりあしらわれ、スカートの前面にはピンク色の布で作った薔薇がちりばめられている。

アイリスは向かい側に腰をおろしたラファエルを見つめた。彼は何カ月も前にはじめて舞踏会で会ったときと同じくらい、冷たくよそよそしかった。けれどもいまの彼女には、仮面のような表情の下の本当の彼が見える。彼は集中しているのだ。その目はすでに獲物だけを見つめ、心は狩りへと飛んでいた。

アイリスは身震いをして、窓のほうを向いた。ラファエルがどうしてこれほど〈混沌の王〉に執着しているのか、理由はわかった。だが理由がわかったからといって、幸せになれるわけではない。

それどころか、余計に怖くなった。彼は正義を追求するために、あまりにも多くのものをあきらめようとしている。なぜラファエルは、自分を犠牲にしようとしているのだろう？

ランタンの光が次々に通り過ぎる窓の外を、ぼんやりと見つめた。

昨日の夜はただ一緒に寝ただけで、それ以上のことはいっさいなかった。彼に対して腹を立てているときに愛しあわずにすんでほっとしたが、触れあいや親密さを共有できないのが寂しくもあった。

男性と肉体的な関係を結びながら、情を移さずにいるのは難しい。親友だったキャサリンは移り気な蝶みたいに次から次へと愛人を作っていたけれど、アイリスにはそんなまねはできない。

もしかしたら、ラファエルとの組みあわせがいけないのだろうか。ふたりの関係がこんなにも不安定なのは。

白い石造りの真新しい屋敷の前で、馬車が止まった。

「さあ、行こう」ラファエルが手を差しだして、彼女を馬車から降ろした。

するとそこには、客たちを乗せて次々にやってくる馬車、人波をかき分けて玄関に向かう紳士淑女たち、人々のあいだを縫って動き回るお仕着せ姿の従僕といった舞踏会につきものの光景が広がっていた。

屋敷の中に入っても、人の群れは狭い階段を上がって舞踏室まで続いている。

ふたりの到着が告げられると、部屋じゅうの人々がみな口をつぐんだのではないかと思うくらい、あたりが一瞬しんとした。

アイリスは色とりどりの衣装に身を包んだ人々を見回し、大きく息を吸って気持ちを落ちつけた。これは彼女がダイモア公爵夫人になってはじめての公の場だ。部屋のあちこちにひそひそと言葉を交わしている集団が見えるが、誰も彼もアイリスの噂をしているように思えてならなかった。じつは今日、彼女が結婚したというニュースがロンドンじゅうに広まっていると知ってしまったのだ。

アイリスとラファエルの結婚は、明らかに今シーズン一番の醜聞として世間をにぎわせている。

アイリスはつばをのむと、静かな笑みを顔に張りつけ、ラファエルとともに舞踏室に足を踏み入れた。

かすかに見覚えのある三人組の女性に会釈をし、キャサリンの友人だったホノリア・ハートウィックに笑みを向ける。するとホノリアがウインクを返してきたので、アイリスは少し緊張が解けた。結局、今晩だっていつもの舞踏会と同じだ。大切なのはあちこち動き回って美しい衣装を見せびらかし、挨拶をすべき人たちに挨拶をすること。

それなら彼女は、数えきれないほど何度もこなしている。

「飲み物を取ってこようか？」熱気のこもった部屋を一〇分ほど歩き回ったところで、ラファエルが彼女の耳にささやいた。

「そうしてもらえるとうれしいわ」アイリスはほっとして返した。

「座って待っているかい？」小さな窓のあるアルコーブにいくつか椅子が置かれている場所を、彼が示す。

アイリスはうなずいた。人々の好奇の目にふたたび立ち向かう前に、しばらくひとりになって休むのも悪くない。ラファエルは彼女を座らせて、飲み物を取りに行った。

けれど休めると思ったのも束の間、すぐに女性のふたり組が近づいてきた。片方にはかすかに見覚えがある。ミセス・ホワイトホールは社交界のこうした催しに欠かせない人物だ。

ふたりは彼女と話しに来たのだと否定のしようがなく明らかになると、アイリスは立ち上がった。

「ご機嫌よう、公爵夫人」ミセス・ホワイトホールが声をあげる。「ご紹介しますわ。こちらはミス・メアリー・ジョーンズ＝タイムズ。ミス・メアリー・ジョーンズ＝タイムズ、ダイモア公爵夫人よ」

膝を曲げてお辞儀をするミス・ジョーンズ＝タイムズに、アイリスは軽くうなずいた。それほど若くはなく、髪は本物か疑わしいほど真っ赤だ。

「あなたがご結婚されたという噂で、街じゅうが持ちきりですのよ」ミス・ジョーンズ＝タイムズが慎重に口を開く。

「しかたありませんわ。突然でしたから」アイリスは微笑み、ラファエルと練り上げた話をはじめた。追いはぎに拉致されたところを救いだしてくれたラファエルが、彼女の評判を守るため高潔にも結婚しようと言ってくれたのだという話を。

「なんて恐ろしいんでしょう」アイリスが語り終えると、ミセス・ホワイトホールは言った。

「とても怖い思いをされたに違いありませんわ」

その点に関してはたしかにそうで、アイリスも心からうなずいた。

ところがミセス・ホワイトホールは口元を引きしめ、さらにしかめっ面を作った。「それにしても、ご結婚を決める際にお兄さまに助けていただけなかったのは、残念でしたわね。婚姻の契約については、その女性の利益を一番に考えられる男性が交渉するべきですもの。女性には男性の理性的な判断が必要なんですよ。とくにこれほど重要な決定については」

アイリスの笑みが、かすかにこわばる。「わたしだけでちゃんと判断できましたから」

「本当にそうだったと思われます？」ミス・ジョーンズ＝タイムズがやさしく問いかけた。

「突然のことで、あなたがすべての事実を知らされていたか疑問だと思いますよ」

アイリスは目を細めた。「どんな事実について話していらっしゃるの？」

目の前の女性たちが視線を交わす。

ミセス・ホワイトホールが咳払いをした。「噂がありましてね。あなたやお兄さまが前もってこの噂をご存じだったら、これほど性急に公爵閣下との結婚をお決めにならず、もう少し慎重に考えられたんじゃないかしら」

アイリスは唇をぐっと結んだ。「噂に興味はありません」

するとミス・ジョーンズ＝タイムズが満足げに言った。「あら、本当に？　ダイモア公爵は少年がお好きらしいという噂でも？」

バートン卿の屋敷は舞踏会を開くには小さすぎると、ラファエルはいらいらしながら考えた。飲み物は舞踏室からかなり離れた部屋に用意されているうえ、そこまでの廊下はすでに汗ばんだ人々でいっぱいだ。彼は長いかつらをつけた年配の男性ふたりの横をどうにかすり抜けたところで、アンドルー・グラントに出くわした。

「ダイモア」アンドルーがラファエルのうしろにすばやく視線を走らせる。「きみが来ているなんて驚いたよ」

ラファエルは眉を上げた。「妻を社交界に紹介しなければならないんでね。ひとりで来ているのか？」

アンドルーが目を泳がせる。「そうだな……じつは――」

けれども答える前に、彼の兄が現れた。

ロイス子爵は薄い唇をいらだたしげにゆがめている。「何をぐずぐずしているんだ、アンディ。わたしは――」

ラファエルを見て、彼は口をつぐんだ。「これはこれは公爵。きみがロンドンに来ているとは、知らなかった」弟に鋭い視線を向ける。

「わたしと妻は、ほんの二、三日前に着いたばかりなんだ」ラファエルはなめらかな口調で返した。ロンドンに来たあと、すでにアンドルーと会って話していることには触れなかった。

「じつは、道中の宿で襲われてね。その件について、きみは何か知らないか?」

「どうしてわたしが知っているんだ」ロイスがにらみつけてきた。

ラファエルは肩をすくめた。「わたしたちの共通の友人が――」

「失礼、通してくれ」薄紫色の衣装を着た若者が、彼らを押しのけるようにして通り過ぎていった。

「ここでそういう話をするのはやめてくれ」ロイスが険しい声で止めた。「あっちへ行こう」

ラファエルがうなずいたときには、ロイスはすでにきびすを返し、弟を従えて人々のあいだを縫って歩きはじめていた。アンドルーが彼と話したことを兄に伝えていないという事実に興味を覚えながら、ラファエルもあとを追った。もしかしたら、アンドルーを味方にできるかもしれない。アンドルーは〈混沌の王〉の最悪の部分を耐え忍ばざるを得なかったのだから。

ロイスは二本目の廊下の突き当たりにあるひっそりとした扉の前で、立ち止まった。扉を開け、ラファエルに先に入るよううながす。

小さめの書斎か居間らしき部屋は薄暗く、暖炉に火も入っていなかった。

三人が中に入ると、ヘクター・リーランドが立ち上がった。

「どうしてこんなに時間が――」ラファエルを見て、彼が口をつぐむ。

リーランドは目を見開くと、合図でも送るようにラファエルの背後をちらりと見た。

ラファエルは振り返ったが、リーランドが兄弟のどちらに視線を送ったのかわからなかった。

どちらにせよ、ラファエルが視線を戻したときにはリーランドはすでに立ち直っていた。

「どうしてダイモアなんか連れている？」リーランドが潜めた声で非難した。彼がいま話しかけているのは、ロイス子爵で間違いない。彼は兄弟の保護を求めるように、こそこそとふたりにすり寄った。

だがロイスは顔をしかめると、リーランドと弟を置き去りにしてデカンタの置いてあるサイドテーブルに向かった。グラスにたっぷり酒を注いで、すぐにひと口飲む。「そこらじゅうに人がいるところで、ダイモアが〈混沌の王〉の話をはじめたからだ」

こんなふうに人混みから遠く離れた部屋にいてさえ、ロイスの声は低く用心深い。

リーランドはラファエルを見て、首を横に振った。「なんのためにそんなことを？ディオニソスがきみを殺すよう、わざとあおっているのか？」

「やつはすでに一度、わたしを殺そうとした」ラファエルはゆっくりと言った。「いくらあおっても、こっちとしては失うものはない」

「そうとは限らないんじゃないかな」アンドルーが静かに口をはさむ。

三人はいっせいにアンドルーを見た。

注目を浴びて落ちつかないのか、アンドルーが目をしばたたいた。

「どういう意味だ？」ラファエルはきいた。

アンドルーが唇を舐めた。「きみにも気にかけている人がいるだろう？　レディ・ジョーダンのことは、わざわざ助けたうえ結婚までしたじゃないか。彼女に対して何か感じているからだろう。それに伯母だかなんだか、母方の親戚がいたはずだ。きみが冷たい人間だってことは知っているが、彼女がテムズ川に浮かべられたりハイドパークの木から釣り下げられたりしたら、少しはこたえるに決まっている」

ラファエルは血管に氷を詰められたように、全身が冷たくなった。だが恐怖を感じていると気取られるわけにはいかない。ジア・リナとアイリスが傷つけられることへの、身も凍るような恐怖を。

群れで行動する動物は、仲間のうちに怪我をしたり恐怖を見せたりするものがいれば、たちまち襲いかかる。

だから弱みを見せてはならないのだ。

そこでラファエルは、攻撃を続けた。

まず、アンドルーの前にのしかかるように立つ。すると彼より体格も背も劣る男は、リーランドにすり寄った。「きみはディオニソスならどう考えるか、よくわかっているようだ。やつがどういう計画を立てるか、どうやってやり返すか、それにどういうふうに殺すかまで。

あまりにもよく知っているから、きみ自身がディオニソスなんじゃないかと疑いたくなるな」ラファエルはアンドルーの喉をつかんだ。「そしてそれが当たっているなら、もうやつを探す必要はない。この議論をいますぐ終わらせられる」

ラファエルは喉をつかんだ手に力を込めたわけではなかったが、アンドルーはあわてて彼の手をかきむしった。「違う！　きみはわかっていないんだ……」

「ばかを言うな、ダイモア」ロイスがデカンタのそばに立ったまま、退屈そうにさえぎった。「リーランドも違うが、弟がディオニソスだなんてもっとあり得ない。わたしたち三人とも違う。ディオニソスが誰か、わたしたちには見当もつかない」

「ほう？　本当にそうか？」ラファエルは静かに言った。アンドルーを放すと、彼はそそくさとロイスの陰に隠れた。「では、わたしと部下たちがロンドンに来る途中の宿で襲われたのは、どう説明する？」

「襲われた？」

リーランドの声にラファエルは振り返った。リーランドは怪訝《けげん》そうに眉をひそめている。

「ロンドンに来る途中の宿で、ローレンス・ドックリーに背中を刺されそうになったんだ。だからやつを殺した」

「殺した？」リーランドの顔が白くなる。

「ではきみは、ドックリーが何者か知っていたんだな？　ディオニソスしかメンバーの素性を知らないと思っていたが」ラファエルは淡々と追及した。

リーランドが激しく目をしばたたく。「だがドックリーがディオニソスのお気に入りだってことは、わたしだけでなくみんなが知っていた。やつは怖いもの知らずで——集会で被り物を取ったりしていたから」彼は身を震わせ、目を伏せた。「考えてみれば、やつが死ぬはめになったのも不思議じゃない」

「死んで残念そうには聞こえないな」ラファエルは言った。

リーランドが顎を上げる。「残念に思う必要があるのか？」

「もういいだろう！」ロイスがふたりのうしろで、うなるように言った。「こんな質問になんの意味があるんだ、ダイモア。一カ月も経つ頃にはきみは死んでいて、〈混沌の王〉は何事もなかったかのように存続しているだろう。さっさと戻って、奥方がきみの置いてきた場所にまだいるか確かめたほうがいいんじゃないのか？」

ラファエルは言い返そうと口を開きかけたが、ロイスの脅しを軽く見るわけにはいかないと思い直した。混みあった舞踏室では、誰にも気づかれずにアイリスが連れ去られるということもあり得るのだ。

ラファエルは急いで出口へ向かう途中で、リーランドを乱暴にかすめた。

「気をつけろ！」リーランドが言い、ラファエルの腕をつかむ。そしてそのまますばやくささやいた。「明日、わたしの家で」

「放せ」ラファエルはそんなささやきを聞いたことなどみじんもにおわせず、大声で言った。

廊下に出ると、ごてごてと着飾りすぎている人々を押しのけて先を急いだ。

リーランドはいったいどういうつもりなのだろう？　こちら側につきたいということか？　ラファエルがリーダーの座に就くのを助けたいと？　これまで彼は、リーランドはグラント兄弟と一緒でなければ何もできない臆病者だと思っていた。だがもしかしたら、過小評価していたのかもしれない。

あるいは、これは罠《わな》なのだろうか。

舞踏会がはじまって時間が経ち、大勢の人々の熱気と照明である何千本もの蠟燭が放つ熱で、屋敷内の温度が上がっていた。そのせいでふんだんに使われている甘い香水や人々の体臭、かつらや蠟燭に使われている蠟などさまざまなにおいがまじりあって、誰もが息苦しさを覚えるほどだった。

ラファエルは歯を食いしばり、人々を乱暴に突き飛ばさないよう、懸命に自分を抑えた。彼の顔を見てひるむ者がひとりならずいたが、誰に見つめられてもひそひそ噂されても無視した。

だがそれも、噂の内容が耳に入るまでだった。

〝少年好き〟という言葉が。

アイリスは自由に動けない人混みの中を、少なくとも一五分はラファエルを探していた。レディ・バートンはうれしくてたまらないだろう。自分の開いたパーティーがこんなにも盛況なのだから。これを成功と言わずして、なんと言おう。しかしアイリスの胸はいま、混乱で押しつぶされそうだった。早くラファエルを見つけ、人のいないところで話さなければならない。悪意に満ちた噂について、ひそかに彼に警告しなければ。

できれば人々が何をささやいているのか、彼が聞いてしまう前に。

けれどもそれは無理なのではないかと、アイリスは絶望に駆られはじめていた。どこに行っても、人々のささやきが耳に入ってくる。噂は野火のように舞踏室じゅうに広がっていた。

そしてラファエルの姿はどこにもない。

彼はどこへ行ってしまったのだろう？　飲み物が用意されている部屋に行ってみたが、彼はいなかった。どこか途中で、すれ違ってしまったのだろうか？　あのアルコーブの席に戻ったほうがいいのか、飲み物の部屋にいたほうがいいのか、迷った。

舞踏室を出たアイリスは、大階段に向かった。探していないのは、もうそこだけだった。

階段の上は人でごった返しているが、階段自体には二、三の人影しかない。そのどれもラファエルではなかった。

がっかりして向きを変えた彼女は、目が痛くなるような趣味の悪いオレンジと緑の縞模様《しまもよう》のドレスを着た女性とぶつかった。体がぐらついたところを、うしろから誰かに強く押された。

階段に向かって。

つま先が一番上の段の端にかかった状態で、アイリスの体は揺れた。

どこにもつかまるところがない。

そのとき誰かが彼女をつかまえて、硬い胸にしっかりと抱き寄せた。「アイリス」

彼女ははっと息をのんで、顔を上げた。

ラファエルがいつもの感情を見せない水晶のような目で、彼女を見おろしていた。けれどもその唇は固く結ばれ、傷痕が焼き印のように顔に浮きだしていた。「階段を転げ落ちるところだった。首を折っていたかもしれないんだぞ」

「誰かに……」アイリスはあえいで言葉を切った。本当に階段を転げ落ちる瀬戸際だったと悟って、体の震えが止まらなくなる。「誰かに押されたのよ」

ラファエルがぱっと顔を上げ、群衆を見回す。「誰に？」

「わからない……」

ラファエルが彼女に注意を戻した。「ここを出なければ」

アイリスは震えながらうなずくのが精いっぱいだった。「ええ」

彼は肘をつかむと、彼女を急《せ》き立てて階段をおりた。

背後に聞こえる人々のささやきは、いっこうにやむ気配がなかった。

それどころか、噂の主役であるラファエルが現れたことで、いっそう大きくなった。

一階に着いても、帰り支度をしている女たちが彼らを見つめ、扇のうしろでこそこそと話している。

男たちが顔をしかめて頭を振り、舌打ちをするのが聞こえた。

母親たちはあわてて未婚の娘を遠ざけている。

しかしラファエルは、まったく表情を変えなかった。冷たく尊大な態度で、ねじれた唇にうっすらと皮肉っぽい笑みを浮かべている。

アイリスだって彼を知らなければ、何日も一緒に過ごす中でいろいろな話をしたり肉体的な悦びを分かちあったりしていなければ、噂を信じたかもしれない。

けれども彼女はラファエルを知っている。だから信じない。

一瞬たりとも。

そしていまのアイリスには、ひどい噂にさらされて夫がどんなふうに感じているかわかった。氷のような冷たい表情で隠しているが、彼の心はきっと激しく傷ついている。

ようやく玄関に着くと、そこは来たときほど混みあっていなかった。ラファエルは扉の横で待機している従僕に馬車を回すよう大声で命令し、待つあいだにアイリスに外套を着せた。

彼女の腕を握っている彼の手の力は万力のように強く、あとで痣になるだろうとわかっていたものの、アイリスは何も言いたくなかった。

どちらも口を開かなかったかれど、力強い体に寄りかかっているアイリスは安心感に包まれていた。

何時間も経った気がしたあとようやく馬車が現れ、ラファエルが彼女を連れて急いで向かった。

御者台に座ったウベルティーノの姿が見えたと思った次の瞬間、アイリスはもう馬車に押しこまれていた。

すぐに動きだした馬車の中で、アイリスはようやくゆっくりと夫に目を向けた。ラファエルは全身をこわばらせ、彼女と目を合わせようともしない。氷のような殻を作って、引きこもっているのだ。まるで彼女が噂を信じているとでも思っているかのように……。

何かが彼女の腰に当たった。

アイリスは無意識に体の位置を変えたが、今度は鋭くつつかれる感じがした。

なんだろう……？

手を下に伸ばして、スカートを探った。もしかしたら、パニエの骨でも折れたのかもしれない。手が金属らしいものに触れたと思った瞬間、薬指と小指に鋭い痛みが走った。

「痛っ！」

ラファエルが顔を上げて、灰色の目を細めた。「どうした？」

「何かがスカートについていて、それで手を切ったみたい」

彼がすばやくアイリスに近寄る。「見せてみろ」

彼女は両手をスカートから浮かせた。

ラファエルがたっぷりとしたスカートを持ち上げて、動きを止めた。引っ張られる感触がしたと思った次の瞬間、薄くて長いナイフが差し上げられていた。ランタンの光を受けて、ナイフの刃がぎらりと光る。

アイリスは混乱して口を開いた。「それって……？」

彼女を見たラファエルの目が、ナイフと同じように冷たく光を反射した。「誰かがきみを殺そうとしたんだ。階段から落ちかけたあのときに。あれはやっぱり襲撃だった。だが失敗して、ナイフがパニエに引っかかっていた」彼は首を横に振った。「どちらにしても、きみは階段を転げ落ちていたら死んでいただろう」

「でもあなたが来てくれた。あなたがわたしを救ってくれたのよ、ラファエル」押されたのが故意だったとわかって、彼女は逆に冷静になっていた。

「しかしナイフで刺されそうになったときは、まだ来ていなかった」彼の目は完全に氷と化していた。「ナイフが刺さっていたら、きみは死んでいた。そうしたら、わたしにできることは何もなかっただろう」

アイリスは右手を開いた。ランタンの光を受けて、薬指と小指は黒っぽい液体が塗りつけられているように見える。

命を狙われているのは、自分でもわかっていた。けれどもこうして実際にそのしるしを目にすると、脅威が現実のものとしてひしひしと身に迫った。

「それはなんだ？」ラファエルがうなるように言い、彼女の手を取ってランタン近くに持っていった。

光を間近に受けて、血が赤く光る。

ラファエルはアイリスの指の血を一瞬まじまじと見つめると、急に彼女を持ち上げて膝の上にのせ、力強い腕を腰に回した。クラヴァットをはずして、血の出ている手に巻く。

アイリスは彼の胸に頭をもたせかけ、されるがままになっていた。「わたしは刺されなかったわ。階段から落ちもしなかった。無事だったのよ。あなたといれば安全だわ」頰をつけたところから、彼の心臓の音が伝わってくる。ゆっくりとした力強い鼓動が。

答える代わりに、ラファエルは回した腕に力を込めた。

シャルトル・ハウスに着くまで、ふたりはずっとそうしていた。

馬車が止まった。扉が開いてウベルティーノが顔をのぞかせても、ラファエルは彼女を放さなかった。

ラファエルがコルシカ人の従僕に、目だけを向ける。「やつらが妻を殺そうとした」

ウベルティーノの顔から笑みが消えた。すっと細くなった目を見て、彼がバルバリア海岸の海賊だった姿がアイリスの頭に浮かんだ。「護衛を手配しましょう。わたしの命にかけて、そんなことは二度と起こらないようにいたします」

ラファエルがうなずいた。

彼はようやくアイリスを膝の上からおろすと、座席に座らせた。馬車の外に足を踏みだして待ち、彼女が立つとふたたびすくい上げて腕の中におさめた。

アイリスは思わず、レディらしいとは言えない声をあげてしまった。

ラファエルはそのまま、玄関前の階段をのぼっていく。

アイリスは咳払いをした。「歩けるわ」

扉が開き、出てきたマードックが目を丸くした。

ラファエルが執事を無視して、彼女に言った。「いや、無理だ」

彼はさらにふたりの従僕の横を通過すると、玄関の間を抜けて大階段を上がりはじめた。それでも、息ひとつ切らしていなかった。

アイリスは怪我をしていないほうの手で、夫のベストをつかんでいた。その手に筋肉が盛り上がったり弛緩したりする動きが伝わってくる。彼の顔は厳しくこわばったままだ。

ようやく公爵用の寝室に着くと、ラファエルは肩で押して扉を開けた。まっすぐベッドに行ってアイリスをおろし、自分も靴をはいたままベッドにのって、彼女を抱き寄せた。

暖炉の熾以外に光はなく、部屋は暗い。

しんと静まり返る中で、規則正しい彼の息遣いだけがアイリスの耳に響いた。

「違う」ラファエルがいきなり言ったので、彼女はびくっとした。

唇を舐めて、アイリスはきいた。「違うって、何が？」

「わたしは少年を好んでなどいない。少女だって、そんな目で見たことはない。母の墓に、わたしという存在に、わたしが大切にしているすべてのものにかけて誓う。子どもをそんな目で見たことも、触れたことも、妄想したこともない。わたしは――」

「ラファエル」夫が抱きしめた腕をゆるめようとしないので、アイリスはもがいて体を少しだけ離し、彼と目を合わせた。「ラファエル、わたしの言うことを聞いて」

彼が口をつぐんだ。息遣いが荒く不規則になっている。

アイリスはさらにもがくと、上半身を起こして彼を見つめた。

ラファエルは横たわったまま、氷が張ったようなうつろな目をベッドの天蓋に向けている。

彼にそんな目をさせておくわけにはいかない。

「わかっているわ」アイリスはそう言って、夫の顔を両手で包んだ。「みんなが噂しているようなことをあなたはするはずがないと、ちゃんとわかっている。全部嘘だってわかっているのよ。わたしはあなたを信じているもの。心の底から信じている」

ラファエルが目をつぶった。

そしてふたたび開けたとき、氷は溶けていた。彼が水晶のように澄んだ目に涙をあふれさせて、彼女を見つめた。

「アイリス、わたしのアイリス」ラファエルはささやき、彼女の顔を引き寄せて唇を重ねた。それは死にかけている男がするようなキスだった。最後の息を引き取ろうとしている男が、心から大切に思っている女性にするような。

その瞬間、アイリスの胸の中で何かが花開いた。それはどんどん大きくなって、はちきれそうになるまで胸を押し広げた。彼女はいま感じているものを、彼への気持ちを、これ以上胸の内にとどめておけるかわからなかった。

夫となった男性に、アイリスは好意を感じている。あふれんばかりの好意を。おそらくは好意以上のものを。

そう思うと怖くなっていいはずなのに、喜びしか感じなかった。

喜びで胸がはちきれそうだ。

「アイリス」ラファエルが絶望に駆られたようなせっぱつまった声で、彼女の名前を呼んだ。

彼女を抱きしめる手が震えている。

ラファエルがいきなり体を起こし、アイリスの向きを変えて横たわらせた。そしてスカートを押し上げパニエを留めているひもを見つけると、ほどいてパニエを床に落とした。すぐに彼女の上にのって首筋に唇を滑らせ、鎖骨の上をかむ。

アイリスは思わずあえぐと、彼の後頭部の髪に指を差し入れて握った。あまりにも性急な動きに、何かにつかまらずにはいられなかった。

これまでは、ラファエルはいつも自分を抑制していた。けれどもいまは、抑えきれない衝動に駆られているように見える。

動物的な本能に。

アイリスは欲望が急速に高まるのを感じて、身震いした。両手を彼の肩までおろし、ぎゅっとつかんだ。

ガーターの上の素肌に置かれたラファエルの手は熱く、待ちきれない思いが伝わってきた。ふたりとも服を着たままだが、彼は脱ぐ時間さえ惜しんでいるようだ。アイリスの脚のつけ根の上の巻き毛で覆われた部分に所有欲もあらわに手を置いて、顔を上げる。

「脚を開いて」容赦のない光を目に浮かべ、ラファエルが言った。

アイリスは下腹部の奥が熱くとろけだすのを感じながら息を吸い、いつの間にか体をくねらせていた。

ラファエルに魅了され、自分が女であることを強く意識する。彼と結婚するまでアイリス自身さえも自分の中にあると知らなかったものを、ラファエルはむき出しにした。

本能のままの、原始的な欲望を。こんな欲望が、自分の中にずっと眠っていたのだろうか？　悦びを感じたいという、これほどまでに強い衝動が。それともこれは、彼に触れられてはじめて生まれたものなのだろうか？

あるいは、アイリスが彼に触れたときに？

自分の中にあるこういう部分は警戒すべきものだと、アイリスにはわかっていた。レディたるもの、動物的な本能は無視しなければならないとされている。レディは堅苦しく上品で氷のように冷たくなければならないのだ。

けれども抑制を失った夫によって掻き立てられ燃え上がった欲望は、あまりにもすばらしかった。

頭がくらくらして、何も考えられなくなるくらいに。

無視するなんてできない。あきらめるなんて無理だ。

ラファエルの指が襞をかき分け、うるんだ部分に入ってくるのを感じて、アイリスは声をあげた。ラファエルが彼女の目をじっと見つめている。

彼が笑みを浮かべた。傷のせいでゆがんでいるが、笑みであることに変わりはない。やさしいとは言えないし、紳士らしくもないけれど。

ただしその笑みは、彼女だけに向けられたものだ。

彼女ひとりに。

こんなふうにアイリスを見てくれる人は、いままでいなかった。

ラファエルにもっと触れてもらいたくて、見つめてもらいたくて、アイリスは体をそらし、腰を突き上げた。彼が頭をおろして唇を重ね、舌を差し入れるのと同時に脚のあいだのやわらかい部分に指を滑らせる。

　アイリスはラファエルの下で震え、うめいた。むさぼるようなキスに、頭が真っ白になる。

　彼が敏感な突起を親指でしっかりととらえてこすりながら、唇を離して魂の底まで響く深い声でささやいた。「わたしの手を濡らしてくれ。きみの欲望を、きみのすべてを見せてほしい。わたしを求めて薔薇色に腫れ上がっているきみが見たいんだ。悦びにすすり泣くきみが見たい。喜びも痛みもすべてひっくるめて、アイリス、きみをわたしのものにしたい。きみは真っ暗なわたしの夜を照らしてくれる光だ。さあ、わたしのためにいってくれ」

　その言葉が歓喜に満ちた啓示のように響く中、アイリスは彼の手と口を感じながら体がそり返るのを感じた。がたがたと震え呆然としながら、必死に息を吸いこんだ。自分の中心が悦びに脈打っているのがわかる。

　アイリスがぐったり横たわっていると、ラファエルがせっぱつまった声で悪態をつくのが聞こえ、すぐに彼の体の重みがのしかかってきた。

　目を開けると、彼がこわばった表情で強い視線を向けていた。

「ラファエル。お願い」アイリスはうめき、懇願した。どうしても彼が欲しかった。

「できない。だめだ。無理なんだ」

ラファエルが彼女の腰に腰を押しつけてくる。すると、ブリーチズの前立てが開いているのがわかった。熱く高まった彼のものが内腿に突き入れられるのを感じて、アイリスの心臓がどきりと跳ねた。

口では無理だと拒否しながら、こんなふうにむき出しの欲望の証をアイリスにこすりつけている。本当は彼女を求めているのだ。いまや冷たさのかけらもないラファエルの目には欲望があふれ、腰は抑えきれずに揺れてしまっている。

ラファエルは彼女を求めているのだ。

「お願い。お願いよ、ラファエル」アイリスはささやき、腰を浮かせて誘った。もう少しだ。もう少しで彼が入ってきてくれる。

ラファエルが苦痛に耐えるように、目を閉じた。胸に大きな剣を突き立てられ、心臓や肺や肝臓を貫かれてでもいるかのようだ。彼が腰をさらに押しつけ、アイリスのやわらかい襞の上に高まったものを滑らせる。

ああ、彼に満たしてもらいたい。

アイリスは彼の頬に手を当てた。

ラファエルが顔を横に向け、手のひらにキスをした。次の瞬間、彼女の中に入っていた。

突然の侵入に、アイリスはあえいだ。ようやく自分の中にラファエルを感じられたことに、押し広げられ隅々まで満たされた感触に、息をのむ。

彼がふたたび腰を突きだし、今度は一番奥まで入ってきた。従順に大きく開いた彼女の脚のあいだで、このうえなく深く親密に体がつながっている。

ラファエルは腕をついて上半身を支えながら、腰を引いてペニスをぎりぎりのところまで引きだした。それから、もう一度奥まで打ちこむ。

アイリスは口を開き浅く息をつきながら、彼の水晶のような灰色の目を見上げていた。いまやもう、彼は動きを止めることなく繰り返し突き入ってくる。どんどん速さを増しながら、一心に。

こんなのははじめてだった。

元夫との行為とは全然違う。

あまりにも激しく、親密で、信じられないほどすばらしかった。

ラファエルの鼻の穴がふくらみ、口の横のしわが深くなる。ねじれた美しい口からうなり声がもれ、アイリスはふたたび絶頂へと近づきながら、悪魔に愛されているみたいだと思った。彼は命や光や贖罪《しょくざい》のために、必死で戦っている悪魔のようだ。

ラファエルはいま、われを忘れて激しく腰を振り、自分と彼女をひたすら高みへと押し上げようとしている。がくりと頭を落として歯を食いしばり、目だけを動かして彼女を見つめながら。

突然アイリスは、自分が何をするべきなのか悟った。

「わたしのためにいって。あなたのすべてをちょうだい。光も闇も両方欲しい。わたしは両方を受け入れるわ。あなたとひとつになりたい。あなたが欲しいのよ」

ラファエルは頭をうしろに投げだして、咆哮した。首の筋を浮き上がらせて最後に一度全力で腰を押しだし、ぶるぶると体を震わせた。

そんな彼の姿を見て、光り輝くあたたかい波のような快感がアイリスの体にも広がった。ブリーチズに包まれたままの彼の腰をつかんでくねらせるように体をすりつけると、あまりの気持ちよさに星が見えた。

ラファエルはあえぐように大きく息を吸って、彼女の肩に頭を預けた。開いた口を彼女の喉につけているが、漆黒の髪が垂れていて顔は見えない。アイリスはまだ体を震わせながら、悦びの余韻に浸っていた。

信じられないほどすばらしい気分だった。

ラファエルが半分体を重ねたまま、激しく息をついているのを感じる。このままずっと上にのられていたら苦しくなるだろうが、いまはまだこうしているのが心地いい。しばらくはこんなふうに夫の体の熱に包まれ、じっとしていたい。

夫の愛情に包まれて。

アイリスの目に涙が込み上げた。ようやくラファエルが、ちゃんと愛してくれた。本物の夫婦になれたのだ。

身も心も結ばれた。

アイリスの中で喜びがはじける。こんなふうに愛されて、本当に幸せだった。前の結婚には——これまでの彼女の人生には——これが欠けていたのだ。

互いのものだという感覚が。

一緒にいるだけで安らげる感覚が。

彼を愛している。そう悟って、アイリスの心が内側から光り輝く。

ラファエルを愛している。

ところが喜びに浸っている妻を無視するように、彼が体を動かした。つながっていた部分が離れ、彼女の心に寂しさが広がった。彼はベッドから出て、床におり立った。

アイリスは向きを変え、彼を見つめた。

ラファエルは彼女に背中を向けたまま、じっと立っている。

アイリスは眉をひそめた。「ラファエル？」そっと呼びかけ、自分の声があまりにもかすれていたことに頬が熱くなる。「ベッドに戻ってきて」

ラファエルが振り返った。

その顔には血の気がなく、傷痕だけが真紅のヘビのように目立っている。「いや、だめだ。わたしは……」彼は恐ろしいものでも見るような目を、アイリスに向けた。

懸命に吐き気をこらえているような目を。

喜びにふくらんでいたアイリスの胸が一気にしぼみ、灰色になって小さく干からびていく。

「ラファエル？」

彼は黙ったまま部屋から出ていった。

15

エルはあっという間に元気になりました。薔薇色の頬で目をきらきらと輝かせ、小さな家に笑い声を響かせるようになりました。ベッドから出たエルは前と同じくらい、いいえ、それ以上にくるくると働くようになったのです。

そこでアンは、父親とエルに伝えました。石の王のもとへ戻り、一年と一日のあいだ彼の妻にならなくてはならない、と……。

『石の王』

ラファエルは公爵用の寝室に続く控えの間で、懸命にブリーチズの前を閉めていた。なんということをしてしまったのだろう……。

彼女を汚すまいと、固く誓っていたはずだった。

それなのにアイリスとひとつになり、あまつさえ彼女の中で果ててしまったのだ。

彼の手は震え、息は乱れていた。獲物に向かって突進する寸前のクマのようだと、ラファエルはうわの空で考えた。

どうして誓いを破ってしまったのだろう？

自分の体からアイリスの香りがする。何かの花の香り。それから彼を惹きつけてやまない彼女の秘部の香り。

ラファエルは腹部を殴られたように、あえいだ。

父親が彼という人間を破壊し孤独な闇に投げこんだあのできごとのあと、長いあいだ性的なものとは関わりを持たなかった。

体を洗うとき以外、ペニスに触れなかったくらいだ。

もちろん、ほかの人間に欲望の目を向けたりもしなかった。

そもそも強い嫌悪感を抱かずに人間の体を見ることができなかったのだ。

ラファエルにもし強い信仰心があったら、修道院にでも入っていただろう。

だが一六歳になると、彼はゆっくりと変わりはじめた。女性を見れば胸から目が離せなくなり、夜になると硬くなったペニスを無視できなくなった。それはやがて、昼にも及ぶようになった。

数年で、彼は大人の男に成長した。

乗馬は鞍やあぶみを必要とせず、腿と踵で送る合図だけで馬を自在に操れるところまで上達した。

外国語はイタリア語、コルシカ語、ラテン語、ギリシャ語、フランス語をしゃべれる。

身も心も大人になったのだ。

そして二一歳のときに、家に来ていた未亡人の洗濯婦と関係を結んだ。手は荒れて硬かったが、一〇歳年上の彼女は心がやさしく、誰とでも寝るような女ではなかった。ラファエルはさらに三回彼女と会い、小さな家とオーブンを買ってパン屋をはじめられるだけの金を渡して終わりにした。

そのあと、ふたりの女性と同じような関係を持った。

だが彼女たち三人とは、愛人と呼べるような間柄ではなかった。

それに彼女たちの誰にも、挿入はしていない。これまでに一度も、女性に挿入したことはなかった。

アイリスが現れるまでは。

なんということをしてしまったのだろう。けっして子どもを持たないと誓いを立てたのに。

父親の呪われた血を自分が断ち切ると、決意していたというのに。

彼女のために、誓いを破ってしまった。

防御の壁を、ことごとく崩されて。

「ラファエル?」

彼女の声に体を固くして、彼は振り返った。

アイリスが入り口でためらっている。ドレスを脱いでシュミーズと部屋着だけをまとい、髪をすっかりおろして。

彼女は輝いていた。

光を放っている彼女がまぶしすぎて、ラファエルは目を閉じた。「出ていってくれ」

「いやよ」

短い返事に、彼は顔を上げた。

アイリスは唇を震わせているのに勇敢にも背筋を伸ばし、出ていくことを拒否している。打ちのめされた彼を、ひとり残していくことを拒否しているのだ。

「ラファエル、いったいどうしたの?」

彼はアイリスを見つめた。彼女は本当に、何もわかっていないのだろうか?

「わたしは……間違いを犯した」必死で声を平静に保つ。少しでも気を抜けば、怒鳴ってしまいそうだった。彼女が悪いわけではないのに。

心の弱い自分がいけないのだ。

「それって……」アイリスが唇を舐める。「それってどういうこと?」

ラファエルは首を横に振った。「わかっているだろう。何度も説明したはずだ」

彼女が静かに息を吸う音が聞こえる。「子どもが欲しくないのよね。ええ、それなら何度も聞いたわ。でももし子どもができても、それってそんなにひどいことかしら――」

「ひどいに決まっている!」ラファエルは怒鳴らないようにするのを、あきらめた。「最悪だ。父は怪物だった。父みたいな子どもが生まれてくる危険は絶対に冒せない。どうしてきみにはわからないのか――」

「だって、あなたとお父さまは違う人間よ」アイリスは彼に向かって一歩踏みだした。「もし――」

「どうしてわかる？」体じゅうの毛穴から正気が流れでていくような気がして、ラファエルは髪をかきむしった。「わかるわけないだろう！　わたしの体には父の血が流れているし、頭には父の言葉や行動が刷りこまれている。父はわたしを父と同じ人間にしようとしていた。きみにはわからないのか？　わたしは父と同じ怪物なんだよ」

「違うわ！」アイリスが彼の前に駆けつけ、首に腕を回して抱きついてきた。ラファエルは必死に体を離そうとした。

だが彼女に怪我をさせるわけにはいかない。こんな状況でも、それだけは彼の頭にあった。

「違うわ」ラファエルに顔を寄せて、アイリスは繰り返した。懸命に訴える彼女の目には、感情が嵐のように渦巻いている。「あなたはお父さまじゃないのよ、ラファエル。この先もお父さまのようには絶対にならない」

「危険は冒せないんだ。取り返しがつかないから。わたしにはできない」

彼に抱きついていた腕がだらりと落ち、アイリスがうしろに下がった。彼女はつばをのんで、きいた。「もし、もうできていたら？」

ラファエルは首を横に振りながら、顔をそむけた。「わからない」

それからもう一度、妻に目を戻した。顔を金色の髪に包まれたアイリスは、胸が痛くなるほど美しかった。内側から光り輝いている。

自分は彼女にふさわしくない。そんなことはないと思いこもうとしたのが、ばかだった。

ラファエルは息を吸い、彼女とのあいだに生まれかけていたつながりを断ち切る言葉を押しだした。「だが、これだけはわかっている。こんなことは二度とあってはならない」

アイリスはうっすらと口を開けて、夫を見つめている。彼女ならあきらめずにまた言い返してくれるのではないかという希望が、どこからかわいてきた。彼女が夫を言い負かしてくれるのではないかという希望が。

だがアイリスはしばらくそうやってラファエルを見つめたあと、黙って出ていった。

彼をただひとり、冷たい闇の中に残して。

ラファエルは耐えられなかった。彼女の光を浴びることに、慣れてしまっていたのだ。

ラファエルは控えの間の扉を叩きつけるように閉めて、廊下に出た。寝室の外で番をしていたウベルティーノが驚いた顔を向けているのを無視して、歩きつづける。

「だんなさま！」従僕がうしろから呼びかけた。

ラファエルは振り向きもしないで、階段を駆けおりた。

玄関にはヴァレンテとイヴォがいた。ヴァレンテが立ち上がって何か言いかけるのを、手を上げて制止した。

ラファエルは立ち尽くしている従僕たちの前で、扉を開けた。

そして夜の中に歩みでた。すべての光をあとにして。

その晩、ディオニソスは勢いよく燃えている火の前に座って、極上のブランデーを飲んでいた。グラスを持ち上げて光に透かし、琥珀色《こはくいろ》の輝きを見つめる。

「ダイモアはわれわれに迫っている」近くに座っているモグラが口を開いた。「妻が殺されかけたことで、やつはさらに決意を固くしているはずだ」

ディオニソスはモグラを無視した。極上のブランデーを持っていること以外、モグラは彼にとってほとんど役に立たない。

そのことを、モグラは忘れている。

「また刺客を送りこむつもりか？」モグラがきいた。

どうやらモグラは、自分が次の刺客に選ばれるのではないかと心配しているらしい。「ダイモアにはもちろん消えてもらう必要があるが、コルシカに戻るよう圧力をかけるだけでもいいんじゃないだろうか」

ディオニソスは眉を上げ、ゆっくりとモグラに向き直った。「お前はわたしのきょうだいと話していた」

「違う」モグラが目を見開いた。そこに見えるのは恐怖だろうか。「まさか、何も話していない。わたしはきみに忠実だよ。きみだけに」

「本当にそうかな？」ディオニソスは純粋に興味を覚えて質問した。

「そうだ！」モグラは汗をかいていた。火の近くだというのもあるかもしれないが、おそらくディオニソスのそばにいるからだろう。「わ……わたしはただ、きみがダイモアに関する噂を広めたから、やつもイングランドに居づらくなるだろうと思っただけだ。だって、誰があんな噂のあるやつとつきあうというんだ。きみは本当にうまく、やつを孤立させた」

ディオニソスはうなずいた。それはそのとおりだった。だがもう少しモグラをなぶってやりたくて、目を細めて続けた。「ああ、これでダイモアは誰とも手を組めなくなった。だがそれだけではじゅうぶんではない。やつを完全に叩きつぶさなくては」彼はブランデーをすすり、グラスの縁越しにモグラを見つめた。モグラは恐怖のあまり、いまにも吐きそうな顔をしている。「こういう重要な任務は、一番忠実な人間にしかまかせられない。誰か心当たりの者はいないか?」

「そ……そうだな……」モグラが上着のポケットからハンカチを出して、額をぬぐった。

「クマはどうだろう?」

ディオニソスは眉を上げた。

「それなら……アナグマでは?」

「わたしのきょうだいではなく?」モグラがどう答えるか知りたくて、ディオニソスはきいた。

「きみはきょうだいを信用しているのか?」モグラの質問は、彼にしては勇敢な試みだと言えるだろう。

ディオニソスは笑みを浮かべた。「いや」

たじろいだモグラが相手の意図をゆっくりと理解していく様子を、ディオニソスは楽しんで見守った。

「ではわたしがやろう。わたしがダイモアを殺す」自らの選択であるかのように、モグラがついに言った。

「それはすばらしい」ディオニソスは微笑み、モグラがさっそく語りだした計画に耳を傾けた。

モグラは裏切り者のろくでなしだと、彼は結論づけた。あるいはただ臆病なのか、それとも星回りが悪いのか。

なんにしても、ディオニソスは彼への好意をすでに失っていた。モグラは自分の友人でも兄弟でも愛玩動物でもない。

だから排除する。

排除しなければならないのは、ダイモアも同じだ。やつを深い地の底にある地獄へと追いやるのだ。生者の世界から完全に切り離して。だがその前に、ダイモアの魂を救う存在であり、彼が命よりも大切にしているものを奪わなくてはならない。

なぜならディオニソスが永遠に救われないのなら、ダイモアにもそうであってもらわなければならないからだ。

それが公平というものだろう。

翌朝ラファエルが目覚めると、太陽はとっくにのぼっていた。部屋に差しこんでいる光に思わずたじろぎ、ゆうべは公爵用でも公爵夫人用でもない客用の寝室で寝たことを思い出す。

アイリスと一緒にいたら、今度こそ屈してしまうのではないかと不安だったのだ。二日酔いで頭が痛むので、彼は慎重に体を起こした。昨日は酒場を数軒はしごして、真夜中を過ぎて戻ったときには完全に酔っ払っているとは言えないまでも、素面《しらふ》とも言えなかった。

ラファエルはしばらくベッドの縁に座って、頭を抱えていた。アイリスはひどく傷ついた顔をしていた。心臓にナイフを突き立てられ、血が流れだしているかのように。

誰か別の人間が彼女にそんな顔をさせたのだったら、ラファエルはそいつを殺していただろう。だがアイリスをそんなにも傷つけたのは、自分だ。

彼女の心臓にナイフを突き立てたのは、自分なのだ。

そう考えると、ラファエルは吐き気がした。

いったいどうすればいいのだろう？　アイリスに抵抗できないとわかったいま、もう一緒には暮らせない。しかし、もし子どもができていたら？

ラファエルはため息をついて、老人のようにのろのろと立ち上がった。足元に散らばっている服を見おろし、身をかがめて上着を拾う。するとポケットから紙が落ちた。

彼は凝視した。

昨日、ポケットに何かを入れた覚えはない。

ラファエルは紙を拾って開いた。すると中に〝彼は見た目どおりの人間ではない〟という走り書きがあった。

ラファエルは眉間にしわを寄せた。彼とは誰を指しているのだろう？　ディオニソスか？　それに、いつ誰がこれをポケットに入れたのか？

考えこみながら洗面をすませ、服を着た。

昨日行った酒場には、ほとんど客がいなかった。飲み物を運んできたメイドがポケットに入れた可能性が、ないとは言えない。手先が器用な女ならできる。だがおそらく違うだろう。そして酒場からの行き帰りは、誰にも会わなかった。

ということは、やはり舞踏会のときに違いない。

問題は舞踏会に来ていた客の誰が入れたとしても、おかしくないことだ。あそこには大勢の人間がひしめいていて、ラファエルはそのあいだを何度も行ったり来たりした。つまり、数えきれない人間と接触している。

それにあそこには、アンドルーとロイスとリーランドもいた。

人混みでアンドルーとロイスの両方と出くわしている。だが、あのときはすれ違ったわけではなく、向かいあった位置にいた。もちろん気づいていないときにあのふたりかリーランドと接触していた可能性もゼロではないので、そう考えると三人のうちの誰がメモをよこしたとしてもおかしくない。

あとは彼らと話をするために小さな書斎に入ったときだが、アンドルーもロイスもラファエルのうしろに立っていた。ポケットに何か入れられて気づかなかったとは思えないものの、いつかの時点で誰かが入れたのは動かしがたい事実だ……。

最後にひとつ考えられるのは、書斎を出ようとしてリーランドとぶつかったときだ。リーランドが耳元でささやいたと同時にメモを滑りこませた可能性もある。

だが舞踏会に来ていた誰が送り主でもおかしくないのだから、厄介だ。

ラファエルはもどかしさにため息をついた。

誰が入れたにせよ、このメモはなんの役にも立たない。名前が書いていないのだから。Tの横棒が二本引かれているところを見ると、これを書いた人物はおびえながら急いで書いたのだろう。このメモからわかるのは、その事実だけだ。

ラファエルは靴をはきながら、そのことについて考えをめぐらせた。

このメモが書斎で書かれたとすると、〝彼は見た目どおりの人間ではない〟という言葉はあのときあそこにいた三人のうちのひとりについて警告しているのだろう。

あるいはディオニソスかやつの手の者が、こちらを混乱させる目的でよこしたのか。

ラファエルは口をゆがめた。もしそうなら、メモの目的は完全に達成されている。

とにかくこのメモとは関係なく、ヘクター・リーランドの招待に応じるつもりだった。リーランドは前からの知りあいだが、アンドルーかロイスが一緒にいないところで話したことはない。とはいえ、あのふたりがいないところでは、意外と率直に話をする可能性もある

――ドックリーやディオニソスについて。

リーランドの屋敷に行こう……ただしコルシカ人の従僕たちを連れて。

ラファエルはそう心を決めると、上着に袖を通して階段をおりた。階下にはアイリスの姿

もジア・リナの姿も見えないが、別に不思議ではなかった。おそらく一緒に朝食をとっているのだろう。

彼に勇気があれば、ふたりに挨拶をしに行くところだ。

しかし自分はすでに、アイリスの魅力に抵抗できないと証明している。

彼女には近づかないのが一番だ。

そこでラファエルは馬を屋敷の前に三頭用意させ、連れていく従僕をヴァレンテとバルドに決めた。

そして一五分後には、馬にまたがってリーランドの屋敷に向かっていた。

ロンドンの街はラファエルのいまの気分そのままに、じめじめとして陰鬱に曇っていた。通りは混雑していて、馬はなかなか進まなかった。

リーランドの屋敷は古い通りにひしめくように並んでいる家々の一軒で、そこにようやく着いたときには遅くなりすぎて話す機会を失ってしまったのではないかと、ラファエルは焦燥感に駆られていた。

リーランドの屋敷前の階段で、初老の女が男と話していた。断髪のかつらと持っている黒い鞄からして、男はおそらく医者だろう。彼らの横ではまだ二〇歳前と思われるメイドがすすり泣き、年配の執事が真っ青な顔で震えている。

ラファエルは馬を降りた。「ここで待っていろ」従僕たちに指示して、手綱をヴァレンテに渡した。

階段に集まっている人々に歩み寄る。

「あなたは？」医者がとがった鼻の先端にのせた小さな眼鏡の縁越しに、目を向けてきた。

「ダイモア公爵。ヘクター・リーランドとは友人だ」ラファエルは冷静に返した。

「では、あなたに悲しい知らせをお伝えしなければなりません。ミスター・リーランドは今朝、決闘用の拳銃の手入れをしている最中に、不幸な事故に遭われたんです」

「哀れにもね」初老の女が言った。大きなレースのキャップをかぶってひもを顎の下で結んだ女は、口を不快そうにきつく結び、目に険しい表情を浮かべている。「姪《めい》のシルビアと赤ん坊ふたりが、不憫《ふびん》でならないよ。おなかにもひとりいるっていうのに、こんなことになるなんて。シルビアには、ヘクター・リーランドなんかと結婚するんじゃないって言ったんだ。〝とことんだめな男だよ〟って。それなのに結婚するから、結局こんなことになるんだよ。みっともないったらありゃしない」

二軒隣の屋敷の扉が開き、出てきたメイドがあからさまにこちらを見ている。

「彼に会わせてもらいたい」ラファエルは言った。

「死んでいますよ」医者が言葉を飾らずに返す。

「それでも、ぜひ」

「見たら後悔されるでしょう。遺体はひどいありさまですから」

横にいたメイドが悲鳴をあげたので初老の女が舌打ちをして、乱暴とも言える手つきでメイドを家の中に引っ張っていった。あとから執事も続く。

三人がいなくなると医者はラファエルに向き直り、どうしたものか決めかねるように彼を見た。

だがラファエルの表情から決意の固さを悟ったらしく、肩をすくめた。「わかりました。ご自分で結果を引き受けられるんでしたらかまいません」先に立って、屋敷の中に向かう。

「わたしが死の原因にまったく疑いを持たなかった理由が、おわかりいただけると思いますからな」

リーランドの書斎は、猫の額ほどの裏庭に面した二階の一番奥にあった。

「メイドがあそこにいる彼を発見したのです」医者が血の飛び散った書類ののった机を指さした。「連絡を受けて来たわたしは、遺体をここへ動かしました」

〝ここ〟というのは別の部屋から運んできたと思われるテーブルだった。そこに横たえられたリーランドは寝間着に靴下という格好で、剃り上げた頭の半分がなくなっている。

「さっきお伝えしたとおり、完全に死んでいます」

「たしかに。だが他殺である可能性はないのか?」ラファエルは遺体を眺めて、質問した。

医者のふさふさした灰色の眉が、跳ね上がる。「拳銃を手に持ち、頭の半分が吹き飛んだ状態で机に伏せっていたんですよ。屋敷の扉はすべて施錠されていましたし、叫び声もしませんでした。早朝にメイドが暖炉の掃除に入るまで、誰も異変に気づかなかったくらいです」

ラファエルの目が、ふと机の上の手紙に留まった。とくに興味を引く内容ではなく、リーランドが義父に金を無心しているだけだ。だが重要なのは、その筆跡だった。

どのTにも、横棒が二本引かれている。

ラファエルの横では、医者がまだ話しつづけていた。「よもや、彼の奥方が手を下したなどと思っておられないでしょうな。そんなことは、とうてい信じられません。いいですか、〝決闘用の拳銃の手入れをしている最中〟と言ったのは、奥方のショックをやわらげるための方便です。あなたもわかっておられると思いますが」

ラファエルは窓に目をやり、歩いていって外を見おろした。レンガ造りの外壁には地上一・八メートルより上に、装飾用の刻み目が規則的に入れられている。敏捷《びんしょう》な男なら、刻み目の部分まで届く梯子《はしご》さえあれば、そこから上は簡単にのぼってこられるだろう。

彼は向きを変え、遺体に近づいた。

「惨憺《さんたん》たる現場ですね」医者の口ぶりはどことなく楽しそうだ。「壁に飛び散った血をきれいにするのには、大変な労力が必要になるでしょう」机の真うしろの壁を示す。

「まったくだ」ラファエルはうわの空で相槌《あいづち》を打ち、リーランドの遺体の上に身をかがめた。右の袖口から紙がのぞいているのが見えたのだ。

引っ張って、それを取る。

「なんですか？」医者が横に来て、のぞきこんだ。

紙にはイルカの絵が描かれていた。うまくはないが、はっきりそれとわかる。

医者は鼻を鳴らした。「魚ですか。どうしてそんなものを描いたのでしょうね？」

ラファエルは彼を無視して、紙を裏返した。

その瞬間、ラファエルの心臓は止まった。

アイリスの花の絵。医者は魚と花についてばかげたことを話しつづけているが、ラファエルはまったく聞いていなかった。アイリスの上には紙がへこむくらい力を込めて、黒々としたバツ印が重ねられている。そして悪意がまざまざと伝わってくる絵の隣には、ひと房のブドウが描かれていた。

ディオニソスはワインとブドウと放蕩の神だ。

つまりこれを描いたのはリーランドではなくディオニソスで、そこに込められたメッセージは明らかだ。アイリスが危ない。ディオニソスはラファエルの妻に対する明白な脅しを表明したのだ。

頭を殴られたような衝撃がラファエルを襲った。耳鳴りがして、視界が赤く染まる。アイリスに夢中になるあまり、どうして〈混沌の王〉とディオニソスへの追及をあと回しにしてしまったのだろう。昨日の夜、彼女はやつらに殺されかけた。

それなのに屋敷に戻ったあと、自分はのんびりと彼女の体におぼれていたのだ。

アイリスは彼だけに歌いかける精霊セイレーン。ラファエルの気をそらす存在だ。彼に身を守るすべはなく、歌いかけられるとどうしても注意を引かれてしまう。次にまた彼女に心を奪われ使命をおろそかにするようなことがあれば、ディオニソスに送りこまれた刺客を無能だと笑えなくなるかもしれない。

その結果は、アイリスの死だ。

早く彼女のもとに戻らなくてはならない。

ラファエルは医者に礼を言った。「ありがとう」

医者はまだ頭のどうかした貴族たちについてしゃべりつづけていたが、ラファエルには言葉を返している暇はなかった。

ディオニソスはすでにリーランドを殺した。

そして次に、アイリスに狙いを定めている。

アイリスを遠くへやらなければならない。妻の身の安全と、自分の正気を守るために。

16

「行くんじゃない」石工はアンを止めました。「石の王は邪悪な精霊だ。やつのもとへ行けば、二度と自由にしてもらえないだろう」

「人間に見えたわ」アンは言い返しました。

「お願い、行かないで！　わたしを助けたために姉さんがひどい目に遭うなんて、不公平よ」エルも姉に訴えます。

「一年と一日だけよ。それに、約束したから」そう言うと、アンはふたたび荒野に出ていきました。着替えを入れた小さな袋を背負い、母親のものだったピンク色の小石を握りしめて……。

『石の王』

シャルトル・ハウスの庭は、花の咲いていない季節でも美しかった。

アイリスはその砂利の敷かれた小道に、ドンナ・ピエリと立っていた。もう日もだいぶ高くなっているが、ラファエルの姿は昨日の夜に口論して以来、見ていない。ドンナ・ピエリには何も打ち明けていないものの、その同情しているような視線から彼との仲違《なかたが》いに感づいているのではないかという気がしてならなかった。

アイリスはため息をついて、タンジーを見おろした。子犬は小道の真ん中に座りこんで、もう歩けないと哀れっぽく鳴いて訴えている。

ドンナ・ピエリがはじめて見る虫を観察するように、前のめりに犬をのぞきこんだ。「ラファエルがあなたのためにこの犬を手に入れたというの？」

タンジーの甘えた鳴き声が大きくなり、ドンナ・ピエリは声を張り上げなくてはならなかった。

アイリスはうなずき、子犬の懇願に負けて抱き上げた。

迫りくる大波から助けだしてもらったとでもいうように、タンジーが夢中で体をくねらせてアイリスの顔を舐めた。

「ええ、そうだと思います」アイリスはふたたび歩きだし、腕の中でうれしそうに眺めを楽しんでいるタンジーをしかめっ面で見おろした。「彼は何も言いませんでしたけど、バスケットに入れてわたしにくれたので」

「まあ驚いた」ドンナ・ピエリがつぶやく。

タンジーがあくびをした。大きく口を開いたために、頭がぶるぶる震えている。

金縁眼鏡のうしろで、ドンナ・ピエリが目尻にしわを寄せて微笑んだ。「かわいい子犬ね」

「ええ、本当に」アイリスはシルクのような手触りのタンジーの頭をなでた。

タンジーがその手を舐める。子犬の愛情あふれる仕草に、なぜかアイリスは唇が震えてしまった。昨日の夜があんなふうに終わって、この先ラファエルと夫婦としてやっていけるのか自信がなくなっていたのだ。ラファエルが彼女を――ふたりの結婚を――受け入れ、ちゃんとした結婚生活を送る気になる日は来るのだろうか。

昨日の夜、彼は心の底からぞっとしていて、怒りに満ちたその様子には取りつく島もなかった。しかもようやく彼の抱えている問題を乗り越えてひとつになれたと思った直後の豹変《ひょうへん》だったので、より残酷に感じられた。喜びが心にあふれた瞬間、彼の恐怖にすべてを叩き壊されたのだから。

この先もラファエルの気持ちが変わらなかったら、こんな状態のまま暮らしていけるだろうか？

アイリスは自信がなかった。タンジーを抱く手にはまっているルビーの指輪を見つめ、目をしばたたいた。その指輪を見ているうち、なぜか涙が込み上げた。

そのとき屋敷の扉が突然勢いよく開く音がして、ふたりは振り返った。

ラファエルが砂利道を大股で歩いてくる。「屋敷の中に戻るんだ」

「何があったの？」アイリスは恐る恐るきいた。

「いいから早く」

その強い口調にアイリスはびくりとして、ドンナ・ピエリとともにあわてて屋敷に引き返した。ラファエルの顔は石のように固くこわばっていて、とても目を合わせられない。

いまの彼と、昨日の夜甘く愛してくれた男性は、まるで別人だ。

屋敷の中に入ると、ラファエルはふたりを裏側の区画にある小さい居間へ連れていって、窓から離れた奥の隅にある椅子に座るよううながした。

妻と伯母が座るのを待って、ラファエルが口を開く。「ふたりにはここを離れてもらう」

「なんですって？　どういうことなの？」アイリスは立ち上がって、彼のそばに行こうとした。まさか、ラファエルがこんな態度に出るなんて。

彼の目は冷たく、ひとかけらの感情も浮かんでいなかった。彼女に罰を与えるつもりなのだろうか？　「ヘクター・リーランドが死んだ。銃で頭を撃って自殺したと考えられているが、ディオニソスの仕業だと思う」

「まあ、なんてこと」アイリスはぞっとしてささやき、腕の中で眠ってしまったタンジーのやわらかい耳をなでた。リーランドとは一度顔を合わせている。たしかに彼は〈混沌の王〉のメンバーだが、彼女の中では同時にひとりの人間でもあった。

「それがわたしたちになんの関係があるの？」ドンナ・ピエリがきいた。

ラファエルは伯母に目を向けた。「昨日の夜、あなたと妻に対する脅迫を受けました。そして今朝もまた。昨日すぐに手を打っていればよかったんですが、別のことに気を取られてしまって……。ですからもう一刻の猶予もありません」

アイリスは気が散った原因だと暗に言われたのがわかって、すっと息を吸った。ラファエルは彼女をそんなふうに見ているのだろうか？　彼の人生における、より重要なことを妨げる存在だと？

ドンナ・ピエリがうなずいた。「じゃあ、すぐに荷造りをするわね」

アイリスは彼女が出ていくのを見送ってから、ラファエルに向き直った。「わたしはあなたを置いてどこへも行かないわ」

だが、あんなにも親密になったと感じられた昨日の夜のできごとは夢だったのかと思うほど、彼の目は冷淡だった。「行くんだ、きみもジア・リナも。わたしはきみたちの身の安全を守ろうとしているんだぞ」

「本当にそんなに危険なの？」

「リーランドの頭は吹き飛んでいた」ラファエルが淡々と事実を告げる。「だからそうだ。本当にそんなに危険だ」

彼の遠慮のない言葉に、アイリスは息を吸った。松明に照らされた闇夜の集会に引きだされ死を待っていたときの記憶が、突然よみがえる。

死にたくない。

アイリスは頭を振って、夫を見上げた。

眉をひそめた険しい表情で傷痕を浮き上がらせたラファエルの姿は、悪魔のようだ。悪魔と一緒にいたいと思うなんて、自分はどうかしている。

でも本当の彼は、悪魔なんかじゃない。まったく違う。

「きみの身を守るのを、誰にも止めさせない。きみ自身にも」

「だけど離れてしまったら、あなたはどうやってわたしを守れるの？」アイリスは涙が込み上げるのを感じて動揺した。いまヒステリーを起こすわけにはいかない。彼の命令に抵抗するためには、彼と同じくらい冷静でいなくては。

ラファエルは彼女に切りつけられでもしたかのように目を閉じた。「ディオニソスはわたしを追っているんだ。わたしがロンドンにいるうちは、やつもロンドンを離れないだろう。だから、きみとジア・リナはロンドンを出なければならない」

アイリスは唇が震えるのを抑えられなかった。「ディオニソスは人を送りこんで、ロンドンに向かう途中のあなたを襲わせたのよ。今度だってそうしない理由はないでしょう？　ここにいさせて」

「だめだ」ラファエルはアイリスが言い終わらないうちに、すでに首を横に振っていた。もしかしたら、彼女の言葉なんて聞いていないのかもしれない。「きみとジア・リナにはコルシカ人の従僕をつける。彼らがきみたちを守ってくれるだろう」

アイリスは必死だった。昨日の夜、彼との関係が変わったのを感じた。彼が突然ベッドから出ていく前、ふたりの関係はこれまでになく近づいたのだ。あれは彼女の妄想ではない。でも昨日見えたと思った幸せな結婚生活という未来を、ラファエルの目にも見えるようにするためには、もっと時間がいる。

それなのにいま離れたら、ようやくここまで詰めた彼との距離が、一気にまた開いてしまう。

「ラファエル」アイリスは彼に近づきながら、そっと訴えた。「お願いよ。わたしを遠くへやらないで」

だがラファエルは彼女に触れられるのが耐えられないとでもいうように、体の向きを変えた。顔を見ることすらいやだと言わんばかりに。「そんなふうに懇願しないでくれ。わたしには耐えられない。きみにはもう耐えられないんだ。きみはわたしが築いた壁を壊し、理性と使命を忘れさせる。アイリス、頼むから出ていってくれ。きみがいると、やるべきことができなくなる。もう決めたんだ。こんなふうに時間を無駄にしている暇はない」ラファエルが彼女を押しやるように、開いた手を突きだした。

アイリスはその手をよけて、彼の前に立った。

彼女の頬には、涙が幾筋も流れ落ちていた。けれども、どれほど彼の言葉に打ちのめされていようと、もう一度試みないわけにはいかなかった。

それに、プライドがなんの役に立つというのだろう。

アイリスは夫を見つめた。気味が悪いほど何も映していない水晶のような目を、カラスの羽を思わせる漆黒の髪を、彼が自分の顔に刻んだ傷痕を。この傷痕は、恐怖で半狂乱になった少年が勇敢にも自らを守ったしるしだ。しばらく夫を見つめて、アイリスは確信した。

「あなたを愛しているの」

ラファエルは目を閉じて、彼女を締めだした。「昨夜の行為は間違いだった」

「そんなふうに言わないで。お願いよ」アイリスは切り裂かれたように胸が痛み、息が吸えなくなった。

彼が目を開ける。だがその澄んだ灰色の目は死人のようにうつろで、なんの感情も浮かんでいなかった。「あれは絶対に起こってはならないことだった。わたしの過失だよ。犯してしまった間違いは取り消せないが、運がよければ恐ろしい災難につながらずにすむ。だが今回は幸運でも、この先も運を試しつづけるのは大ばかだ」

アイリスはなんとか彼の心を変えたくて、手を伸ばした。「ラファエル」

「だめだ」

アイリスは流れ落ちる涙を隠そうともせず、怒りにすすり泣いた。「わたしもわたしたちのあいだにできる子どもも、恐ろしい災難なんかじゃない。逆よ。もし幸運にも子どもを授かったら、わたしはうれしくてたまらない。子どもは祝福ですもの。聞こえた、ラファエル？　子どもは祝福なのよ」

ラファエルはたじろいだ。「わたしにとってはそうじゃない。絶対に違う」

彼に殴られたも同然だった。アイリスは傷を負ったような痛みを感じた。実際に血が床に滴り落ちても不思議ではない。

アイリスは顎を上げた。「このままわたしを遠ざけたら、絶対にあなたを許さない」

彼がうなずいた。「かまわないさ」

アイリスは口をつぐむと、タンジーに顔を押しつけて部屋を出た。

三〇分後、彼女は玄関前の階段をおりて馬車に向かっていた。御者台にはウベルティーノが座っていて、そのほかにコルシカ人の従僕が五人、御者台と馬車の後部に分かれて乗っている。彼らは全員武装していた。

だがラファエルの姿はどこにもなかった。

バルドがアイリスに手を貸して馬車に乗せ、扉を閉める。彼が手を振って合図すると、馬車は出発した。

アイリスの向かいには、ドンナ・ピエリが座っていた。

彼女がアイリスを見つめる。「あの子は心配しているのよ」

アイリスはうなずいた。口を開けば泣きだしてしまいそうで、声は出せなかった。

横に置いたバスケットの中では、毛布にくるまってタンジーが眠っている。

アイリスはひりひりと痛む目で窓の外を見つめながら、夫とのあいだの溝を埋められる日は来るのだろうかと考えた。もしかしたら、これで終わりなのかもしれない。

いつか彼が心からの喜びに笑うのを聞きたいという望みは、かなわないのかもしれない。

ロンドンを出て二時間ほど経った頃、突然外で大きな音がした。

馬車が激しい揺れとともに止まり、タンジーの入ったバスケットとドンナ・ピエリが床に転げ落ちた。

外で銃声がした。空に打ち上げられる花火に似ているが、そんな楽しげな音ではない。銃声は次々に響き、とても数えられなかった。

コルシカ語の怒鳴り声が、途中で不意にとぎれる。

アイリスは床に身を伏せると、座面を上げて拳銃を探した。彼女に撃たれたあとラファエルが別の場所に移動させた可能性は高いが、もしかしたらそのままになっているかもしれない。すると必死に探る指先が、金属の感触をとらえた。

急いで拳銃を取りだして調べると、弾は装塡されていなかった。

そうしているあいだにも爆発音が響き、彼女がいる側の窓のすぐ横に小さな穴が開いた。

「伏せていてください」アイリスはドンナ・ピエリに声をかけた。

ラファエルの伯母が静かにうなずく。

座席の下の物入れをもう一度調べると、弾と火薬の入った袋があった。アイリスが弾の装塡の仕方を見たのは、ずいぶん前だ。

銃声がやんだ。

アイリスは火薬を銃の中に流し入れた。手が震え、床に少しこぼれる。

馬車の扉が乱暴に開けられた。

弾はそのまま詰めればいい状態に準備されていたので、彼女は急いで銃身に詰めた。

ぞっとする被り物をつけた男が、馬車に入ってきた。髪にブドウの房を絡ませた若い男
――ディオニソスだ。

アイリスは床に膝立ちになって腕を伸ばし、男に銃口を向けた。

男が声をたてて笑い、銃を無視して彼女に向かってくる。

アイリスは引き金を引いたが、もちろん何も起こらなかった。

火皿に火薬を置く時間がなかったのだ。

ディオニソスはふたたび笑うとアイリスを乱暴に引き上げ、よろめいているのもかまわず馬車から連れだした。ちらりと見えたドンナ・ピエリの白い顔をアイリスからさえぎるように、扉を閉じた。

外に出ると、少なくとも一ダースの男たちが馬車を囲んでいた。コルシカ人の従僕は二、三人がかろうじて立っているが、あとの者は地面に倒れて動かない。誰が生きていて誰が死んでいるのか確かめる間もなく、アイリスはディオニソスに別の馬車に押しこまれた。

馬車の床に倒れこみ、手のひらがすりむける。

「どうすればいいのか、わかっているな」うしろでディオニソスが言うのが聞こえ、アイリスは全身の血が凍りついた。ドンナ・ピエリと従僕たちを皆殺しにしろという意味だろうか？

アイリスがようやく膝をついて身を起こすと、ディオニソスも馬車に乗りこんできて座席に腰をおろした。

「さてと、公爵夫人どの」彼がやわらかい声で言う。「楽しくおしゃべりでもしようじゃないか」

その日の夕方、ラファエルは書斎の窓辺に立って庭を見つめていた。砂利敷きの小道に沿って小さな青い花が咲いているが、なんという名前か思い出せない。

きっとアイリスなら知っているだろう。

そう考えて浮かんだ彼女の姿を、ラファエルはあわてて心から押しやった。これまでの三年間、彼女なしでふつうにやってきた。それなのに出ていってまだ数時間しか経っていないのに、もう窓の外を見つめてアイリスを思っている。

大丈夫、彼女を心から締めだせる。

そうしなければならないのだ。

それなのに脳裏には彼女の涙に濡れた顔が浮かび、懇願する声が響いている。〝愛している〟という言葉ばかり思い出してしまう。

ラファエルは目を閉じた。

アイリスは彼にとりついて、離れようとしない。

彼の血に溶けこみ、体じゅうを駆けめぐっているかのように。彼女は血を運ぶ血管や酸素を取り入れる肺のように、欠かせない体の一部なのだ。心臓をもぎ取られたら生きていけないように、すでに彼と一体化したアイリスを取り除くすべはない。

生きていくためには、彼女が必要だ。

ラファエルは目を開けて窓から離れ、胸の痛みから気をそらそうと書斎を見回した。

奇妙な部屋だった。彼の祖父はなぜか地獄の風景を、部屋を飾る壁画の題材としてふさわしいと考えたのだ。ある壁を見ると、おびえる死者を悪魔が踊りながら追い立てているし、別の壁では裸にむかれた死者が蹄のある怪物に鞭打たれている。死者のうちの誰ひとりとして、死んで平安を見いだしているようには見えない。

もしかしたらこんなことを考えてしまうのは、使命の遂行が行き詰まっているからかもしれない。

ロイス卿の屋敷に行ってみたが、兄弟のどちらもおらず、しばらく戻らないと言われた。執事によると、兄弟は行先を告げていかなかったらしい。

そこで、どうすればいいかラファエルは考えこんでいる。リーランドの周辺を詳しく探るべきだろうか？　死んだ男の屋敷に戻り、許可を得て書斎にある書類を調べるのは可能だ。リーランドがディオニソスについて何か証拠を残すような間抜けなまねをしていないとも限らない。

あるいは、まったく別の線をたどるべきなのかもしれない。もし――。

「だんなさま」

ラファエルはマードックの声に振り向いた。

執事の顔は血の気がなく真っ白だった。「すぐにいらしてください」

ラファエルは不吉な予感がふくれ上がるのを感じながら、執事のあとについて玄関を出た。すると屋敷の前に彼の馬車が止まっていた。今朝アイリスとジア・リナを乗せて送りだした馬車だ。

御者台にヴァレンテが乗っているが、体が傾ぎ、遠目にも腕を負傷しているのがわかる。その隣には、ジア・リナが背中を立て身を固くして座っていた。

伯母がゆっくりと首を回して、彼を見た。濡れているその目を見て、恐ろしい悲劇が起こったのだとわかった。「ラファエル」

馬車の扉に銃痕が見える。

ラファエルは気がつくと大声で叫び、馬車に駆け寄っていた。

扉に手をかけ、急いで開ける。

すると、なんということだろう。

大切な家族を守る任務を託して送りだしたコルシカ人の従僕たちが、折り重なって横たわっていた。ひょろりとしたイヴォは長い脚をだらりと伸ばし、ルイジは驚いたように目を開いている。頭のほとんどを吹き飛ばされたアンドレアまで確認したところで、ラファエルは耐えられなくなり顔をそむけた。

みんな死んでいる。ひとり残らず。

衝撃に心が麻痺《まひ》しながらも、ラファエルは従僕たちが必死で抵抗した証を見て取った。彼らの体には、ひどい傷がいくつも残っている。みんな勇敢に戦って死んだのだ。

ウベルティーノは、乱暴に積まれた遺体の山の一番上にいた。

片目は撃ち抜かれてあとかたもなく、もう片方の水色の目はうつろに開いたまま天井を見つめている。ラファエルは胸がつぶれ、息ができなくなった。

のろのろと馬車に乗りこみ、友であった従僕に手を伸ばす。

ウベルティーノの目を閉じ、冷たくなった頬に手を当てた。

それから立ち上がると、いまや遺体安置所となった馬車から降りた。御者台に回って、ジア・リナに腕を伸ばす。子どものように軽い伯母を抱き上げると、屋敷に向かった。

「アイリスはどこですか？」玄関前の階段を上がりながら、伯母に尋ねる。息遣いも声も平静だが、胸の中は固く凍りついていた。

「連れていかれてしまったわ」ジア・リナがしゃがれた声で答える。「男は伝言を残したわ。明日の夜明けに、ロンドンのはずれにあるセント・スティーヴンズ教会の廃墟へ来いと。そこでお前と話をするそうよ」

ラファエルはうなずいて、屋敷に入った。

「罠よ」悲しそうな伯母の声は、ひどくかすれていた。アイリスが連れ去られたとき、伯母は精いっぱい叫んだのだろうか？　こんなに小柄だが勇敢な伯母を、やつらは傷つけたのだろうか？「行ってはだめ。あの悪魔はお前のアイリスへの気持ちを知っていて、利用するつもりなんだから。きっと彼女はもう死んでいるわ」

ラファエルは足を止め、ジア・リナを見おろした。麻痺していた心にはじめて怒りがわき上がる。「妻が死ぬのを見たんですか？」

「そういうわけではないけれど」

「それなら希望はある。希望があるうちは戦います」彼はふたたび歩きだした。

「あの男は正気じゃないのよ」ジア・リナは懸命に甥を説得しようとした。「アイリスを殺して、そのあとお前も殺すに決まっている。それに大勢手下がいるわ。お前の部下よりも大勢の手下が。それなのに、ひとりで行くなんて無謀すぎる。勝てるはずがない」

ラファエルは伯母の部屋の扉を、肩で押し開けた。アイリスが死んだら、自分も死ぬ。アイリスはもう、彼の血や肉の一部なのだ。

だがラファエルはただこう返した。「ええ、そのとおりです」

アイリスは奇妙な馬車の中でじっと座り、タンジーを抱いている頭のどうかした男を見つめた。彼女が乗っていた馬車に子犬がいたと手下から報告を受けると、ディオニソスは笑って自分のところに連れてくるよう命じたのだ。

いまタンジーは彼の腕の中で体をくねらせながら手を舐めていて、男はふつうの人間のようにそんな子犬と戯れている。だがアイリスは見たのだ。目の前の男が、ラファエルのコルシカ人の部下たちの死体を詰めこんだ馬車とともにドンナ・ピエリを送り返すのを。

タンジーがディオニソスの指をかんだので、アイリスは緊張した。

しかし彼女の前に座った頭のどうかした男は、やさしく笑っただけだった。

ウベルティーノも死んだひとりだったと、思い出した。

アイリスは突然込み上げた涙を見られたくなくて、顔を伏せた。こんな人でなしの前で、弱みを見せたくない。

「なんとかわいい子犬だ。そう思わないか？」ディオニソスが言う。

アイリスは目を上げた。

男が被り物をつけた顔の前にタンジーを持ち上げていて、犬はその作り物の顔を引っ掻こうと懸命に前脚を伸ばしている。「だめだよ、悪い子だ。このままでは父さんは、お前を叩かなければならなくなる。わたしも、昔よくそうされたものだよ。理由もわからないままにね」

アイリスは咳払いをした。「大変だったのね。ひどい仕打ちに聞こえるわ」

ディオニソスが子犬を膝の上におろし、彼女の言葉など聞こえなかったかのように続ける。「父親というのは気まぐれなものだと思わないか？　だからみんな、父親には近づかないほうがいいんだ」

男がタンジーの首をつかんで、指に力を入れた。

アイリスは息をのみ、子犬をいますぐ取り返したいという衝動を抑えた。「犬は邪魔でしょう？　わたしに渡して」

子犬はくんくん鳴いて男の手から逃れようともがいているが、男は気づいてもいない。「そのことを、わたしはダイモアにわからせようとした――それに父親がディオニソスだったんだから、そもそもやつはわかっているべきだったんだ。それなのにダイモアは、耳を貸さなかった」男が身をかがめ、タンジーにささやく。「誰も聞こうとしなかったのさ」

アイリスは男を見つめた。ラファエルに昔何があったのか、知っているような口ぶりだ。

だがそんなことはあり得ない。ただし、もし彼が……。

「どういうことかしら」アイリスは先を続けさせようと、慎重に質問した。「ラファエルに何を警告しようとしたの？」

ディオニソスは首を横に振った。「やつは甘やかされ、何も知らされていなかった。だがわたしは違う。知らないままじゃいられなかったのさ。八歳ではじめて集会に連れていかれたときから」

「ひどい……話ね」男が彼女に向かって話しているのかどうかもわからないまま、アイリスは返した。「そんな仕打ちを子どもが我慢しなくてはならないなんて、あってはならないもの。そうでしょう？」

「ダイモアがきみを取り戻しに来たら、今度こそわたしの言うことに耳を傾けさせるつもりだよ」

タンジーが鋭くきゃんと鳴く。

子犬が頭を動かせないように、ディオニソスが強く押さえつけているのだ。子犬は彼の手を狂ったように前脚で引っ掻き、逃れようとしている。だがもちろん、そんな力はなかった。ディオニソスがちょっと手をひねれば、子犬の首は折れてしまうだろう。

アイリスは黙っているべきだとわかっていたが、言わずにはいられなかった。「お願い、その子を傷つけないで」

17

アンが石の塔に着くと、今度もそこは打ち捨てられたように静まり返っていて、前と同じように扉を叩きました。すると扉を開けた石の王は、目をしばたたきました。「ずいぶん驚いているのね」アンは眉を持ち上げました。

「ああ、驚いた。七〇〇年間で七〇人の娘が一年と一日のあいだわたしの妻になると誓ったが、戻ってきたのはお前がはじめてだ」……。

『石の王』

壮麗な屋敷だった。王の息子にもふさわしいほど。

ラファエルは半分近くまで減ってしまったコルシカ人の従僕をふたりだけ従えて階段を駆け上がり、玄関の扉をせわしなく叩いた。

白いかつらをつけた赤い鼻の威厳に満ちた執事が扉を開ける。

「お前の主人はどこだ?」執事が口を開く前に、ラファエルは先に問いかけた。

驚いた執事が、ぽかんと口を開く。

「すぐに案内しろ」間抜けな執事が抗議しはじめないうちに、ラファエルはたたみかけた。

執事はくるりと向きを変え、先に立って歩きだした。

階段を上がり、廊下を進んで、図書室の前で止まる。

そこにはカイルと三人の部下がいた。

コルシカ人の従僕を連れて突然彼の領域に入りこんできたラファエルを見て、カイルが警戒した表情で立ち上がる。

「きみが必要だ」ラファエルは言った。「何事だ?」「きみときみの部下たちが。武器を持って、ついてきてくれ」

カイルは動かなかった。

ラファエルはカイル公爵が嫌いな理由を思い出した。「きみから命令される覚えはない」

「くそっ」ラファエルは歯を食いしばった。「頼む。やつはアイリスを連れ去った。彼女を生きたまま取り戻すのに、力を貸してもらいたい」


夕方になり、馬車の中は薄暗くなっていた。アイリスはその隅で、無事だったタンジーを抱きしめ小さくなっていた。頭のどうかした男はしばらくすると子犬に飽きて、解放したのだ。

馬車はすでに止まっていたが、向かいに座っているディオニソスは動こうとしなかった。

窓の外には、立ち並ぶ木々と教会のアーチしか見えなかった。建物の残りの部分は、崩れ落ちたか石を持ち去られてしまったのだろう。

馬車は長くは走らなかったので、ロンドンからそれほど離れていないはずだ。

ドンナ・ピエリは無事に屋敷に帰り着けただろうか。御者台にはドンナ・ピエリの横にヴァレンテもいたが、腕にひどい怪我を負っている様子だった。あの腕で助けを得られるところまで馬車を走らせられたかどうか心配だ。

意識を失って、馬が暴走しているかもしれない。

アイリスはため息をついて、馬車の中にふたたび目を走らせた。武器になるようなものは見当たらない。ディオニソスが彼女を残して出ていってくれれば、ラファエルの馬車みたいに座席の下に拳銃が隠されていないか調べられるのに。

だが、そんな可能性はなさそうだ。

「運命というものについて、考えたことはあるか?」薄闇の中からディオニソスの声が響いた。

彼はさっき手下から渡された拳銃を膝の上にのせ、軽く握っている。

アイリスはそれをちらりと見て、撃たれる前に奪えるかどうか推し量った。

「いいえ、ないわ」ディオニソスは勝手にしゃべっているだけで合いの手は必要ないとすでにわかっていたが、アイリスはそっけなく返した。

すると思ったとおりディオニソスは、彼女の返事に関係なく話を進めた。「たとえば、もしわたしが拉致させなければ、きみはダイモア公爵夫人になっていなかった。きみはわたし

て分けて考えるべきだ」

「もちろん、これからわたしはきみに死をもたらすわけだが、それはまったく別のこととし

信じられない。この男は完全に正気を失っている。

「申し訳ないけど、とてもそんな気にはなれないわね」

に感謝するべきだろう」

彼は目をつぶったまま数分しゃべらなかったので、もしかして眠ってしまったのかとアイリスは考えはじめた。拳銃を握っている手がゆるめば……。

だが彼はふたたびしゃべりだして、アイリスの希望を打ち砕いた。「とはいえ運命には、きみなんかよりもっと深い意味を持つ要素がある。わたしはときどき考えるんだよ。あんな父親の子として生まれていなかったら、わたしはどんなふうになっていただろうと。完全に正常な男として成長していたかもしれない。そうしたら、きみがわたしを好きになっていたこともあり得るだろう。想像してみたまえ」

アイリスは身震いした。「それはどうかしら」

いま目の前にいる男を好きになるような世界があるなんて、アイリスは想像もできなかった。

「いやいや、あり得なくはないさ。結局、わたしもきみの夫もたいして変わらない。どちらも父親に愛されていた。違うのは、彼は逃げたが、わたしはそうしなかったことだけだ。だからといって、わたしは責められるべきだと思うか？　わたしは子どもだったんだ。生まれ

てからずっと殴られつづけた犬が、ある日とうとう主人に牙をむいて攻撃し、喉を食い破って血を舐め、はらわたをむさぼったからといって、その狂気を責められるだろうか？　その犬も最初は罪のない子犬だったのに」

アイリスは彼の言葉に気分が悪くなって、つばをのんだ。彼が真実を語り、彼女が正しく理解したのだとすると、ディオニソスもラファエルと同じように父親に虐待されていたのだ。そしてディオニソスには助けてくれる愛情深い伯母がいなかったので、虐待が続いた結果こうなった。

「きみにもう、わたしがなぜこれほど運命に興味を持つのかわかっただろう」ディオニソスの声に、アイリスはわれに返った。「もしわたしがふつうに育つか、あるいは少なくとも親から無視されて育っていれば、こうしてきみと馬車に乗っているのもまったく違う理由からだったはずだ。新妻であるきみの愛は、ダイモアではなくわたしに向けられていたかもしれない。そう考えると、運命とは本当に奇妙なものだと思わないか？」

アイリスは肉食獣の前で立ちすくむ小動物のように、息を潜めていた。ディオニソスの考えが向かっている方向が、気に入らなかった。

「でも、わたしはもう結婚しているわ」彼女は努めて静かに言った。「それより、あなたのことを知りたいわ。奥さまはいるの？　婚約者は？　愛している人は？」

「もしきみとわたしが夫婦であるふりをしたら、きみの夫は気を悪くするかな？」アイリスの質問を無視して、ディオニソスがからかうようにきいた。彼女が何を言っても、ちっとも聞いていないらしい。

アイリスはラファエルとの会話を思い出した。もうずいぶん昔のできごとに思えるが、暴行された妻は死ぬべきか生きるべきかという議論だった。何があっても生きるべきで、人生に絶望するべきではないと主張した自分は、何もわかっていなかった。

すべてをあきらめ自ら死を選ぶなんて、絶対にすべきではないと言い張るなんて。

彼女の身に危険が迫っていることをラファエルが知っているかどうかも、凌辱され殺される前に彼が駆けつけてくれるかどうかもまったくわからない状態で、こうして頭のどうかした男と向かいあっていると……。

すべてがあのときとは違って感じられる。

打ちのめされ、膝を屈してしまいそうだ。

けれどもアイリスは、昂然《こうぜん》と顎を上げた。それでもやはり、希望を失いはしない。生きているかぎり、どんなことが起ころうと。

この頭のどうかした男に何をされようと。

彼女は冷たい目でディオニソスを見た。「ラファエルはあなたの一〇倍もすばらしい人よ。あなたでは絶対に彼の代わりにはなれないわ」

ラファエルは腿を締めて雌馬に合図を送り、全速力で駆けさせていた。力の入った馬の首には、ところどころ汗が飛んでいる。馬車道でこんなふうに思いきり馬を走らせるのは無謀だ。いつ人が横切るかわからないし、羊の群れに出くわす可能性もある。けれどもロンドンの街を通り抜けるまでに、彼の焦りは限界まで達していた。街中では速度を抑えて進むしかなかったのだ。

アイリスが生きているうちにたどり着けるか、気をもみながら。

だから街を出て田舎道になるや否や、ラファエルは馬に膝で合図を送った。

彼の横には鹿毛の去勢馬に乗ったカイルがいて、そのうしろにコルシカ人の従僕たちやカイルの三人の元軍人の部下、さらにはカイルが急いで集めた現役の英国兵一二人が続いている。どうしてカイルが国王に仕える軍人をこれほどすぐに集められたのか、ラファエルにはわからない。だがそういうことができる男だからこそ、カイルに助けを求めたのだ。

太陽は地平線に沈みかけていて、空は燃えるようなオレンジ色に染まっている。

ラファエルの脳裏には、アイリスの顔ばかりが浮かんだ。傷ついた心と荒々しい怒りをありありと映しだした青灰色の目で、彼をにらんでいる。彼女がそんな顔をしているのは、ラファエルが彼女を遠くへやると決めたからだ。彼は別れさえ告げなかった。

もしアイリスが死んだら……。

そんな可能性は、考えてはならない。

きつく握りしめているせいで、手綱が革の手袋をしていても手のひらにぎりぎりと食いこんだ。

アイリスは生きている。生きてさえいれば、何があったとしても、すべてが失われるわけではない。

アイリスを見つけて、絶対に助ける。そして謝るのだ。彼女が許してくれるなら、ひざまずこう。そしてこれからの人生を、彼女を幸せにするために捧げるのだ。ラファエルはなんでもするつもりだった。

アイリスが出ていきたいと望むなら、彼女を手放すことにも耐えてみせる。

彼女はただ、生きていてくれればいい。

なぜならアイリスがいなければ、世界は完全に闇に閉ざされてしまうからだ。

18

こうしてアンは石の王の妻になりましたが、やらなければならない仕事はほとんどありませんでした。鍋にいつもシチューが煮えているので、料理をする必要がありません。鳥や牛がいないので餌をやったりミルクをしぼったりしなくていいし、紡がなければならない羊の毛もありません。夜になると石の王は硬いベッドの上掛けを折り返して、アンを先に入らせました。それから蠟燭の火を吹き消すので、アンは彼が服を脱ぐ音を聞きながら横に入ってくるのを待ちます。彼の腕は力強くあたたかでした……。

『石の王』

眠っているタンジーを抱えてディオニソスのあとから教会の廃墟を歩いていたアイリスは、つまずいてしまった。太陽は数分前に完全に沈み、不吉な闇が急速に広がっていた。ふたりの周りを、二ダース以上もの荒々しい外見の男たちが取り囲んでいた。ディオニソスが雇ったならず者たちで、そのうちのふたりが大きな収納箱を運んでいる。

アイリスは体の前で手首を縛られていて、いつ殺されるのかと怖くてたまらなかった。こうしていると、恐ろしい悪夢の世界に引き戻されてしまったような気がした。すべてがはじまったディオニソスの君臨する〈混沌の王〉の集会に。

だが今回は、集会に引きだされるわけではない。ディオニソスはアイリスの夫をおびき寄せて殺し、そのあと彼女も殺すつもりなのだ。

アイリスがなぜそのことを知っているのかというと、馬車を降りる前にディオニソスが楽しそうにすべてを話して聞かせてくれたからだ。ディオニソスにも正気だったときがあるのかもしれないが、いまは完全に狂気に支配されている。

「ここでわたしたちはきみの夫に会い、命を奪う」ディオニソスは廃墟のアーチのそばで足を止めた。収納箱を運んでいたふたりの男が、音をたてて地面におろした。「忘れられた教会の廃墟とは、ダイモアの最期にふさわしい場所じゃないか」ディオニソスはアイリスを見て、首を傾げた。「きみは夫の横に埋めてもらいたいか?」

タンジーの毛にもぐっている指が思わず震えるのを、アイリスは感じた。けれども、この男に何をされても尊厳までは奪わせるものかと誓ったのだ。

その誓いを破るわけにはいかない。

アイリスは顎を上げた。彼女は征服者の時代にまでさかのぼれる由緒ある血筋に連なる人間だ。そしていまは、ラファエルの妻でもある。公爵夫人なのだ。「そうね、今夜ではなくいつかは」

ディオニソスが首を横に振る。「残念だが、運命の日は今夜なのだよ」彼は廃墟の横を通って湾曲しながら視界から消えていく道を指さした。「この道はロンドンにつながっているから、ふつうに考えればダイモアはこの道をやってくるはずだ。だが、ずるがしこいやつのことだから、別の道を選ぶだろう。そう……おそらくあのあたりだ」ディオニソスが今度は、廃墟の横に広がっている暗い森を指す。「そうしたら、あそこに配置しておいた銃を持った男たちが生きてくるわけさ」

アイリスは唇を舐めた。「ラファエルと話をしたかったんじゃないの？　彼がいなくなってからもあなたはつらい思いに耐えていたんだと、彼に言いたいんでしょう？」

タンジーが目を覚ましたので、アイリスは草の上におろしてやった。

「もうそんな必要はなくなった」ディオニソスがどうでもよさそうに返す。「きみにはオオカミを呼び寄せるための魅力的な子羊になってもらおう」

ディオニソスはポケットから拳銃を取りだすと、短い銃身を下に向けて撃鉄を起こした。

それからふたたび彼女に目を向けて言った。「ダイモアはもうすぐ来るだろう。そうしたらやるべきことをやり、夕食までに帰れる――少なくともわたしは」

「帰るってどこへ？」

「お前にはわかっているはずだ。グラント・ハウスさ」ディオニソスが収納箱を蹴ると、中からうめき声がした。

用を足し終えたタンジーが箱に興味を持って走り寄り、くんくんとかぎ回りはじめた。

中身に思い当たったアイリスはぞっとして箱を見つめ、ディオニソスに視線を戻した。

彼がアイリスに顔を向ける。「犬は本当にすばらしい嗅覚を持っている」アイリスは不気味な被り物の奥から彼女を見つめている目を、ひしひしと感じた。

そこへディオニソスの手下がひとり、小走りに駆け寄ってきた。「森のほうから誰かが来ます」

ディオニソスがうなずく。「思ったとおりだ」

手下は引き返そうと、背を向けた。

このままではラファエルが、ディオニソスの罠にかかってしまう。それをただ見ていることなんて、アイリスにはどうしてもできなかった。

ディオニソスに飛びついて銃を持っている腕をつかみ、必死にひねろうとした。だが当然ながら、彼の力のほうが強かった。

もみあっているふたりのあいだで、銃が轟音をたてた。


前もって周到な計画を立て、カイルたちと打ちあわせをしていたにもかかわらず、ラファエルは銃声が聞こえるなり、われを忘れて教会の廃墟に突進した。

木々のあいだから次々に銃弾が飛んできて、周りの土が舞い上がる。だが猛スピードで走る男をとらえるのは、銃撃するほうにとっても至難の業だった。

カイルが毒づく声が聞こえた。

背後の森では、銃声や叫び声が響いていた。カイルと兵士たちが、身を潜めて銃を撃ってくるならず者たちを片づけてくれているのだ。

一方、ラファエルに従っているコルシカ人たちは、ただひとつの命令のために動いていた。女主人を救いだせという命令のために。ラファエルは何よりもそれを優先するよう、みなに言い渡していた。

身を隠せる森から出ると、すでにヴァレンテとバルドが四人の男を相手に激しく戦っていた。その向こうに、ディオニソスにとらえられているアイリスを見つけた。彼女の顔は血まみれだった。

それが目に入ったとたん、ラファエルはつまずきそうになった。

横からがっちりした大男が飛びかかってくる。

ラファエルは大きく吠えると、敵の顔に肘を叩きこんだ。

アイリスがよろめいて倒れる。

ディオニソスがラファエルのほうを向いて、何か言おうと口を開いた。

ラファエルはディオニソスを殴り倒した。

あちこちで銃声と叫び声があがり、おびただしい血が流れている。まるで戦場だ。

ラファエルはディオニソスをまたぎ越すと、妻をつかまえた。「アイリス！　どこだ！　どこを怪我した？」

傷を見つけようと、狂ったように彼女の頭を探る。

「ラファエル！」アイリスが彼の手をつかんだ。「銃弾が彼の耳に当たったの。わたしの血じゃないわ」

「ああ、よかった」ラファエルはアイリスを抱きしめて、愛しい顔を見おろした。すぐに彼女を押し下げて、しゃがませる。「低い体勢でいるんだ」

ディオニソスがはいずって逃げようとしていた。

ラファエルはそれを仰向けにして、またがった。この怪物は、もう少しでアイリスを彼から奪うところだったのだ。腕を引いて、男の喉に拳を叩きつける。

ディオニソスは窒息しそうな音をたて、ラファエルを振り落とそうとした。

ラファエルはふたたび殴った。続けてもう一度。

突然、ディオニソスの手に小さなナイフが現れた。

だがラファエルはすぐにそれを叩き落とすと、殴りつづけた。

やがて拳の外側がしびれ、彼の下の男が動かなくなった。

そのとき、小さな手のひらで顔を包まれるのを感じた。やさしいささやきが耳に届く。

「ラファエル、もうやめて」

彼はその声に従った。

顔を上げると、アイリスが横にひざまずいていた。美しい顔には血が飛び散り、目に涙を浮かべている。

彼女に涙を浮かべさせた男を、ラファエルはもう一度殴ってやりたかった。

けれども、その代わりに血まみれの手を伸ばし、アイリスの頬に触れた。「体を低くしていろと言ったのに」

アイリスは微笑んだ。「命令を聞くのは得意ではないの……あなたの命令でも」

ラファエルは彼女を抱きしめた。愛しい妻を。あたりを見回すと、バルドが倒れて動かなくなった男を蹴っているし、ヴァレンテは仲間の背中を叩いて笑っている。戦いは終わったのだ。そして彼が連れてきた男たちは、どうやらみな無事だった。

ならず者どもを縛り上げている部下たちを、カイルが立って見渡している。

ラファエルと目が合うと、カイルはうなずいた。

ラファエルもうなずき返す。カイルには大きな借りができた。一生かかっても返しきれないほどの借りが。

彼はアイリスに回した腕に力を込めた。

「この男はウベルティーノを殺したのよ。ああ、かわいそうなウベルティーノ」彼女がすすり泣いた。

ラファエルはどう慰めたらいいのかわからず、黙ったまま彼女の髪をなでた。

ヴァレンテが突然現れた。大きな生々しい傷を頬につけ、怪我をした腕をまだかばっている彼は、何か隠すように上着をふくらませている。

コルシカ人の若者はアイリスの前にひざまずいて、ためらいがちに笑みを浮かべた。「奥さま」

彼が上着の上部を開けると、子犬の頭が飛びだした。

「まあ、タンジー！　無事だったのね。ヴァレンテ、ありがとう」アイリスが手で頬をぬぐうと、血と涙と泥がまじりあった。汚れを広げているだけだったが、ラファエルは何も言わなかった。「銃声を聞いて逃げてしまったのよ。連れてきてくれてありがとう。二度と見つけられないところだったわ。そうしたらタンジーは、死んでしまっていたかもしれない」彼女は子犬に手を伸ばした。

そして受け取った子犬を胸に抱きしめ、顔を舐められると新たに涙をあふれさせた。

ヴァレンテが心配そうに目を開いて、ラファエルを見る。

ラファエルは従僕を安心させるためにうなずいた。「妻は大丈夫だ。よく子犬を見つけてくれた。妻は心から感謝しているが、恐ろしい目に遭って疲れている。すぐにみんなを集めてくれ。ロンドンに、シャルトル・ハウスに戻るぞ」

「わかりました、だんなさま」ヴァレンテが答えると、ラファエルは一瞬胸が締めつけられた。

いままでこういう指示は、ウベルティーノにしていたのだ。戻ったら、誰にウベルティーノの代わりをさせるか決めなくてはならない。

ラファエルは立ち上がると、アイリスに手を貸して立たせた。

それを見て、カイルが近寄ってくる。「大丈夫か、アイリス？」

アイリスはかすかに震えながらうなずいた。「ええ、すぐに元気になると思うわ。ありがとう、ヒュー」

カイルは彼女に笑みを向けると、ラファエルを見た。「全員とらえられたと思う」そう言ったあと、地面にぐったりと横たわっている男に視線を落とす。「ディオニソスか？」

「そうだ」ラファエルは目を向ける気にもなれなかった。

カイルがしゃがんで、被り物を取る。

アンドルー・グラントの顔が現れた。右耳が吹き飛ばされ、目はうつろに半開きになっている。明らかにすでに死んでいた。

カイルはラファエルを見上げた。「兄のほうは？」

ラファエルが口を開く前に、アイリスが答えた。「その収納箱の中を見てみるべきだと思うわ、ヒュー」

カイルは鋭い視線を彼女に向けると、収納箱の横に移動して蓋を開いた。「こいつは驚いた！」

膝をついて、中に手を伸ばす。

ラファエルもそばに行って、アイリスの視線をさえぎった。

収納箱の中には裸のロイス子爵が入っていた。その状態からして、何時間も閉じこめられていたのは明らかだ。髪には乾いた血がこびりつき、体じゅうに痣ができている。

「生きているのか？」

「虫の息だが」カイルが立って、兵士をひとり呼び寄せた。「わたしの部下を連れてきてくれ。白髪まじりの男だ」

兵士がうなずいてすぐに走り去ると、カイルは収納箱に目を戻した。「ディオニソスの兄か？」

「そうだ」ラファエルは険しい表情で返した。

「兄弟で〈混沌の王〉を率いていたのか？」

「いいえ、アンドルーだけよ」アイリスがふわふわしたタンジーの体に顔をうずめて言った。「ロイス子爵は父親と一緒になって幼い弟を何年も虐待していたから、アンドルーは憎んでいたんだと思うわ。子爵のほうはおそらく、弟がディオニソスであることには気づいていなかったんでしょうけど」

「どうしてそんなことを知っている？」ラファエルは静かに尋ねた。

「ここに来る馬車の中で、彼がいろいろしゃべったから」突然アイリスが顔を上げた。「そういえばドンナ・ピエリは？　無事なの？」

「無事だ。ショックを受けてはいるが」ラファエルはアイリスの様子に目を留めた。顔は青白いし、彼が支えていても体がぐらついている。早く屋敷に連れて帰らなければならない。

ラファエルはカイルを見た。「あとの処理は、きみときみの部下にまかせていいか？」

「ああ」カイルがうなずいて、ため息をつく。「ディオニソスの正体はわかったから、今度はやつの屋敷を捜索して、残りのメンバーを見つけださなくてはならない」彼はラファエルの反応を警戒するような視線を向けた。「きみもこの作業を手伝いたいだろうな」

「ああ」アンドルーを見おろしたラファエルは、ディオニソスを始末したことで、これまで自分を駆り立てていた焦燥感がなくなっているのに気づいた。それでも、〈混沌の王〉のメンバーを根絶やしにするのが重要なことには変わりない。「きみには礼を言わなければ」カイルはアイリスにちらりと目を向けた。彼女はラファエルの肩に頭をのせ、うとうとしかけている。カイルは微笑んだ。「礼など必要ない」

ラファエルは反論しようと口を開きかけて、結局ただうなずいた。

もしかしたら、カイルはそれほどいやな男ではないのかもしれない。

別れを告げる代わりにもう一度うなずくと、ラファエルは妻を抱き上げて馬車に向かった。

19

ある日、ひとりの男が塔の扉を叩きました。彼は岩の悪魔たちに魂を引き裂かれ奪われたという恐ろしい話を語り、悪魔たちを殺して魂を取り戻してくれたら、持っている財産をすべて差しだすと石の王に誓いました。

アンは夫が石の鎧をまとい、荒野に出ていくのを見送りました。そして二週間後に戻ったとき、石の王の腕は片方折れ、血だらけになってぶら下がっていたのです……。

『石の王』

翌朝早く、アイリスはシャルトル・ハウスの自分の部屋で目覚めた。じっと横たわったまま、なぜ目が覚めたのだろうと考えこむ。窓ガラスに雨粒が当たる音はしているが、そんな小さな音のせいではない。

ふたたび大きな音がした。

あわててベッドから出ると、タンジーがくんくん鳴きはじめた。けれどもアイリスは子犬を無視して、控えの間に向かった。

するとほかの続いている夫の寝室の扉が、ほんの少し開いていた。

アイリスは恐る恐る扉を開けて、中をのぞいた。

そこはひどい状態だった。ベッドの上はぐちゃぐちゃで、床には割れたガラスが散らばっている。箪笥からは引き出しがすべて抜かれていた。

ラファエルを探すと、シャツとブリーチズと上着を着た彼が裸足《はだし》で暖炉の前に立ち、勢いよく燃える火をじっと見つめていた。シルクのようにつややかに垂れた黒髪から、傷痕がないほうの横顔がのぞいている。その姿はまるで、この世のものではないものに思いを馳せている詩人のようだ。

ラファエルがアイリスのほうを向いたとたん、幻想は崩れた。

暖炉に近づくと、火の中でスケッチブックが燃えているのがわかった。

「父は怪物だった」つぶやくラファエルの声は起き抜けだからか別の理由からか、もともとかすれた声がさらにしゃがれていた。「アンドルー・グラントよりも恐ろしい怪物だったんだ。無邪気な者を餌食にするだけでなく、彼らを怪物に変えてしまったんだから」

彼はベッド脇のテーブルに行って、引き出しを開けた。ナイフが入っているのを見て、アイリスの心臓がどきりと音をたてた。

ラファエルはナイフを取りだして、父親の肖像画の前に立った。ナイフを振り上げて顔の部分に突き立て、そのまま絵を切り裂いていく。そして額縁の下辺にぶつかると縁に沿ってナイフを走らせ、少しずつカンバスを切り取っていった。絵の残骸は、次々に火の中へ投げこまれた。

暖炉から煙が上がりはじめた。

突然、彼が凍りついたように動きを止めた。

「ラファエル？」アイリスは彼に近寄って、そっと腕に手を置いた。

彼は額縁の隅を見つめている。視線を追うと、カンバスと裏板のあいだに薄い本が差しこまれていた。

ラファエルが本を抜く。

アイリスはいやなものを見てしまうのを予想して、見守った。前のようにスケッチとか、あるいはもっとひどいものを。

けれどもその本にはびっしりと名前が書かれているだけだった。それぞれの名前の横には、日付と何か書き込みがある。

アイリスは体を寄せ、ラファエルのうしろからのぞきこんだ。

一行目には、〝アーロン・パー＝ハケット　一六三一年春　アナグマ　一六五〇年没〟とある。

アイリスは息を吸って、たくさんの名前が並ぶリストに目を走らせた。

「これは〈混沌の王〉の会員名簿ね。ヒューも前に見つけたと言っていたけど、あっちはおそらく完全なものではなかったんだわ」

ラファエルはページをめくっていった。名前は何百もあり、驚くような人物もいる。日付がだんだん新しくなり、やがてページが空白になった。

最後に記入されている名前の横の日付は、一七四一年春だった。

「〈混沌の王〉は壊滅したと思いこもうとしていたが、心の底ではそうじゃないとわかっていた」ラファエルはリストをじっと見つめながら、ささやいた。「やつらがそんなに簡単に根絶やしになるなんて、どう考えてもあり得なかった。こういう邪悪な存在は、自然に消滅するなどということはない。もっと早くイングランドに戻り、父が生きているうちにやつらをつぶすべきだった。父と対決するべきだったのに、わたしは腰抜けだ」

「違うわ」アイリスは激しい口調で反論した。「あなたはわたしを助けてくれたもの。ディオニソスも倒したし――」

彼は自嘲するように唇の端をゆがめた。傷痕でねじれてしまっていないほうを。「結局のところ、ディオニソスはとくに体格がいいというわけでもないひとりの男にすぎなかった。父親と兄に繰り返し犯され、殴られたあげく正気を失ってしまった、アンドルー・グラントというひとりの男だったんだ。そんな弱い男を殺しても、英雄とは言えない。英雄どころか臆病者さ」

ラファエルはリストを置くと、部屋から出ていった。

アイリスは一瞬呆然と立ち尽くしたが、すぐにシュミーズ姿であわててあとを追った。

「どこに行くつもり？」

「コルシカに戻る」

アイリスは驚いて足を止めた。「いますぐ?」

ラファエルは振り返りもせずに、階段をおりはじめた。「そうだ」

「でも、わたしはまだ着替えていないわ」彼女はばかみたいな返事をしてしまった。

彼は立ち止まったが、やはり振り返らなかった。「きみに一緒に来てもらうつもりはない」

ラファエルはふたたび階段をおりはじめた。

アイリスはショックを受けて彼のうしろ姿を見つめた。またしても拉致された彼女を、ラファエルは人を殺してまで助けてくれた。いろいろあったがすべて解決し、これからは彼との生活を築いていけると思っていたというのに。

アイリスは座りこんで泣きたくなった。こんなのはひどすぎる。

気持ちをぶつけつづけ、ようやく心が通じあったと思ったのがぬか喜びだったなんて。

愛を成就させるのは、これほどにも難しいものなのだろうか。

彼女が呆然としているあいだに、彼は階段をほとんどおりきっていた。いますぐ行動を起こさなければ、手の届かないところへ行ってしまう。

そうなったら、ラファエルを失うことになるのだ。

アイリスはみすみすそうなるとわかっていて、じっとしていられなかった。全力で彼を止めなければ。どれほど大変でも。彼がどんなに頑固でも。

アイリスは階段を駆けおりた。裏口から土砂降りの庭に出ていく彼が見え、あとを追って外に出た。

「待って。お願いだから待って！」

ラファエルが振り向いた。その顔に雨が流れ落ちている。「中に戻るんだ」

アイリスが首を横に振ると、鼻と顎から水しぶきが散った。「いいえ。あなたが行くなら、わたしもついていくわ」

彼は目をつぶり、新たに加わった重荷に耐えるように肩を落として、顔を空に向けた。

「アイリス。わたしは汚れているんだ。じつの父親に犯されたんだから。同じ目に遭ったアンドルー・グラントがどうなったか、考えてごらん。わたしもいつか彼のように完全に頭がどうにかなるのを、そばで見守っていたいのか？」

「でも、あなたは彼みたいにはならないわ」アイリスは彼の考え方に戸惑って言い返した。

ラファエルが首を横に振る。「わたしはシーダーウッドの香りをかぐと、息ができなくなる。正常な男がそんなふうになるか？」ラファエルは目を開けて彼女を見た。「無理やりきみを妻にしたのは、わたしの身勝手だった。だからきみを解放するよ。この国にある屋敷と領地と金は、すべてきみにあげよう。二度ときみの前に顔を出さない。だから、このままコルシカに行かせてくれ」

「そんなことはさせないわ」アイリスは怒りが込み上げるのを感じた。「わたしたちは結婚しているのよ。夫婦なの。いまさらその現実から逃げようとしても、許さないわ」

「ここできみと暮らすのは無理だ」ラファエルはかたくなに言った。「きみという誘惑を前にすると、わたしは抵抗できない。それはすでに一度証明されている」

差し伸べたアイリスの手のひらに、雨がたまっていく。「じゃあ、抵抗しなければいいでしょう?」

彼は目をそらした。「きみは簡単なことのように言うが、そうじゃない。きみはまるでわかっていないんだ」

「それなら、わからせて」アイリスは必死に訴えた。「どうして? なぜあなたはわたしといられないの?」

「なぜなら、わたしは邪悪だからだ」ラファエルは怒鳴った。「邪悪さは父から息子に受け継がれていく。わたしはわが子をいつ襲うかわからないんだ。そんな状態にきみは耐えられるのか?」

「あなたは子どもを襲ったりしないわ」アイリスは衝撃を受けた。「ラファエル、わたしにはちゃんとわかっている」

「どうしてわかるんだ?」彼は雷鳴のとどろく空に、両手を差し上げた。「なぜだ? わたしの体には怪物の血が流れている。彼はわたしを愛していた。愛していたんだ」ラファエルは力なく両手を落とした。

ぜいぜいと荒く息をついている。

「そしてわたしも……わたしも彼を愛していた」

アイリスの心は張り裂けた。熱い涙がわき上がり、頬を流れ落ちて冷たい雨とまじりあう。ラファエルがぬかるんだ地面にがくりと膝を落とした。肩を丸め、泥の上に両手をついた。

「彼はわたしの父親だった。だから殺せなかった。あんなことをされたのに、どうしても」彼は濡れそぼった髪のあいだから、アイリスを見上げた。「信じられないだろう、アイリス？わたしは獣だ。悪魔だ。だからふさわしいところに、地獄に送り返してくれ」

アイリスはすすり泣きながらラファエルの前にひざまずき、額を合わせて彼を抱きしめた。

「あなたは悪魔でも獣でもない。愛するわたしの夫よ。わたしは夫をちゃんと知っている。あなたはお父さまとは違う。勇気があって、やさしく善良な人だわ。頭がよくて頑固で、ときどきとても鋭いことを言う。あなたがわたしたちの子どもを傷つけるなんて、絶対にあり得ない。わたしが保証するわ」

ラファエルは垂れた頭をアイリスにつけ、じっとしていた。雨が彼の額から彼女の頬へと流れ落ち、ふたりの顎からしたたっている。

アイリスを愛しているのだと、彼は悟った。だからどれほど抵抗しても、彼女を求めてしまうのだ。

これだけいろいろあり、彼という人間のすべてを知ったのに、どうしてアイリスがこんなにも信じてくれるのかわからない。自分にできるのは、ただ感謝することだけだ。

ラファエルは顔を傾けて甘い唇に唇を重ね、彼女の揺るぎない信頼をのみ干した。アイリスは彼を地獄の暗闇から連れだしてくれる光であり、希望だ。

「アイリス」彼女の濡れた唇にささやく。「光り輝くわが妻、わが愛、わが命よ。わたしはきみの信頼にこたえられるよう、全力を尽くすと約束する。わたしにはそうするしか道はない。なぜならきみのもとを去ったら、恋しさのあまり死んでしまうからだ。何も見えない暗闇の中できみを求めつづけ、頭がどうにかなってしまうだろう」

ラファエルはふたたびアイリスの口をとらえると、唇を開かせた。舌を滑りこませ、彼女は自分のものだと世界に宣言する。

暗闇が晴れ、彼は光に包まれた。

アイリスが口をもぎ離して激しく息をつきながら、濡れそぼった冷たい指を彼の顎に当てる。その睫毛の先には、雨粒が玉になって連なっていた。「本当に信じてくれるの、ラファエル？　結婚を受け入れ、家族を作ってくれる？　本当の夫になってくれると信じていいの？」嵐のあとの空の色をしたアイリスの目には、彼への揺るぎない信頼が浮かんでいた。

「ああ、誓う」ラファエルはそう言って、妻を抱き上げた。

20

石の王が石の鳥かごの中で白く輝いている魂を渡すと、男は大喜びで何度も礼を言いました。アンは去っていく男を見つめながら、夫に尋ねました。「あの人は約束した見返りを、いつ持ってくるの？」

石の王はため息をつきました。「けっして持ってこない。みんな同じだ」

アンは腕についている赤い血以外、どこもかしこも陰鬱な灰色の夫を見つめました。「では、どうしてそんな人たちを助けるの？」

石の王の黒い目が、前よりもほんの少しだけあたたかみを増したように見えました。

「なぜなら、誰かがやらなければならないからだ」……。『石の王』

ラファエルはアイリスを抱き上げて屋敷の中に戻り、先祖たちが陰鬱な顔で見おろしている階段をのぼっていった。

アイリスはそんな先祖たちなど、気にもならなかった。

彼の首にしがみついて、彼の顔だけを見つめる。ようやく本当の結婚初夜を迎えるのだ。

ラファエルは廊下を進んで寝室に入ると、しっかりと扉を閉めた。

そしてアイリスをおろして立たせると、濡れた服を脱がせはじめた。すぐに寒さに震えている体があらわになる。

ラファエルは控えの間から布を取ってくると、丁寧に拭いて彼女をベッドに入れた。

アイリスは上掛けの下から、夫が今度は自分の服を脱ぐのを見つめた。ラファエルは彼女のときとは違って乱暴に体を拭き、布を投げ捨てた。そして裸のままベッドに向かってきた。腿のあいだで、ペニスが重そうに揺れている。

アイリスはベッドの上で体を起こした。このうえなく男らしい部分をじっと見つめたあと、彼と目を合わせた。「触らせて」

ラファエルがベッドの横で立ち止まった。

アイリスは手を伸ばして彼のものを握り、やわらかい皮膚の感触とあたたかさを味わった。すると、見る見るうちに彼のものが大きくなった。脈打ちながら長さと硬さを増し、赤く湿った先端部分が顔をのぞかせる。

「アイリス」ラファエルがうなるように言った。

けれども彼女はさらに顔を寄せて一心に見つめながら、根元を握った手をゆっくりと先端まで動かした。やわらかい皮膚の下は鋼のように硬く、周囲にはヘビのように血管がからみついている。親指で先端をこすると、指先が濡れた。アイリスはその親指をとっさに口に持っていき、ぺろりと舐めた。

突然仰向けに倒されて、ラファエルがのしかかってきた。彼は水晶のような目で彼女を見おろしている。

「そんなことをされたら、我慢できなくなる」彼はしゃがれた声でそう言うと、唇を開いたまま重ねた。

アイリスは彼のあたたかくて生き生きとした素肌を感じたくて、体をそらした。胸毛にくすぐられた胸の頂が、きゅっと硬くなる。脚のあいだを強引に膝で割られ、アイリスは思わずあえいで脚を開いた。

彼の肩につかまり手の下で筋肉が動くのを感じたアイリスは、すばらしく自由になった気がした。きっと、こういうのを幸せというのだろう。

愛し愛されるとは、こういう感覚なのだ。

アイリスは目を開けた。

ラファエルが身じろぎをして顔を上げ、彼女の顎の下に唇を滑らせる。「さて、準備はいいかな？」

アイリスは頭をうしろに投げだして、返事をした。「ええ」

「それでは妻よ、わたしのイチモツをお前の中に入れようぞ」

アイリスは脚をさらに広げると、手を下に伸ばして熱く硬いものをつかんだ。それをじゅうぶんにうるおっている自分の入り口へと導く。

そして彼を見上げた。「愛しているわ、ラファエル」

ラファエルはアイリスを見おろしながら腰を突きだして、根元まで一気に彼女の中におさめた。そして男と女としてこのうえなく親密なその状態で動きを止め、口を開いた。「きみは心から愛するわたしの妻だ。きみがいなければ、わたしは生きていけない」

ラファエルは上半身を倒して彼女にぴたりと重ねると、そのまま動きはじめた。ただしそっと前後に揺れるだけで、勢いよく突き上げたりはしなかった。

そんな微妙な動きなのに、アイリスは気持ちがよくて理性が吹き飛びそうになった。息をのんでこらえ、動きを合わせられるように脚を彼に巻きつけ、体を密着させる。

そして腰を回すようにして押しつけた。

ラファエルの肩は汗で光っていた。彼は険しい表情で眉根を寄せ、歯を食いしばりながら、全力で腰を往復させている。彼女とふたりで高みにのぼるために。

アイリスの喉から、抑えきれないうめき声がもれた。彼に体をこすりつけ、思いきり叫びたい。けれどそうする代わりに口を開け、彼の肩にかみついた。口の中に塩辛い味が広がる。汗の味は、ラファエルが必死で彼女を求めている証だ。

アイリスは耐えられなくなって、あえいだ。「ラファエル、お願い」

「どうしてほしい？」ラファエルが耳元でささやき、人間の姿を取った夢魔のように彼女を誘惑する。「言ってくれ。きみは何をしてほしいんだ？」

「わたし……」アイリスは口を開いたが、言葉が続かなかった。

「言ってくれ」彼のかすれた声が、煙のように耳元でたゆたう。

「あなたが欲しい」

ラファエルが喉の奥で低く笑った。

「こんなふうに？」彼が短く強く、アイリスに突き入った。すると彼女の体じゅうに快感の波が広がった。「そう、これだ」うれしそうにつぶやき、彼は同じ動きを繰り返した。

そしてもう一度。

ふたりのあいだの欲望が燃え上がるまで。手足の隅々まであたたかいものが広がる中、アイリスは考えた。彼の灰色の目は感情のかけらもなくて冷たいなんて、どうして一度でも思ったのだろう。

ラファエルはいまアイリスを、切ないほど熱い感情のこもった目で見つめている。

あふれるほどの愛をたたえて。

アイリスは涙が込み上げるのを感じた。

彼女の上でラファエルがうめき、たがはずれたように激しく腰を動かしはじめた。だがそのあいだも、アイリスから一瞬も目をそらさなかった。

ついに彼は動きを止め、汗に濡れた額を彼女の額につけてささやいた。「愛しているよ」

エピローグ

こうしていつの間にか日々は過ぎ、とうとう一年と一日が過ぎました。アンは荒野に持ってきたわずかな荷物をまとめ、母のものだったピンク色の石をのぞいて、すべてを小さな鞄におさめました。小石だけは、手に握っていくのです。

アンは石の王に向き直りました。「では、帰ります」

荒涼とそびえる石の塔の入り口の横に座っていた石の王は、目も上げません。「ああ、行くがいい」

アンはためらいました。石の王が愛情を示してくれたことはありませんが、暗い夜に彼の腕は彼女をあたためてくれました。「さよならと言ってくれないの？」

「さよなら、わが妻よ」

アンは荒野に足を踏みだそうとして、思い直しました。「一緒に来てもいいのよ！」

ようやく彼が、いかめしい黒い目を上げました。「いや、それは無理だ」

アンは不思議に思って尋ねました。「いったい、どうして？」

「わたしはここで暮らさなければならないという、呪いをかけられている」

アンは険しい表情を崩さない灰色の男を見上げました。醜い黒い塔と、周りに広がる何もない荒野も。

それから、父親の家があるほうを振り返りました。「また戻ってくるわ」

「いや、お前は戻ってこないよ」彼がやさしく言います。

アンは言い返そうとしましたが、彼が正しいとわかっていました。誰も彼のもとへは戻ってこないのです。

そう悟った瞬間、アンは胸が痛くてたまらなくなって、小さな鞄を地面に落としました。「それなら、あなたと一緒に残るわ」

彼の目に驚きが浮かぶのは、二回目でした。「なんだって？」

「あなたの妻として、ここで暮らすことにします」

石の王は両手を握りしめ、立ち上がりました。「いったいいつまでのつもりだ？」

「ずっとよ」そしてアンは、母親のピンク色の石を彼に差しだしました。

ところがそう言った瞬間、地面が揺れはじめました。揺さぶられた石の塔から次々に石が落ち、地面にのみこまれていきます。そして見る見るうちにあたりには緑の草が伸び、木々がみずみずしい葉を茂らせ、地面からわきでた水が流れを作って、灰色の石を覆っていきました。黒い塔が立っていたところには、金と白に輝くお城が立っています。

そしてお城の扉からは兵士たち、美しいドレスを着た貴婦人たち、農夫たち、町の人たち、子どもたち、老婦人たちが次々に現れました。アンは呆然として、石の王を振り返りました。けれども、彼もまた姿を変えていました。以前はどこもかしこも陰鬱な灰色か黒だったのに、髪はつややかな茶色に、目は澄んだブルーになっていたのです。赤と緑と紫のベルベットの衣装をまとった彼を見て、アンはひざまずきました。ひと目で、彼は王さまだとわかったのです。

ですが石の王は微笑んで、彼女を引き起こしました。「心やさしきアン、わが妻、わが妃《きさき》よ。お前は七〇〇年も続いた呪いを破り、わたしと民とこの国の大地を救ってくれた。呪いに耐える長い年月、お前のようにやさしさと愛にあふれる人間がいつか現れるとは思えなかった。どうかわたしのそばにとどまり、愛する妻としてともに国を治めてほしい」

「はい」アンは答えました。「それからもしいいと言ってくださるのなら、子どもを少なくとも一二人作って、みんなで幸せに暮らしたいと思います」

「なんと賢いことよ」石の王は言い、妃に口づけをしました。

『石の王』

五年後……

「ここがこんなふうになっているって、あなたは知っていたの?」アイリスは夫にきいた。

季節は春で、彼らはダイモア館の敷地にある古い聖堂の廃墟の横を流れる小さな川の土手に立っていた。澄み渡った青空を背景に立っている石造りのアーチの下には、あちこちに転がっているかつては聖堂の壁だったがれきを覆い尽くすように、黄色い花が咲き乱れている。この地方に自生している水仙が古い廃墟から主導権を奪い無数に広がっているさまは、息をのまずにはいられない光景だった。水仙は黄色い波となって川岸に到達し、川を飛び越えたあと向こう岸の土手から小さな森まで続いている。

「いや、知らなかった。見たことがあったとしても、まったく覚えていなかったよ」

ラファエルは微笑を浮かべ、空を見上げた。

いまの彼は、前よりよく笑うようになった。しょっちゅうとは言えないまでも、妻との愛に基づくいまの生活に満足し幸せなのだと、アイリスが確信できるくらいには。

犬が鋭く吠える声がして、彼女は振り返った。うれしさに笑っているとしか思えない表情で、タンジーが自分よりも背の高い花々のあいだを駆けてくる。そのうしろを短い脚でよたよたと走っているのは、シリル伯爵だ。ジョニーという名で通っている彼はもうすぐ三歳で、父親が目の中に入れても痛くないほどかわいがっている。

「かあさま、おはなだよ」ようやく母親の横まで来たジョニーが、得意そうに言った。

ジョニーはきつく握っていたためにしおれてしまった水仙を差しだした。

「まあ、とってもきれい。いったいどこで見つけたの？」アイリスは息子の贈り物を受け取った。

何事にもまじめで真剣なジョニーが、振り返って水仙の海を指さした。「あそこ」

そのときアイリスの耳に、低く豊かに響く笑い声が聞こえてきた。彼女にとって、この世でもっともすばらしい音だ。アイリスは横を向いて、夫に微笑みかけた。

ラファエルはいまでもときどき気分が不安定になるし、めったにないとはいえ暗い思いにとりつかれてしまうこともある。けれどもとくにジョニーが生まれてからは、徐々にその回数は減っていた。そしてジョニーが一歳の誕生日を迎える頃には声をたてて笑うようになり、アイリスは心からの喜びを感じた。

それでもラファエルが声をたてて笑う機会はまだまだ少なく、その一回一回をアイリスは感謝の念を持って大切にいつくしんだ。絶望の底から幸せをつかむまで夫がどれほどの道りを歩まなければならなかったかを考えると、そうせずにはいられなかった。

「とうさま、おなかすいたよ」ジョニーが訴え、抱っこを求めて父親に両手を伸ばした。

アイリスは眉を上げた。ジョニーは父親に似て背が高くがっちりした体格の子で、彼女はもう抱き上げられなくなっていた――少なくとも彼女のいまの状態では。しかしラファエルがそんな息子を屋敷まで喜んで抱いていくほどかわいがり甘やかしているのを、アイリスはひそかにおかしく思っていた。

ラファエルが身をかがめて息子を持ち上げ、肩にのせた。同じようにカールしている黒髪を持つふたりは、微笑ましいほどそっくりだ。

ジョニーは愛されている幸せな子ども特有の無頓着さで、父親の肩に落ちついて座っている。

ラファエルは振り向いて妻の大きな腹部を見つめ、眉間にしわを寄せた。「本当に、館まで歩いて戻れるかい？　こんなに遠くまで来るんじゃなかったな」

アイリスは夫に向かって目をぐるりと回してみせた。「わたしは大丈夫よ。赤ん坊は少なくとも、あと二カ月は生まれてこないもの」

「それならいいが、ゆっくり行こう。岩を越えたりするときは、わたしの腕につかまるんだぞ」

「もちろん、そうするわ」アイリスはつま先立ちになり、興味津々の息子が青い目で見おろしている前で、夫にキスをした。

それから三人は飛び跳ねているタンジーを横に従えて、紅茶を飲みに家へ向かった。

訳者あとがき

『黒の王子の誘いは』でちらりと顔をのぞかせただけながら、強い印象を残していたダイモア公爵。やはりと言うべきか、当然と言うべきか、ヒーローとして登場となりました。ヒロインは、カイル公爵の婚約者も同然の存在だったレディ・ジョージダンことアイリスです。

アイリスはカイル公爵とアルフの結婚式に出席してロンドンに戻る途中、秘密組織〈混沌の王〉に拉致され、被り物をつけた裸の男たちが背徳的な行為にふける集会に引きだされます。彼らの目的は、国王の密命を受けて〈混沌の王〉を壊滅させようとしたカイルへの報復。自分は彼の妻ではないとアイリスは訴えますが、彼らがおとなしく解放するはずもなく、もめているところへオオカミの被り物をした男が彼女をもらい受けたいと言いだしました。アイリスは翌朝までに彼女を殺せというリーダーの条件をのんだオオカミに恐怖を募らせ、連れこまれた馬車にあった拳銃で彼を撃ちますが、彼は舞踏会で一度会ったダイモア公爵だと判明。彼女を助けようとしているのだと主張します。顔の右半分に大きな傷痕のある冥界の王ハデスを思わせる彼に彼女は結婚を迫られて……。

『黒の王子の誘いは』を読んでくださった方はご存じかと思いますが、女子どもを凌辱して楽しむ貴族たちの秘密組織〈混沌の王〉は、カイル公爵とアルフの活躍で壊滅したはずでした。ところがしぶとく生き残っていたどころか、強力なリーダーシップを発揮する新しい〝ディオニソス〟を戴いて、以前と変わらない繁栄を謳歌《おうか》していたのです。まさに死んだと思っても何度もよみがえるホラー映画の怪物並みのしぶとさですが、今回のストーリーはその〝怪物〟が今度こそ終焉《しゅうえん》を迎えるまでを描いています（さすがにもう復活はないと思います……）。

ところでしぶといといえば印象深いのが、アイリスの粘り強さ。『黒の王子の誘いは』ではいずれ結婚するはずだったカイル公爵が心を移した相手アルフに快く協力する凛《りん》としたやさしさが際立っていましたが、本書では自分の求めるものをしっかり持ち、何を言われても譲らないいい意味での〝頑固さ〟を発揮します。アイリスは非の打ちどころのないレディらしいレディですが、男性にすべてを決めてもらわなければならないか弱い花ではありません。一見こわもてながら非常に繊細で心に傷を抱えているダイモア公爵が光のあふれる世界へ戻ってこられるのは、絶対にあきらめないアイリスの粘り強さのおかげです。本当に何かを手に入れたければ、何度挫折しても、打ちのめされても、あきらめてはならないのだと、本書を読んでいると思い知らされます。互いの望むものが違い、どちらも頑固なために妥協もできない。読んでいるとはらはら、もやもやする気持ちが募りますが、それだけにアイリスの気持ちが彼に通じたときの感動は大きく、すっきりと晴れやかな気持ちになります。相手の事情や希望を尊重するのはもちろん大切ですが、自分の心の声にとことん従ってこそ道が開けることも、人生にはあるのでしょう。

《メイデン通り》シリーズのこれまでの作品では、過去に登場したキャラクターがちらほら顔を出し、それが楽しみのひとつでもありました。ですが今回はカイル公爵(アルフは名前だけ)以外〝セントジャイルズの亡霊〟などおなじみの面々は見当たらず、その分ふたりの世界をじっくり描き、〈混沌の王〉という大きな要素に完全に決着をつけるものとなっています。残念なことに、《メイデン通り》シリーズは本作品をもって全一二作で終了。最後に過去のキャラクターたちのその後を知ることができなかったのは残念ですが、エリザベス・ホイトは番外シリーズ〝Once Upon A Maiden Lane〟も書いており、そこに彼らの消息がちりばめられているようです。

二〇一八年八月

ライムブックス

黄泉《よみ》の王《おう》は愛《あい》をささやく

著　者　エリザベス・ホイト
訳　者　緒川久美子《おがわくみこ》

2018年9月20日　初版第一刷発行

発行人　成瀬雅人
発行所　株式会社原書房
〒160-0022東京都新宿区新宿1-25-13
電話・代表03-3354-0685　http://www.harashobo.co.jp
振替・00150-6-151594
カバーデザイン　松山はるみ
印刷所　図書印刷株式会社

 ISBN978-4-562-06515-8 Printed in Japan